헌터세계의 귀환자

FUSION FANTASTIC STORY

김재한 장편소설

헌터세계의 귀환자 5

김재한 장편소설

초판 1쇄 찍은 날 § 2019년 3월 25일
초판 1쇄 펴낸 날 § 2019년 4월 1일

지은이 § 김재한
펴낸이 § 서경석

총괄팀장 § 최하나
편집책임 § 최광훈

펴낸곳 § 도서출판 청어람
등록번호 § 제387-1999-000006호
등록일자 § 1999. 5. 31
어람번호 § 제1-3011호

주소 § 경기도 부천시 부일로 483번길 40 서경B/D 3F (우) 14640
전화 § 032-656-4452 팩스 § 032-656-4453
http://www.chungeoram.com
E-mail § chungeorambook@daum.net

ISBN 979-11-04-91967-1 04810
ISBN 979-11-04-91899-5 (세트)

FUSION FANTASTIC STORY

김재한 장편소설

5

헌터세계의
귀환자

청어람

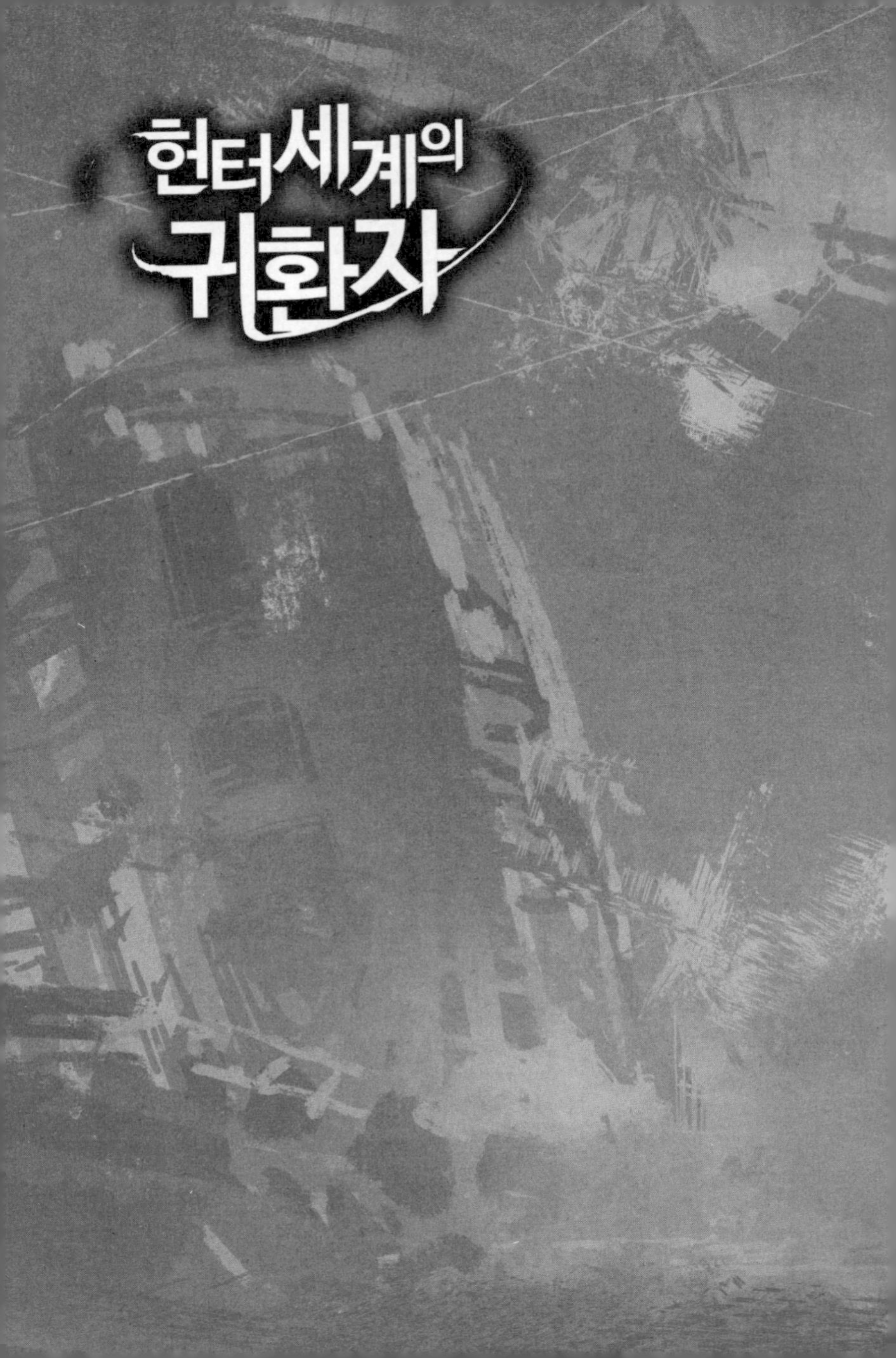
헌터세계의
귀환자

Contents

1

차준혁이 다니엘 윤을 만난 것은 13년 전의 일이다.

당시 14세였던 그는 퍼스트 카타스트로피로 인해서 부모를 잃었다.

그리고 아직 10세밖에 안 된 어린 동생의 손을 꼭 잡고, 보호자조차 없이 악착같이 하루하루를 살아가고 있었다.

먹을 것을 찾기 위해서는 아직 몬스터가 서성이는 지역에 들어가는 것조차 개의치 않았다.

그리고 결국 예정된 위험을 만났다.

무너진 편의점에 들어가려고 애쓰다가 몬스터를 만나고 말았던 것이다.

이제 모든 게 끝이라고 생각했을 때, 그를 구해준 것은 비현실적인 존재였다.

순백의 갑옷을 입고 온통 빛으로 이루어진 검을 든 자.

차준혁의 눈에는 신처럼 위대해 보이는 존재였다.

〈누가 너한테 이런 일을 시켰지?〉

그는 어린애가 이런 위험한 일을 하고 있다는 사실에 화가 난 것 같았다.

차준혁은 고개를 저었다.

"아무도 안 시켰어요."

〈아무도? 그런데 왜 이런 짓을 하고 있는 거냐?〉

"이러지 않으면 동생이 먹을 걸 구할 수 없으니까요."

〈…….〉

그는 더 뭐라고 하지 않고 무너진 편의점의 잔해를 들어내어 차준혁이 먹을 것을 챙기도록 도와주었다.

그리고 차준혁을 데리고 텔레포트해서 동생이 있는 곳에 데려다주고 사라졌다.

차준혁은 그것을 평생에 한번 찾아온 기적이라고 여기고 은인에게 마음 깊이 감사했다.

하지만 재회는 의외로 빠르게 이루어졌다.

나흘 후, 차준혁은 낯선 사람들 속에서 그를 발견했던 것이다.

재해로 쑥대밭이 된 그 지역으로 구호 활동을 하는 사람들이 왔는데 그중에는 장신에 수염을 기른 젊은 남자가 있었다.

그를 보는 순간 차준혁은 홀린 듯이 다가가서 말했다.

"저기……."

무슨 일이냐는 눈으로 자신을 바라보는 남자에게 차준혁은 속삭이듯 목소리를 낮추어 말했다.

"지난번에는 구해주셔서 감사합니다. 그… 편의점에서 먹을 거 가져오게 도와주신 것도."

"……."

그 말은 청년, 다니엘 윤에게는 머리를 망치로 두들겨 맞은 것 같은 충격을 주었다.

"어떻게 알았지?"

차준혁의 태도가 너무 자연스러워서 다니엘 윤은 시치미를 뗄 생각조차 못 하고 그렇게 물었다.

"그, 그냥… 그때랑 똑같이 보였어요."

"똑같이 보였다고?"

다니엘 윤이 차준혁의 말을 이해하기까지는 기나긴 대화가 필요했다.

차준혁은 퍼스트 카타스트로피의 순간부터 통제되지 않는, 그리고 구체화되지 않는 모호한 능력에 눈을 떴다. 그것은 아무런 판단 근거가 없는데도 앞에 일어날 일을 알 수 있는 능력이었다.

후에 순간 예지능력으로 구체화되는 이 능력은 재난 상황에서 차준혁이 동생을 데리고 생존하는 데 절대적인 역할을 했다.

다니엘 윤은 차준혁과의 만남이 평범하지 않은 운명이라 느꼈고 두 형제의 보호자가 되어주었다.

그리고 13년이 지나는 동안 다니엘 윤은 차준혁의 모든 것이었다.

아버지나 다름없었고, 선생님이었으며, 그리고 인류를 위해 싸우는 영웅이었다.

　　　　　　*　　　　　　*　　　　　　*

　차준혁은 정신없이 달리고 있었다.

　'선생님!'

　본래 팀 이그나이트와 함께 작전을 수행하던 그는, 작전명령을 무시하고 어느 한 지점을 향해 달려가고 있었다.

　관측 시스템이 관측할 수 없었던 기묘한 지점, 그곳이 드러나면서 다니엘 윤이 보였기 때문이다.

　그가 내지르는 비명의 정신파가 차준혁이 있는 곳에 닿는 순간, 차준혁은 주저 없이 그가 텔레포트로 향한 지점을 향해 달리기 시작했다.

　크아아아아!

　상념이 끊겼다.

　그 앞을 몬스터가 가로막았다.

　덩치가 4층 건물만큼이나 거대한, 검은 비늘과 홍옥 같은 눈동자의 도마뱀 같은 괴물이었다.

　4등급 몬스터 블랙드레이크다.

　"비켜!"

　차준혁이 거칠게 외치며 뛰어들었다.

　블랙드레이크는 가소롭다는 듯 아가리를 벌리고 불을 뿜었다.

　화아아아악!

　하지만 차준혁은 에어 바운드 스펠을 이용, 허공에서 방향을 바꾸면서 블랙드레이크의 측면을 급습했다.

파악!

에너지 블레이드를 뿜어내는 양손 대검이 블랙드레이크의 몸통을 베고 지나간다.

하지만 블랙드레이크에게는 경미한 상처다. 격노한 블랙드레이크가 몸을 회전시키며 꼬리로 차준혁을 후려쳤다.

"큭!"

아슬아슬하게 피한 차준혁이 블랙드레이크를 노려보았다.

"빌어먹을! 비키란 말이다!"

―마격탄!

차준혁은 허리에 차고 있던 대구경 권총으로 에너지탄을 쏘았다.

그렇게 블랙드레이크의 시야를 일시적으로 마비시키고는 옆으로 돈다.

하지만 그것은 블랙드레이크를 공격하기 위함이 아니었다. 그대로 무시하고 달려간다.

쿵쿵쿵쿵쿵!

주변을 두리번거리던 블랙드레이크가 뒤를 쫓아오기 시작했다.

하지만 차준혁은 가속 스펠과 도약 스펠을 이용해서 블랙드레이크를 뿌리치고 계속 달렸다.

하지만 몬스터들이 계속해서 앞을 가로막았다.

"비키라고 했잖아! 개자식들아아아아!"

초조해진 차준혁이 외쳤지만 몬스터들이 그 말을 들어줄 리가 없었다.

투학!

그리고 초조함은 허점을 만드는 법이다.

천재적인 전투 센스를 자랑하는 차준혁이었지만 초조함으로 판단력이 둔해지자 몬스터들에게 공격을 허용하고 말았다.

"이, 이따위 놈들한테……."

차준혁은 자신을 포위하는 트롤들과 긴다리늑대들을 보며 이를 악물었다.

답답해서 미쳐 버릴 것 같았다.

'이따위 놈들에게 허비할 시간이 없는데!'

그때였다.

파지지지직!

하늘에서 날아든 한 줄기 뇌전이 트롤을 휘감았다.

카아아아아아!

트롤이 비명을 질렀다.

그리고 그 뇌전은 트롤 하나만을 공격하는 것으로 끝나지 않는다. 그대로 죽죽 뻗어나가면서 차준혁의 주변을 포위한 모든 몬스터들을 감전시켰다.

퍼어어어엉!

그리고 폭발하면서 그들을 일제히 튕겨내었다.

〈어이.〉

동시에 차준혁의 앞에 한 사람이 나타났다.

셀레스티얼의 모습을 한 휴고 스미스였다.

〈길 열어줄 테니까 가봐.〉

휴고가 오버 커넥트로 워프 게이트를 열어주며 말했다.

잠시 놀란 눈으로 그를 바라보던 차준혁이 말했다.

"…은혜는 잊지 않겠다."

차준혁은 곧바로 휴고가 만든 워프 게이트로 뛰어들었다.

〈남의 일 같지가 않아서 말이지.〉

휴고는 워프 게이트를 닫고는 한숨을 쉬었다.

마음 같아서는 브리짓이 싸우고 있는 곳으로 달려가서 같이 싸우고 싶다. 하지만 그랬다가는 오히려 방해가 될 것임을 알기에 꾹 참고 다른 헌터들의 전투를 도와주는 것에 주력하고 있었다.

〈빌어먹을.〉

짜증을 내는 휴고의 주변에서 몬스터들이 일어나는 기척이 느껴졌다.

방금 전의 공격은 2등급 몬스터인 긴다리늑대들은 일거에 몰살시켰지만, 3등급 몬스터인 트롤들은 다 해치우지 못했던 것이다.

하지만 트롤들도 반수가량 죽었고, 살아남은 놈들도 너덜너덜하다.

〈뒈져라.〉

휴고가 화풀이로 폭발시킨 뇌격이 트롤들을 집어삼켰다.

*   *   *

휴고가 열어준 워프 게이트를 통과하자 다니엘 윤이 보였다.

우우우우우……!

곧바로 그에게 달려가려던 차준혁이 멈칫했다.

다니엘 윤에게서 쏟아져 나오는 마력 파동이 그의 감각을 덮쳤기 때문이다.

"선생님!"

차준혁은 그 압박감에 저항하며 앞으로 나아가기 시작했다.

파지지지직!

하지만 어느 정도 거리까지 접근하자 허공장이 충돌하면서 그를 밀어내었다.

〈오지, 마라…….〉

다니엘 윤은 차준혁을 알아보고는 어렵사리 말했다.

생각하는 게 힘들다.

뭔가를 말하려고 해도 파편화된 단어만이 떠오를 뿐, 그것을 문장으로 잇는 것이 잘되지 않았다.

그래도…….

'아직은, 불씨가 남아 있나.'

다니엘 윤이라는 인간을 이루던 모든 것이 퇴색해 가고 있기에 더욱 확실하게 알 수 있는 것이 있었다.

소중한 것일수록 강한 불씨로 남아 있다.

영원히 그를 괴롭힐 것 같았던 상처의 아픔에 무감각해지고, 겪을 때마다 절망했던 죽음의 유사 체험마저도 흐릿해져 가는데…….

그런데도 늘 그의 등을 떠밀던 죄책감만은 이렇게도 선명하다.

'나는, 이 지경이 되어서도… 이 감정에서 벗어나지 못하는군.'

다니엘 윤은 이 죄책감이 정당한 것인지 의심하지 않았다.

사실 자신이 대실종의 원인이 아니라고 하더라도 상관없다.

지금까지 자신은 인류를 지킨다는 명분으로 너무 많은 죄를 저질렀다.

그저 위험하다는 이유로 사람을 죽였다.

일이 곤란하게 될 수 있다는 이유로 사람을 죽였다.

구할 수 있었던, 죄 없는 목숨들을 외면했다…….

'나는 속죄하고 싶었나?'

사라지지 않는 죄책감은 늘 그를 움직이게 하는 원동력이었다.

하지만 자신이 하고 싶었던 것이 속죄였는지는 잘 모르겠다.

'용서받고 싶진 않았어.'

자신이 죽인 자들에게 용서를 구해본 적은 없었다.

그저 피로 물든 손을 보며 죄책감이 커져가는 것을 느꼈을 뿐.

죄책감은 죄책감일 뿐이다.

다니엘 윤은 속죄함으로써 그것을 지워 버리고 싶다고 생각한 적은 한 번도 없었다.

'그래…….'

과거의 모든 기억이 차갑게 식어버려도 죄책감만은 무겁게 남아 있다. 그리고 그것이 그를 움직이게 만들었다.

"선생님?"

차준혁이 불길한 예감을 느끼는 순간이었다.

우우우우우우!

그의 마력이 폭증하면서 강제로 변신이 시작되었다.

브리짓 카르타라는 특수한 케이스를 제외하면 성좌의 힘을 계승할 자들은 자의로 변신할 수 없다. 그들의 변신은 전적으로 구세록의 계약자의 의지로 이루어진다.

새하얀 갑옷이 전신을 감싸고, 머리 위에는 빛이 천사의 고리를 그려낸다. 그리고 등 뒤로 새하얀 빛이 마치 펄럭이는 망토처럼 분출되었다.

휴고 스미스와 마찬가지로 셀레스티얼의 모습이었다. 다만 뇌전의 사슬 대신 광휘의 검을 들고 있을 뿐.

⟨어째서입니까?⟩

관측 시스템이 이 상황을 기록하고 있다. 그런데 어째서 자신을 변신시켰단 말인가?

다니엘 윤은 투구 속에서 그를 보며 웃었다.

또 한 가지, 아직까지 선명하게 떠오르는 것이 있다.

자신에게 칭찬받고 싶어서 아등바등 노력해 온 소년에 대한 기억.

⟨나를… 죽여다오.⟩

⟨……⟩

차준혁은 바위처럼 굳어버렸다.

다니엘 윤이 쥐어짜듯이 말을 이었다.

⟨지금밖에, 기회가… 없어…….⟩

아직 인간의 마음이 남아 있을 때 죽어야 한다.

자살은 불가능했다.

라지알이 그를 제압하고 주입한 불가사의한 힘이 그의 정신을 이 몸에 가두어놓고 있었다.

그러니까 누군가 자신을 죽여줘야만 한다.

지금 빙의해 있는 이 몸만이 아니라, 비밀 장소에 숨어 있는 진짜 자신까지도.

그리고 그 일을 할 수 있는 것은 차준혁뿐이다. 성좌의 힘으로 셀레스티얼로 변신한 차준혁만이, 다니엘 윤 본인이 숨어 있는 곳까지 알고 있는 그만이 그 일을 해줄 수 있다.

〈왜, 왜 그러시는 겁니까? 도대체 뭐가 어떻게 된 건지 말씀해주세요! 저보고 선생님을 죽이라니, 그런 말도 안 되는…….〉

〈미안하다.〉

〈……!〉

〈준혁아, 제발…….〉

다니엘 윤이 하얗게 표백되어 가는 자신을 붙잡고 애원했다.

하지만 차준혁은 이해할 수 없었다. 그리고 움직일 수도 없었다.

*   *   *

라지알은 먼 곳을 바라보았다.

"아직인가. 상당히 끈질기군."

쿠구구구구…….

그렇게 중얼거리는 그의 주변은 초토화되어서 연기가 피어오르고 있었다.

—염동충격탄!

그 연기를 뚫고 에너지탄이 날아들었다.

라지알이 그것을 피하자, 반대편에서 프리앙카가 나타나면서 불꽃의 활의 시위를 당겼다.

"역시 귀찮아. 비연이를 붙잡아놨어야 했는데."

라지알이 짜증을 냈다.

투학!

그리고 다음 순간, 그가 갑자기 놀라운 속도로 가속하면서 프리앙카를 치고 지나갔다.

〈이, 이런……!〉

프리앙카가 경악했다. 그녀의 눈이 라지알의 움직임을 따라가지 못했기 때문이다.

〈프리앙카!〉

돌아선 라지알이 재차 공격하는 것을 저지한 이는 브리짓이었다.

뇌전의 사슬이 라지알의 팔을 휘감았다.

파지지지직!

격렬한 뇌전이 라지알을 덮쳤다.

하지만 라지알은 그것을 허공장으로 버텨내면서 스펠을 펼쳤다.

—인설레이트 필드!

그러자 그의 몸이 빛의 막으로 코팅되면서 뇌전을 미끄러뜨렸다.

라지알은 그 현상을 이용해서 뇌전의 사슬을 풀어내고는 눈을 빛냈다.

후우우우우!

붉은 기운이 그의 몸을 감싸고 넘실거린다.

그것을 본 브리짓은 오싹함을 느꼈다.

'뭐야? 마력이 폭증하고 있어?'

라지알의 마력이 9등급 몬스터 수준으로 폭증하는 게 아닌가?

동시에 라지알이 움직였다.

쾅!

브리짓은 경악했다.

'빠, 빨라.'

라지알이 크게 디딘 스텝 한 번으로 품 안까지 파고들어서 강렬한 혹을 날렸기 때문이다.

하지만 그것은 착각이었다.

라지알은 딱히 지금까지보다 빠르게 움직이지 않았다.

조금 전 프리앙카를 쳤을 때도 마찬가지다. 속도만으로 보면 충분히 브리짓이 따라갈 수 있는 수준이었다.

그런데도 브리짓이 당한 것은 정신 공격 때문이다.

폭증한 라지알의 마력에 브리짓의 주의가 쏠린 순간, 정신적 허점을 은밀하게 공략해서 체감 시간을 어긋나게 만들었다.

"너무 쉬운데?"

라지알의 양손이 기관총처럼 연타를 날렸다.

투타타타타타!

거기에 실린 스펠의 힘이 브리짓의 허공장을 뚫고 충격을 주었다.

퍼어어엉!

연타 후에 큰 일격이 날아들면서 브리짓을 날려 버렸다.

'아악······!'

그 공격의 여파로 주변의 대지가 뒤집어지고, 브리짓의 허공장이 너덜너덜해졌다.

라지알이 추가타를 넣으려는 순간, 프리앙카가 옆에서 뛰어들었다.

'아.'

하지만 프리앙카는 곧 자신이 라지알에게 농락당했음을 깨달았다.

라지알은 움직이지도 않았다.

약간의 페인트와 교묘한 정신 공격을 섞어서 프리앙카가 반응하게 만든 것이다.

"이렇게 쉽게 넘어가는 놈들이 어떻게 하스라를 쓰러뜨린 거지?"

라지알은 의아해하면서 사다모토 아키라를 공격했다.

콰직!

섬뜩한 소리가 울려 퍼졌다.

라지알의 손이 사다모토 아키라의 몸통을 관통하는 소리였다.

〈커헉······!〉

파지지지직!

라지알이 피로 물든 손을 빼내면서 새벽의 해머를 빼앗으려고 했다.

하지만 붙잡을 수가 없었다. 격렬한 반발력이 일어나면서 새벽의 해머가 부서져 간다. 주인이 아닌 자가 손에 넣을 수 없도록 강력한 방어조치가 취해져 있는 것이다.

"역시 안 되나?"

라지알은 혀를 차며 사다모토 아키라의 머리통을 날려 버렸다.

"이제 둘 남았군."

브리짓과 프리앙카를 보며 말한 라지알이 스펠을 발하려는 순간이었다.

쾅!

측면에서 날아든 에너지탄이 라지알을 저지했다.

그 공격은 라지알의 허공장을 뚫지 못했다. 하지만 잠시나마 주의를 돌리기에는 충분했다.

"처음 보는 놈이군."

용우가 브리짓 앞을 가로막고 서면서 라지알을 노려보았다.

"이건 또 뭐야? 이런 놈이 또 어디서 튀어나온 거지?"

라지알이 재미있다는 듯 용우를 바라보았다.

둘은 서로의 말을 못 알아들었다. 용우는 한국어로, 라지알은 지구상에 존재하지 않는 자기 고향 세계의 말로 말했으니 당연했다.

서로를 차분하게 관찰하는 둘 사이에 침묵이 내리깔렸다.

먼저 입을 연 것은 라지알이었다.

"너, 정말 이 세계의 인류인가?"

텔레파시를 발하며 의사를 전달하는 그는 당혹스러워하면서 고개를 갸웃하고 있었다.

"그럼 어쩔 건데?"

용우가 삐딱하게 대꾸하자 라지알이 어깨를 으쓱했다.

"그건……."

그가 말을 끝내기도 전에 용우가 벼락처럼 뒤를 돌아보면서 가드를 올렸다.

쾅!

라지알이 뒤에 나타나면서 내지른 주먹을 막은 용우가 튕겨 나갔다.

앞에서 떠들고 있는 라지알은 환영이었던 것이다.

"제법인데?"

라지알이 웃었다.

몬스터들은 이런 속임수를 쓰지 않는다. 그래서인지 몬스터와의 전투 경험이 풍부한 구세록의 계약자들은 라지알이 속임수를 거는 족족 걸려서 부상을 입었다.

그런데 용우는 환영을 만들고 블링크를 발동하는 순간 방어에 들어갔다.

파지직……!

뿐만 아니다. 라지알의 뺨 쪽에서 스파크가 튀었다.

"아무리 봐도 고작 일곱 번째 문이 열린 인류가 할 수 있는 짓이 아닌데."

방금 전에도 라지알은 환영과 정신 공격을 섞어서 공격을 가했다.

그런데 구세록의 계약자들과 달리 용우는 완벽하게 그것을 방어해 냈으니 놀랄 수밖에.

재미있다는 듯 용우를 보던 라지알이 말했다.

"뭐, 좋아. 슬슬 타임아웃이 다가오기도 하니 오늘은 이만 물러가지."

"누구 마음대로?"

"물론 내 마음대로지. 다음에 또 만나자고."

라지알은 그렇게 말하고는 텔레포트로 사라졌다.

"……."

그가 사라진 자리를 노려보고 있는 용우에게 브리짓이 물었다.

〈왜 보내준 겁니까?〉

브리짓은 용우가 라지알의 도주를 막을 수 있었다고 생각했다.

용우도 그 사실을 부정하지 않았다.

"더 급한 일이 있어. 저놈이 의기양양하게 물러나 줘서 다행이지."

용우는 먼 곳에 시선을 던졌다.

"안 그랬으면 싸우는 동안에 위험한 적이 하나 더 늘었을 테니까."

그리고 그의 시선이 닿은 곳에서 눈이 멀어버릴 듯한 빛이 폭발했다.

2

인간은 흐르는 물과 같은 존재다.

주어진 환경에 따라서, 관계에 따라서 끊임없이 변한다.

때로는 어제까지 없던 열정이 갑자기 솟아나 질주하기도 한다.

반대로 어제까지 넘쳤던 열정이 한순간에 식어서 주저앉아 버리기도 한다.

전자는 멋진 경험이다. 무료했던 삶이 활력 넘치는 시간으로 바뀐다.

그러나 후자는 끔찍한 경험이다. 바로 전까지만 해도 너무나 사랑스러웠던 것들이, 그토록 아름답다고 여겼던 것들이 무가치하게 보일 수 있다는 것은 얼마나 무서운 일인가.

다니엘 윤은 그 공포를 실감하고 있었다.

'어머니.'

그의 인생에 가장 크게 자리 잡고 있는 사람이었다.

어머니에 대한 그의 감정은 복잡했다.

사랑했고, 미워했고, 원망했고, 그리워했고, 안타까웠고, 동정했고……

수많은 감정들이 뒤섞여 있었고 그 모든 감정들 하나하나가 지워지지 않는 상처가 되었다.

'……'

하지만 이제는 아무렇지도 않다.

어머니의 얼굴이 선명하게 떠오른다. 그녀의 목소리가 떠오른다. 그녀가 자신을 안아주던 때의 감촉까지 기억한다.

그런데도 아무런 감흥이 없다.

'아버지, 형.'

어머니 다음으로 마음속에서 지워지지 않는 사람들이었다.

그들을 증오했다.

그들이 대실종에 휘말려 세상에서 사라져 버렸는데도, 필시 고통스럽게 죽어갔을 텐데도 증오가 사그라지지 않았다.

그들에 대해서 떠올릴 때면 자신이 당한 수많은 학대의 기억이 재생되면서 마음이 새카만 어둠으로 물드는 기분이었다.

하지만 지금은 아무런 감흥도 없다.

그들의 얼굴도, 그들을 증오했다는 사실도, 그리고 그들에게 당한 일 하나하나가 선명하게 떠오르는데도…….

더 이상 아무런 감정도 들지 않는다.

'나는…….'

다니엘 윤은 주마등처럼 눈앞을 스쳐가는 수많은 기억들을 보았다.

슬프고 아픈 기억들이 있었다.

고통스럽고 두려운 기억들도 있었다.

즐겁고 행복한 기억들도… 분명히 있었다.

하지만 이제 그 기억들은 아무것도 아니다.

그저 과거의 기록에 불과했다. 다니엘 윤은 자신의 인생을 채운 경험들에서 더 이상 아무런 감정도 느낄 수 없었다.

'나는……!'

그럼에도 마음속 깊숙한 곳에는 불씨가 살아 있다.

'이렇게 사라질 수는… 없어.'

산더미처럼 많은 목숨을 죽이면서 여기까지 왔다.

방해가 된다는 이유로 죽였다.

자신이 위험해질 수 있기에 죽였다.

모두 구할 수 없다는 이유로 죽도록 방치했다.

'돌아서서는 안 돼.'

그런 자신은 적어도 앞을 향한 채로 죽어야 한다.

뒤로 돌아서서 온 길을 향해 칼을 겨누는 것만은 용서할 수 없다.

〈나를…….〉

다니엘 윤은 광휘의 검을 든 손을 붙잡으며 외쳤다.

〈죽여! 누구든지, 나를……!〉

그러나 대답하는 목소리는 없다.

다니엘 윤에게는 주변이 보이지 않았다.

주변은 무참하게 파괴되어 있었다. 폭격이라도 맞은 것처럼 지면이 엉망진창으로 뒤집어지고 불길과 연기가 피어올랐다.

다니엘 윤이 한 짓이다.

〈선생님……!〉

그 앞에는 만신창이가 된 차준혁이 쓰러져 있었다.

그는 다니엘 윤을 공격하지 못했다. 아무것도 하지 않은 채로 시간이 지났고, 어느 순간 다니엘 윤이 흉흉한 기세로 폭주해서 주변을 초토화시켰다.

〈젠장, 죽여달라더니 죽일 생각만 가득하잖아.〉

한쪽 무릎을 꿇은 채로 투덜거린 것은 휴고였다.

사태가 심상치 않음을 알고 달려온 그는 차준혁과 달리 다니엘 윤을 공격하는 데 주저함이 없었다.

문제는 압도적인 힘의 차이가 있다는 점이다.

다니엘 윤이 폭주하기 시작하자 휴고는 공격은커녕 일격에 살해당하지 않기 위해 필사적이었다.

'퇴로까지 차단당했고.'

다니엘 윤은 안티 텔레포트 필드를 전개해서 둘의 도주를 막았다.

이성을 잃고 폭주한다고 보기에는 기이할 정도로 철저했다.

'정말 폭주하고 있긴 한 건가? 다 속임수 아냐?'

휴고가 그런 의심을 품을 때였다.

"이미 늦어버렸군."

열기가 끓어오르는 대지를 밟고 다가오는 사람이 있었다.

〈제로!〉

칠흑의 양손 대검을 든 용우였다.

용우가 말했다.

"저 녀석 데리고 빠져 있어."

〈너도 지친 거 같은데 괜찮겠어?〉

"혹시 나 걱정해 주는 거냐?"

용우가 피식 웃으며 묻자 휴고가 움찔했다.

휴고는 용우가 싫었다. 브리짓 앞에서 그에게 망신살 뻗치게 두들겨 맞기도 했고, 그 경험으로 인해 바닥을 전혀 알 수 없는 용우의 힘이 두려워졌다.

그러나……

〈젠장. 그래, 걱정했다. 그럼 안 되냐?〉

"그렇게 말한 적은 없는데. 어쨌든 너희들까지 신경 써줄 여유가 없으니까 알아서 잘 피해."

용우는 장난스럽게 대답하며 앞으로 걸어간다.

순간 다니엘 윤이 움직였다.

파지지지직!

광휘의 검과 칠흑의 양손 대검이 충돌한다.

다니엘 윤의 광휘의 검은 성좌의 무기 중에서도 근접전에 있어서는 최강의 위력을 발휘하는 무기다. 아무리 현대 기술로 제작된 무기들의 퀄리티가 뛰어나다지만 광휘의 검과 부딪히면 그 순간 부서질 뿐이다.

그러나 용우의 양손 대검은 아무런 스펠도 걸리지 않았음에도 광휘의 검과 대등하게 맞서고 있었다.

격렬한 스파크가 튀면서 대지가 끓어오른다.

"다니엘 윤."

힘과 힘이 충돌하는 가운데, 용우가 다니엘 윤을 똑바로 노려보며 말했다.

"너는 이미 틀렸다."

용우는 지구 인류 중 유일하게 타락체에 대한 깊은 지식을 가진 사람이다.

어비스의 각성자들이 타락체가 되어가는 과정을 수십 번도 더 보아왔다.

그렇기에 단언할 수 있었다.

다니엘 윤은 구하기에는 너무 늦었다. 무슨 수를 써도 되돌릴 수 없다.

"이제는 네 목소리를 들을 수 있는 사람도, 나밖에 없겠지."

자신을 죽여달라던 다니엘 윤의 절규는 이미 멎었다.

"너와는 한번 이야기를 해보고 싶었다."

하지만 용우는 아직 그 소리를 듣고 있었다.

마음속 깊숙한 곳에서 서서히 사라져 가는, 다니엘 윤의 마음 한 조각이 외치는 소리를.

"하지만 이렇게 끝낼 수밖에 없군. 그러니까 말해두겠어. 내가 없는 동안 이 나라를 지켜준 것에는 감사하고 있다. 네가 아니었다면 우희도 살아남지 못했겠지."

용우의 눈이 푸른빛을 발했다.

"그 보답으로, 내가 널 죽여주마."

다니엘 윤의 마음이 완전히 사라지기 전에, 그가 스스로 지켜왔던 것을 전력으로 파괴하는 존재가 되기 전에 죽인다.

그것이 용우가 그에게 해줄 수 있는 유일한 일이었다.

퍼엉!

순간 용우의 마력이 폭증하면서 다니엘 윤을 튕겨냈다.

〈뭐, 뭐야?〉

경악한 것은 휴고가 아니었다.

용우의 뒤를 따라온 구세록의 계약자들이었다.

있을 수 없는 일이었다.

지금까지 용우가 보여준 마력 한계는 뚜렷했다.

기기묘묘한 방법으로 하스라조차 쓰러뜨리는 일격을 발했지만, 본인의 마력만을 따지면 셀레스티얼로 변신한 휴고보다 아래였다. 게다가 변신을 하지 않아서인지 구세록의 계약자들에 비해서 성좌의 무기를 통한 마력 증폭률도 현저히 낮았다.

즉, 순수하게 마력으로 힘겨루기를 하면 용우는 절대로 다니엘 윤을 이길 수 없어야 했다.

그런데 일렁이는 푸른 기운으로 전신을 감싼 용우는 힘겨루기에서 다니엘 윤을 찍어 눌렀다.

'잠깐.'

놀라던 브리짓은 한 가지 이상한 점을 발견했다.

'왜 저 검에서 대지의 로드하고 같은 느낌이 나지?'

용우는 대지의 로드를 들고 있지 않았다. 빙설의 창을 쓸 때처럼 몸 어딘가에 붙여두고 있는 것도 아니었다.

대신 용우가 들고 있는 양손 대검에서 대지의 로드하고 똑같은 느낌이 풍기고 있었다.

우우우우우우!

용우의 마력이 계속해서 상승한다.

M슈트의 M—링크 시스템이 발동하면서 마력이 한계치 이상까지 부풀어 올랐다.

'남은 시간은… 47초.'

용우는 헬멧의 바이저에 표시된 M—링크 시스템의 카운트다운을 보고 있었다.

하스라와 싸울 때 많이 써버려서 M—링크 시스템의 유지 시간이 얼마 안 남았다.

하지만 상관없다. 이 정도면 승패를 결정짓고도 남으니까.

"끼어들지 마."

용우는 브리짓과 프리앙카에게 말하고는 다니엘 윤에게 다가

갔다.

"네가 말했었지. 인류에 필요한 존재로 남아달라고."

거리가 줄어들자 다니엘 윤이 움직였다. 광휘의 검이 몇 배로 늘어나면서 용우를 후려친다.

콰과과과과과……!

거대한 빛의 칼날이 지면을 쓸어버린다.

그러나 용우는 그 자리에 없다.

안티 텔레포트 필드가 펼쳐져 있는데도 마치 공간을 뛰어넘은 것처럼 다니엘 윤의 뒤에 서 있었다.

"똑똑히 보여주마. 끝날 때까지는 버텨라."

콰콰콰콰콰!

한 박자 늦게 충격파가 터졌다.

음속을 초월한 움직임이 다니엘 윤을 베고 지나갔다.

몸통을 깊숙이 베인 다니엘 윤이 충격파에 휩쓸려 나가떨어진다.

〈……!〉

다니엘 윤이 소리 없는 비명을 내지른다.

그러나 그 비명에는 응당 있어야 할 것이 없다.

당했다는 사실에 대한 반사작용으로 비명을 지를 뿐, 당혹감이나 공포 같은 당연한 감정이 느껴지지 않는다.

'표백이 끝나지 않았다. 아직까지도…….'

타락체가 되는 과정은 크게 2단계로 나뉜다.

1단계는 표백.

표백은 인간이 살아오면서 쌓은 모든 감정을 지워 버리는 과정이다. 그 과정을 거친 인간은 그의 정체성을 이루던 가치관이나 인간성을 모조리 잃어버리고 만다.

기억은 남아 있지만, 그뿐이다.

그들은 더 이상 기억 속의 자신과 현재의 자신을 동일시할 수 없게 된다.

이 과정을 거치고 나서도 과거에 대한 감정을 품고 있는 자들이 존재하기는 했다. 하지만 그 감정은 자신을 이루던 수많은 감정들에 비하면 먼지처럼 작은 부분일 뿐이었다.

2단계는 각인.

그렇게 자아를 살해당한 존재는 새로운 존재 의미를 각인당하게 된다.

타락체로서의 자아를 구성하는 근본, 바로 과거의 자신이 속해 있던 인간이라는 존재에 대한 적의였다.

'뭐가 너를 그렇게까지 버티게 하는 거지?'

용우는 다니엘 윤에게 경이를 느꼈다. 지금까지 보아온 사람들 중 그 누구도 다니엘 윤만큼 오랫동안 표백에 저항하지 못했다.

'아니, 딱 한 명……'

용우가 죽이지 못한 딱 한 사람만이 이토록 끈질기게 저항했었다.

하지만 그 사람은 이제 없다.

그날 이후로 한 번도 만나지 못했으니까. 그 사실은 용우가 아닌 다른 누군가에게 살해당했음을 의미한다.

콰직!

용우가 나이프를 다니엘 윤의 몸통에 꽂아 넣었다.

일방적인 전투였다. 다니엘 윤은 용우의 스피드를 따라오지 못했다.

하지만 그것은 용우와 다니엘 윤의 실력 차가 그만큼 압도적이어서는 아니다.

"끝내자."

다니엘 윤이 아직도 표백에 저항하고 있기 때문이었다.

〈나, 는… 절대로…….〉

용우는 그의 마음속 깊숙한 곳에서 울려 퍼지는 목소리를 듣고 있었다.

그 목소리를 들을수록 그리운 기분이 든다.

용우의 마음속에는 지옥 같은 시간 속에서 켜켜이 쌓인 분노와 증오가 있다. 잃어버린 시간에 대한 울분과 절망이 있다.

하지만 그것만은 아니다. 용우는 가장 선명한 감정들 너머에서 다니엘 윤을 지금까지 버티게 한 감정과 놀랍도록 유사한 감정을 발견했다.

"조금이라도 빨리 너를 만났더라면, 어쩌면 우리는……."

용우는 쓰게 웃으며 그 뒷말을 삼켰다.

마법의 시간이 끝나간다.

다니엘 윤이 완전히 사라지기 전에, 그리고 자신이 그를 압도할 수 있는 동안에 끝을 내야 한다.

〈기다려!〉

용우가 다니엘 윤을 붙잡고 그의 본체가 있는 곳을 추적할 때였다.

셀레스티얼의 모습을 한 차준혁이 비틀거리며 다가왔다.

〈그러지 마.〉

"……."

〈제발… 선생님을 살려줘.〉

차준혁이 무릎 꿇고 애원했다.

하지만 용우는 그 말에 대답하는 대신 손을 뻗었다.

그러자 허공에 시커먼 구멍이 뚫렸다.

오버 커넥트로 연 워프 게이트다.

〈하지 마…….〉

그걸 본 차준혁이 허우적거리며 일어났다.

그는 만신창이다. 휴고가 그를 데리고 물러난 후로 용우와 다니엘 윤의 싸움에만 집중해서 몸을 치료하는 것조차 잊었다.

〈하지 마!〉

차준혁은 그랬던 자신이 증오스러웠다.

절규하며 달려가는 그의 눈앞에서 다니엘 윤의 본체가 끌려나온다.

다니엘 윤의 모습은 정상이 아니었다.

전신의 혈관이 검붉은 빛을 발하며 흉측하게 맥동하고 있었고, 눈은 새빨갛게 물들어 있었다.

〈……!〉

차준혁은 손을 뻗으며 뭔가를 외쳤다.

하지만 그 목소리는 그 자신에게조차 들리지 않았다.

콰직!

섬뜩한 소리가 울리며 용우의 양손 대검이 다니엘 윤의 몸통을 꿰뚫었다.

〈아, 아아…….〉

차준혁이 그 자리에 주저앉았다.

용우는 다니엘 윤의 몸통을 찌른 자세 그대로 그를 올려다보았다.

다니엘 윤과 그의 시선이 마주한다. 다니엘 윤의 입술이 달싹거리며 뭔가를 말했다.

그러나 소리는 나오지 않는다.

〈아아아아아아아악!〉

비명을 지르는 차준혁의 눈앞에서 다니엘 윤의 몸이 산산조각 나며 흩어졌다.

"……."

용우는 다니엘 윤이 폭사한 자리를 가만히 바라보았다.

마지막 순간, 그가 용우에게 남긴 말은 간단했다.

"뒷일을 부탁한다."

그렇게 말하는 다니엘 윤은 마치 이제야 해방되었다는 듯 편안한 표정을 짓고 있었다.

용우는 쓴웃음을 지으며 대답을 중얼거렸다.

"그래. 이제 쉬어라."

Chapter31

유언장

1

　지구가 속한 우주가 아닌 다른 어딘가.

　모든 것이 정보만으로 이루어진 그 세계 속에서 상앗빛 피부의 청년이 걷고 있었다.

　"뭐야, 이거?"

　복도를 걷고 있던 청년, 라지알은 갑자기 경악하면서 먼 곳을 돌아보았다.

　"설마 죽은 거야?"

　라지알이 타락체로 만들려고 했던 다니엘 윤의 반응이 사라졌다.

　"아니, 그놈이라면 죽일 수도 있었겠지만……."

　마지막에 라지알을 막아선 존재, 서용우라면 다니엘 윤을 죽일 수 있었을 것이다.

하지만 그래도 납득이 되지 않았다.

'그때까지도 표백이 안 끝났었다고?'

타락체가 되는 과정의 1단계인 표백이 끝나고 나면 2단계인 각인은 순식간이다.

다니엘 윤이 타락체가 되었다면 그렇게 쉽게 당했을 리가 없다.

적이 강하다면 우직하게 싸우기보다는 빙의한 몸을 버리고 이탈했을 것이다. 그리고 적이 추격해 오기 전에 본체도 이 정보 세계로 도망치는 쪽을 택했을 터.

"제기랄. 너무 일을 허술하게 처리했군."

라지알은 자신의 태도가 너무 안이했음을 인정할 수밖에 없었다.

너무 오랫동안 이 따분한 세계에 갇혀 있었기 때문일까.

마침내 전면으로 나설 수 있다는 사실에 들떠서 일을 망치고 말았다.

"어쩔 수 없지."

한숨을 쉰 라지알은 자신의 방으로 향했다.

그리고 믿을 수 없는 소식을 듣고 경악했다.

"뭐라고? 다시 말해봐."

종말의 7군주 중 하나, 하스라가 이 세계에 침입한 정체불명의 적에 의해 소멸했다는 소식이었다.

*   *   *

8등급 몬스터가 죽었다.

군주 개체도 죽었다.

그리고 다니엘 윤마저도 죽었다.

그럼에도 아직 전투는 끝나지 않았다.

〈이 녀석, 괜찮을까?〉

휴고가 물었다.

차준혁은 눈앞에서 벌어진 일의 충격으로 혼절해 버렸다.

다니엘 윤이 죽자 차준혁에게 공급되던 성좌의 힘이 끊기면서 변신이 풀렸다. 하지만 차준혁의 부상은 빠르게 회복되어 가고 있었다.

광휘의 검이 그에게 계승되었기 때문이다.

"괜찮지 않으면… 거기까지겠지."

용우가 냉정하게 말할 때였다.

치지지직…….

미세한 노이즈가 울리면서 용우의 손에 들려 있던 양손 대검이 변형하기 시작했다.

〈뭐야?〉

휴고가 깜짝 놀랐다.

양손 대검이 대지의 로드로 변했기 때문이다.

브리짓이 눈을 빛냈다.

'역시 그랬어. 하지만 저런 일이 가능한 거였나?'

성좌의 무기를 다른 형태로 변형시킨다.

구세록의 계약자 중에 그런 일을 할 수 있는 자는 아무도 없었다. 다들 무기에 자신을 맞춰가면서 싸워야만 했던 것이다.

하지만 용우는 또다시 그들이 당연하다고 생각해 왔던 상식을 깨부쉈다.

'지치는군.'

용우는 스스로의 컨디션을 체크했다.

연이어서 강적들과 격전을 치르다 보니 피로가 피크에 달하고 있었다. 마력은 회복할 수 있겠지만 신체적으로도, 정신적으로도 휴식이 필요했다.

'하지만 아직은 쉴 타이밍이 아니지.'

또 무슨 변수가 나타날지 모른다. 끝날 때까지는 긴장을 늦출 수 없다.

용우는 그렇게 생각하며 마력 포션을 꺼내서 주사했다.

ㅡ활력의 숨결!

그리고 치유계 스펠로 정신에 억지로 활력을 불어넣으면서 전투 의지를 불살랐다.

"그 녀석 좀 돌봐줘. 너도 슬슬 한계인 것 같은데 데리고 빠지든가."

〈알아서 할 거다.〉

휴고가 삐딱하게 대꾸했다. 소심한 반항이었다.

용우는 더 뭐라고 하지 않고 블링크로 그 자리를 떠났다.

〈브리짓, 슬슬 물러나도 되지 않을까?〉

〈아니, 끝까지 보고 싶어.〉

브리짓이 고개를 저었다.

그녀 입장에서는 처음으로 맛보는 처참한 전투였다.

9등급 몬스터의 무서움에 대해서는 애비게일 카르타에게 몇 번이고 들어왔다.

하지만 그에 준하는 적들과 직접 싸워보니 뼈저린 무력감이 느껴질 정도였다.

'이대로는 안 돼.'

솔직히 브리짓은 지금까지 자만하고 있었다.

자신은 다른 구세록의 계약자보다 강하다.

다른 이들이 어쩔 수 없는 적이라도, 자신이라면 막아낼 수 있다.

'오만했어.'

그 사실을 깨닫자 얼굴이 화끈거렸다.

〈난 이제 한계야. 먼저 빠지도록 하지.〉

〈프리앙카.〉

브리짓이 빙의를 해제하려는 프리앙카를 보며 자기도 모르게 물었다.

〈앞으로 괜찮을까?〉

〈…….〉

프리앙카는 대답하지 않았다.

한참 동안 침묵하다가 결국 아무런 대답 없이 빙의를 해제하고 사라졌다.

*   *   *

다행히 더 이상의 변수는 없었다.

아직 남아 있던 7등급의 코어 몬스터를 쓰러뜨리는 것으로

70미터급 게이트 제압 작전은 성공리에 끝났다.

그 여파는 결코 작지 않았다.

한국은 자국의 헌터들이 해낸 위업, 공식적으로는 유럽에 이어 전 세계 두 번째로 8등급 몬스터를 잡은 것에 환호했다.

사태를 지켜보고 있던 세계 각국 역시 찬사를 보냈다.

하지만 실제로 그 전투에 투입되었던 자들은 순수하게 대중의 찬사를 받아들일 수 없었다.

모두가 진실을 알아버렸기 때문이다.

인류는 8등급 몬스터를 사냥할 수 있을 정도로 강해졌는지도 모른다.

공공연한 비밀로 여겨지는 고스트, 그리고 규격 외의 초인 제로는 없었더라도 70미터급 게이트 제압은 어떻게든 가능했을 것 같았다.

하지만 그 너머에는 8등급 몬스터 따위와는 비교도 안 되는 위험이 도사리고 있다.

그들은 그 사실을 알아버리고 말았다.

*　　　　*　　　　*

"정부 측에서 보통 시끄러운 게 아닙니다."

한숨을 쉬며 말한 것은 백원태였다.

그 맞은편에 앉은 오성준이 말했다.

"높은 놈들 중에 자네를 구속해서 어떻게든 정보를 캐내고 정부를 위해 일하게 만들어야 한다고 생각하는 놈들이 몇 있더군."

"아직도 그런 생각을 하는 놈들이 있다니 신기하군요. 명단 좀 주시겠습니까?"

"명단은 왜?"

"얼마나 멍청한 놈들인지 얼굴 좀 보려고요. 자기가 뭐라도 된 줄 아는 역겨운 놈들한테 그 멍청함의 대가가 뭔지 가르쳐 주는 것도 재밌겠군요."

"……."

오성준이 움찔하더니 말했다.

"그럴 필요 없다. 이미 처리해 뒀으니까."

"처리했다고요?"

"이 나라 정치계에 뒤가 구리지 않은 놈은 별로 없거든. 한 놈은 옷을 벗게 만들었고, 나머지는 입을 닥치게 만들어놨으니 자네가 신경 쓸 일은 없어."

백원태와 오성준의 영향력은 보통이 아니다. 정부 고관들은 물론이고 대통령조차 둘에게는 함부로 하지 못하는 것은 그들이 국민적인 영웅이어서, 그리고 한국을 대표하는 헌터 기업의 수장이어서만은 아니었다.

"고맙습니다."

"하지만 자네가 8등급 몬스터와 군주 개체의 시체를 가져간 것에 대해서는 말이 많긴 많은 상황이다."

오성준의 말에 용우가 삐딱하게 웃었다.

"고스트가 가져갔을 때는 아무런 말도 못 했으면서?"

"고스트는 정체 모를 존재였으니까 그들에게 입장을 표명하는 것 자체가 불가능하지. 하지만 자네는 일단 이 나라 국민이니까."

"하지만 다들 멍청이는 아니니까 걱정 마십시오. 그냥 그들 입장에서는 그런 소리를 용우 씨한테 할 수밖에 없는 거죠."

백원태가 쓴웃음을 지었다.

용우가 말했다.

"그렇군요. 하지만 이해해 주기 싫습니다. 계속 그런 잡음이 들려와서 짜증 나면 미국으로 이민 간다고 전해주세요."

"진담은… 아니죠?"

백원태가 식은땀을 흘리며 물었다.

용우가 심드렁하게 대답했다.

"이 나라가 처음에 저한테 하려고 했던 짓을 생각하면 언제 그런 마음이 들어도 이상하지 않죠."

지금은 용우 입장에서 이 나라가 살기 좋으니까 그런 생각을 안 할 뿐이다. 살기 짜증 나는 곳이 되면 미련없이 떠날 수 있었다.

"하여튼 이번 건에 대해서는 어느 정도 정보를 공유할 겁니다. 앞으로 벌어질 일들에 대한 대비는 필요하니까요."

물론 알려주는 정보는 제한적일 것이다.

용우가 이번에 알아낸 것들을 다 알려줬다가는 패닉이 일어날 것이다.

'그리고 알아봤자 의미가 없지.'

현재 인류의 수준으로는 알아봤자 대책이 없으니까.

정보를 공유하는 것은 그 정보를 활용할 수 있는 사람들이면 족하다.

"가장 급한 건 텔레파시 연구입니다. 적들의 정체가 언데드라는 게 밝혀진 이상… 시간이 없습니다."

이번에 용우가 알아낸 정보의 핵심은 바로 그것이다.

적들의 정체는 어비스에서도 난적이었던 언데드들이다.

그 사실을 알고 나자 그들이 보였던 모습이 전부 납득이 갔다. 몬스터에게 빙의해서 나타나는 것도, 죽은 시체에도 빙의해서 움직일 수 있는 것도 정말로 네크로맨시의 산물답지 않은가?

'그리고 그 점은 구세록의 계약자들도 마찬가지지.'

용우가 성좌의 힘으로 변신하는 것을 고집스럽게 거부하는 것에는 그런 이유도 있었다.

구세록의 계약자들은 자신들이 쓰는 힘의 정체를 모르고 있다.

구세록에 기록된 정보는 용우가 보기에는 읽는 사람을 조롱하는 것이나 다름없는 쓰레기였다.

하지만 구세록의 계약자들은 그 쓰레기 같은 정보에 매달리는 것 말고는 다른 방법이 없었으리라.

"타락체가 게이트에 출현한 이상 언데드가 언제 출현해도 이상할 게 없을 겁니다."

타락체의 출현은 용우에게도 충격이었다.

무엇보다 라지알이라는 타락체는 어비스의 기준으로 판단해도 상당히 위험한 축에 속했다.

'나 말고는 대적할 수 있는 사람이 없다.'

그 말은 라지알이 나타날 때마다 강력한 헌터들이 타락체가 될 수도 있다는 뜻이다.

'동료를 늘리는 데 열을 올리는 타입이라면 말이지.'

언데드들은 죽은 자를 일으켜 세우는 것에 집착한다.

하지만 그들이 인간을 죽여서 언데드로 만드는 것은 '동료를 늘린다'는 개념이 아니라 '소모품으로 쓸 부하를 늘린다'는 개념이다.

그에 비해 타락체들은 개체수를 늘리는 데 소극적이다.

그들이 인간을 타락체로 만드는 데 이런저런 제약이 따라붙어서이기도 하지만, 기본적으로 그들이 동료를 고르는 취향이 까다롭기 때문이다.

타락체가 되기 전의 인간성을 파괴당한 그들은 반대로 동료가 될 자를 고를 때 인간성에 집착하는 경향이 있었다.

'그리고 또 한 명……'

다니엘 윤이 라지알을 공격할 때 나타났었던, 역시 타락체로 추정되는 존재.

교복을 입은 동양인 소녀.

전술 시스템에 기록된 영상은 화질이 별로 좋지 않았다.

구세록의 계약자들과 하스라의 싸움이 일으킨 여파가 워낙 강맹했으니 어쩔 수 없는 일이다.

하지만 그 기록만으로도 알 수 있었다.

'인간.'

라지알과 달리 소녀는 지구 인류일 가능성이 높았다.

그리고 소녀의 교복은 용우의 기억 속에 있는 것과 똑같았다.

'어쩌면… 사라졌다는 죽었다의 동의어가 아니었을지도 모르지'

용우는 타락체 소녀의 정체가 자신이 아는 사람일지도 모른다고 생각했다.

백원태가 물었다.

"텔레파시를 차단하는 방법이 개발된다면 그들에게 맞설 수 있겠습니까?"

"최소한 싸워보지도 못하고 무력화되는 일은 없을 겁니다. 그 이상 욕심을 부릴 수는 없는 문제고요."

"하긴 그렇군요."

"참고로 하스라는 그 힘을 제대로 쓰지도 않았습니다. 아티팩트를 손에 넣어도 놈들이 온전한 힘을 갖고 출현할 수는 없다는 거겠죠."

게이트에 강림한 하스라는 분명 무시무시한 존재였다.

9등급 몬스터와 동급의 마력을 지녔다는 것, 거기에 스펠까지 쓴다는 것만으로도 인류에게는 절망 그 자체나 다름없다.

하지만 용우가 정보 세계에서 만난 하스라의 본체에 비하면 초라할 뿐이었다.

"지금 시점에서 놈들이 본체 그대로 나타날 수 있다면… 그러면 그냥 끝입니다."

거창한 기술도 필요 없다. 하스라가 정신세계에서 용우에게 했던 것처럼 무식하게 정신파의 위력으로 찍어 누르기만 해도 된다.

그것만으로도 인류는 무력화되고 말 것이다.

"산 넘어 산이군."

오성준이 탄식했다.

용우에게 스펠 스톤을 공급받으면서, 그리고 권희수 박사가 M슈트와 윙 슈트를 개발하면서 오성준은 희망을 보고 있었다.

팀 블레이드 1부대 정도의 최정예에게 그 힘들이 주어진다면 분명 지금까지의 한계를 뛰어넘을 수 있다.

8등급 몬스터를 처리하고 재해 지역을 수복하는 것도 충분히 가능하다.

그리고 그건 분명 현실성 있는 목표였다. 용우가 스펠 스톤을 제공해 주면서, 팀 블레이드 1부대의 전투 능력은 급상승했으니까.

하지만 이제 오성준은 그 사실을 전혀 기뻐할 수가 없었다.

그 목표를 이뤄봤자 더 큰 절망이 기다리고 있다는 사실을 알았으니까.

용우는 그런 그를 가만히 바라보다가 백원태에게 물었다.

"그러고 보니 차준혁은 어떻게 됐습니까?"

"헌터 관리부에서 구금하고 있습니다."

차준혁은 모두가 보는 앞에서 셀레스티얼로 변신했다.

전술 시스템에 생생하게 기록되었기에 파문이 컸다.

지금까지 알려지지 않았던 고스트들의 정체와 관계가 있음이 분명했으니까.

용우가 말했다.

"풀어줄 수 있습니까?"

"그건… 쉽지 않습니다."

백원태가 난색을 표했다.

권력을 행사해서 될 일이 있고 안 될 일이 있다.

헌터 관리부 입장에서는 도저히 차준혁을 그냥 풀어줄 수가 없는 상황이다.

너무 많은 사람들이 차준혁에 대한 것을 알아버렸다.

70미터급에 도사리고 있는 것은 절망이었고, 차준혁은 그 절망을 어떻게든 해볼 수 있는 실마리로 보이니 도저히 놔줄 수가 없다.

"정부와 거래하죠. 차준혁을 풀어주고 향후 이 문제로 괴롭히지 않는 게 조건입니다."

"음? 용우 씨는 뭘 제시하려는 겁니까?"

"재해 지역 공략에 참가하겠습니다."

"정말인가?"

그 말에 오성준이 놀라서 벌떡 일어났다.

그것은 그가 품고 있는 숙원이었다. 민감하게 반응할 수밖에 없는 것이다.

"한반도의 재해 지역을 하나 줄여 드리죠. 정부가 원하는 곳으로. 서포트는 팀 크로노스와 팀 블레이드에게 부탁하겠습니다."

"음? 전투 요원은?"

"필요 없습니다. 팀을 꾸릴 겁니다."

"팀이라니?"

의아해하는 오성준에게 용우가 말했다.

"저를 중심으로 하는 팀입니다. 후보에 올려둔 인물들과 협상이 끝나는 대로 팀을 결성할 겁니다. 재해 지역 공략에 대해서는 협의해야 할 일들이 많겠지만… 일단 차준혁 건을 처리해 주는 게 최우선 조건입니다."

용우는 그렇게 말하며 웃었다.

*   *   *

그날 밤, 우희와 리사가 잠든 시간에 노트북으로 2014년에 인기 있었던 TV 프로를 보고 있던 용우는 휴대폰에서 e메일 도착 알림을 보고는 의아함을 느꼈다.

'누구지?'

굳이 e메일을 보내올 사람이 떠오르지 않았다.

"……."

메일 앱을 확인해 본 용우는 잠시 화면을 뚫어져라 바라보면서 굳어 있었다.

발신자는 바로…….

다니엘 윤.

그렇게 써 있었기 때문이다.

용우가 메일을 열어보자 그 안에는 어딘가의 주소가 첨부되어 있었고, 메일을 읽은 뒤에는 삭제해 달라는 당부가 적혀 있었다.

'무슨 꿍꿍인지 모르겠군.'

용우는 의아해하면서도 몸을 일으켰다.

그리고 곧바로 텔레포트로 목적지를 향했다.

중심가에서 좀 떨어진 곳에 있는 허름한 빌라였다.

용우가 빌라 입구에 서자 자동으로 문이 열렸다. 그리고 2층으로 올라가니 기다렸다는 듯 록이 풀리는 소리가 울린다.

"와주셔서 감사합니다."

순간 용우는 움찔했다.

안으로 들어가자마자 들린 목소리는 그가 잘 알고 있는 목소리였기 때문이다.

"정말 감쪽같군."

다니엘 윤, 아니, 그의 모습을 한 다른 누군가가 기다리고 있었다.

2

다니엘 윤의 모습을 한 남자가 말했다.

"처음 뵙겠습니다. 대외적으로는 여러 번 본 걸로 되어 있습니다만… 이미 알고 계시겠지요?"

"알고 있어. 뭐라고 부르면 되지?"

"그냥 다니엘 윤이라고 불러주시면 됩니다."

"……."

용우는 굳이 그의 정체를 캐묻지 않았다. 별로 관심이 가는 부분은 아니었으니까.

다니엘 윤이, 자기가 죽을 때를 대비해 준비한 사업가로서의 대역.

그것만 알면 충분했다.

"그렇게나 정교한 대역이라니 대단하군. 성형수술로 해결될 문제가 아닐 텐데?"

"성좌의 힘으로는 가능하더군요."

"의태인가."

용우는 왜 이토록 완벽한 대역이 가능한지 알아차렸다.

의태(擬態)라 불리는 스펠이 있다.

일시적으로 변신할 수 있는 다른 스펠보다는 사용 조건이 까다로운 스펠이다.

그리고 무엇보다 치명적인 단점이 하나 있다.

한 번 의태 스펠로 변화하면 그 효과가 영구적으로 지속된다는 점이다.

'각오가 되어 있는 거군.'

그는 의태를 통해서 지문과 홍채까지도 다니엘 윤과 동일한 존재가 되었을 것이다.

평생을 다니엘 윤의 대역으로 살아갈 각오가 되어 있지 않고서야 할 수 없는 선택이다.

"나를 부른 이유는?"

"두 가지입니다. 일단 앞으로 당신에게 협력하고 싶습니다."

"어떤 식으로?"

"무엇이든. 이미 백원태 사장과 오성준 사장이 그런 관계인 걸로 압니다. 국내의 일이라면 그 둘보다 낫다고 할 수 없겠습니다만, 해외와 관련된 일이라면 좀 더 나은 도움을 드릴 수 있을 겁니다."

용우는 그를 잠시 바라보다가 물었다.

"두 번째는?"

"유언장을 전하기 위해서입니다."

"유언장?"

"마스터의… 그러니까 다니엘 윤의."

"……."

"이 방으로 들어가서 보시면 됩니다. 보고 나면 내용은 자동으로 폐기될 테니 신경 쓰지 마시고 돌아가시면 됩니다. 혹시 필요하시면 차를 준비해 둘까요?"

"아니, 필요 없어."

"알겠습니다. 그럼 다음에 뵙죠. 앞으로 제가 도와드릴 일이 있으면 언제든지 연락해 주십시오."

다니엘 윤의 대역은 그렇게 말하고는 현관문을 열고 나가 버렸다.

혼자 남은 용우는 유언장이 준비되어 있다는 방으로 들어갔다.

방에 걸린 벽걸이 TV가 자동으로 켜지면서 영상을 재생하기 시작했다.

[제로, 아니… 서용우.]

화면 속의 다니엘 윤이 말하기 시작했다.

[네가 이걸 보고 있다는 것은, 내가 죽었다는 뜻이겠지.]

다니엘 윤은 팀 이그나이트의 CEO로서 용우를 만났을 때는 예의 바르게 존대해 왔다.

하지만 지금의 영상 속에서는 사업가로서의 가면을 벗고 편하게 이야기하는 모습이었다.

[유언장을 새로 만들 때마다 생각하는 거지만, 이 유언장이

쓰일 일이 없기를 바란다. 개인적으로는 상당히 아쉬운 타이밍이기도 하거든. 서로 눈 가리고 아웅 하는 것은 관두고 너와 직접 이야기를 해보려고 하니까.]

그 말에 용우가 쓴웃음을 지었다.

아무래도 두 사람은 같은 생각을 하고 있었던 모양이다.

하지만 결국 그 대화는 이루어지지 못하고 끝났다.

[네게 이런 유언장을 남긴 것은, 부탁하고 싶은 게 몇 개 있어서다. 나는 네가 지금의 인류에게 필요한 사람이라고 생각한다. 우리들보다도 더.]

그렇게 생각했기에 용우가 미켈레를 죽였을 때도 적대하지 않았고, 구세록의 계약자들이 연합해서 용우를 치는 것을 막았다.

만약 그때 다니엘 윤이 용우를 제거해야 한다고 생각했다면 용우는 구세록의 계약자 6명 전원의 합공을 받았을지도 모른다.

[애비게일 카르타는 현명하고 유능하다. 이미 너는 그녀와 손을 잡았겠지. 그러니 그녀에 대해서는 길게 이야기하지 않겠다.]

다니엘 윤은 구세록의 계약자들에 대해 이야기하기 시작했다.

[허우룽카이를 죽이면 대만과 중국 본토에 큰 영향이 있을 거다. 엔조 모로가 죽은 것과는 비교도 안 될 정도로. 하지만 너는 그런 문제를 고려하지 않겠지. 나도 그러라고 부탁하지 않겠다.]

그래도 세계 어디에서 일어나는 일이든 인류가 감당할 수 없는 게이트 재해만은 외면하지 말아달라고 다니엘 윤은 부탁했다.

[프리앙카는 말이 통하는 사람이다. 교섭 상대로서는 나쁘지

않지. 하지만 그녀는 필요하다면 우리 중 누구보다도 냉혹하고 폭주하는 인물이다. 자신이 컨트롤할 수 있는 상황을 만들기 위해 다수의 죽음조차 이용한다는 점에서는 허우룽카이를 능가할 정도지.]

"…그렇겠지. 너희들 중 미치광이 투톱이니."

용우가 중얼거렸다.

미켈레와 엔조 모로를 통해서 정보를 얻었기에 그들이 과거에 저지른 짓에 대해서는 잘 알고 있었다.

허우룽카이는 중국의 파멸을 위해서 억 단위의 인간이 죽어가도록 방치했다.

아니, 그저 방치하는 것이 아니라 구세록의 계약자들이 개입할 수 없도록 적극적으로 막아서기까지 했다.

프리앙카 역시 비슷한 과거가 있다.

퍼스트 카타스트로피 이전, 광활한 국토와 어마어마한 인구를 자랑하던 인도의 국내 정세는 혼돈의 끝을 달리고 있었다.

종교 문제, 분리주의 문제 등등…….

프리앙카가 인도를 자기가 원하는 방향으로 컨트롤하기 위해서 선택한 방법은 간단했다.

선별적 구제.

수많은 인간이 게이트 재해로 죽도록 방치함으로써, 그들로 인해 발생하던 문제가 사라지게 만들었다.

"인간이 인간을 죽이면, 그것으로 새로운 문제가 탄생한다. 하지만 게이트 재해가 인간을 죽이면, 인간들끼리 안고 있던 문제가 사라진다."

그것이 그녀의 생각이었다.

그 결과 퍼스트 카타스트로피 전, 13억 4천만 명에 달하던 인도 인구는 13년이 지난 지금 6억 7천만 명까지 감소했다.

물론 그 모든 것이 프리앙카의 선별적 구제 때문만은 아니다. 하지만 프리앙카가 선별적 구제라는 길을 선택하지 않았다면 인도 인구는 지금보다 2억 명은 더 많았을 것이다.

다니엘 윤이 말을 이었다.

[사다모토 아키라는 말이 통하는 놈이 아니다. 돈에도, 권력에도 관심이 없지. 자신의 힘으로 세상을 어떻게 바꿔 나가겠다는 야심조차 없어.]

전투에 있어서는 든든한 아군이지만 정신적으로는 애비게일 카르타보다도 더 심각하게 망가져 있는 인물이다.

[일본에 출현하는 게이트에 대해서는 적극적으로 대응하지만 일본이라는 국가가 국제적으로 어떤 문제를 겪어도 전혀 상관하지 않지. 게이트 재해를 제외하면 그를 움직이는 것은 딱 한 가지, 절대적인 원칙이다.]

문화에 대한 규제를 용납하지 않는다.

만화나 소설, 애니메이션, 영화 같은 창작물에 대해서 검열과 규제를 부르짖는 자들은, 그 목소리가 커져서 사회에 실행을 강요하는 시점에 반드시 사다모토 아키라에게 죽었다.

"……."

용우는 잠시 할 말을 잃었다.

사다모토 아키라에 대해서는 일본에서 300명 이상을 죽이고 '피의 레지스탕스'라는 별명으로 불리는 미치광이 살인마라는 것만 알고 있었다.

그런데 그런 대량 살인의 이유가 저것이었다고?

[원래 사다모토 아키라는 소년만화 잡지에서 액션 만화를 그리던 만화가였는데 퍼스트 카타스트로피 때 아내와 딸을 잃고 만화가로서도 은퇴했다. 아마 그때 얻은 정신적 문제가 그를 저렇게 만든 거겠지.]

아이러니한 것은 한국에 있어서는 그의 활동이 나쁘지만은 않았다는 점이다.

퍼스트 카타스트로피 이후 한국에서 군부 독재가 시작되었던 것만 봐도 알 수 있듯, 위기 상황에서 국가는 우경화(右傾化)되기 쉽다.

일본은 과거 역사만 봐도 특히 그런 경향이 심각하게 드러나는 나라였다.

퍼스트 카타스트로피 이후에도 당연하다는 듯 과거의 역사가 반복되었다.

그들은 어려운 상황에서도 국민들을 착취하여 군비를 늘려가면서 주변 국가에 대해 음흉한 야욕을 키우기 시작했다.

그리고 사회가 이런 분위기로 굴러가면 반드시 터지는 문제가 있다.

바로 문화에 대한 검열과 규제였다.

[결과는, 굳이 설명할 필요 없겠지.]

일본의 극우파 정치가들, 한창 권력이 강해지던 군부의 인물들, 그들을 지원하는 자산가들과 기업의 간부들, 시민 단체의 주요 인물들이 차례차례 사다모토 아키라에게 살해당했다.

그리고 사실 그가 표식을 남겨가면서 살해한 인물만 300명 정도고, 실제로 죽인 인간은 3천 명을 가뿐하게 넘는다.

우경화된 사회 분위기 속에서 20세기 중국의 홍위병처럼 행동하던 조직들이 만화나 소설가 등을 박해했다가 사다모토 아키라에게 학살당했다.

거대 야쿠자 조직들도 비슷한 이유로 수십 명이 살해당해서 공중분해되는 일이 몇 번이고 있었다.

사다모토 아키라의 학살로 인해서 일본의 야쿠자 세력은 퍼스트 카타스트로피 이전과 비교할 때 2할 미만으로 줄어들었을 정도다.

[하지만 그 모든 것은 자기가 생각하는 사회적 균형을 위해서가 아니라… 그저 문화를 탄압하려고 했다는 사실에 대한 보복이었지.]

사다모토 아키라는 결코 대국적인 시야를 갖고 움직이지 않는다.

자기 눈이 미치는 곳에서 절대적인 원칙을 거스르는 문제가 발생하면, 바로 그 문제를 일으킨 놈을 죽여 버리는 것은 거의 반사 행동에 가깝다.

[놈과 제대로 된 대화를 하는 건 불가능하다고 보는 게 좋을 거야. 네가 딱히 정의를 구현하기 위해 움직이는 인물은 아닐 테니, 놈이 살인마라는 이유로 없애 버려야겠다고 생각하진 않겠지.]

"그렇긴 해."

용우는 순순히 인정했다.

허우룽카이를 죽여 버리기로 한 것은 그가 자신을 건드렸기 때문이지, 그가 해온 일들이 불의함을 용서할 수 없어서는 아니었다.

왜냐하면 그 자신의 손도 피로 물들어 있기 때문이다.

환경에 강요받았다고는 하지만 용우는 수없이 많은 인간을 죽여 왔다.

그리고 그런 환경에서 벗어났어도 굳이 인간을 죽이는 데 거부감을 느끼지 않았다.

이런 자신이 누군가를 도덕적인 이유로 심판한다면 그건 코미디 아니겠는가?

그런 이유로 용우는 프리앙카나 사다모토 아키라가 해온 일들에 대해서도 냉정하게 받아들일 수 있었다.

미친놈들이라고는 생각하지만, 그뿐이다. 그들의 행동을 용서할 수 없으니 응징해야겠다는 마음은 들지 않는다.

'하지만 놈들을 없애 버릴 마음이 들었을 때 거리낄 필요는 없겠지.'

어쨌거나 용우는 구세록의 계약자들에게 불만이 많았다.

다른 무엇보다도…….

'너무 약해.'

그 사실이 짜증 났다.

인간적으로 짜증 나는 놈들이라면 최소한 전투적으로는 도움이 되어야 할 것 아닌가.

현재 인류의 수준과 상대적으로 비교하면 그들은 엄청나게 강하다.

하지만 앞으로 찾아올 위험을 막아내기에는 턱없이 약하다.

'광휘의 검은 차준혁에게 계승되는 시점부터, 브리짓 카르타와 비슷한 수준이 되겠지.'

그리고 브리짓 카르타는 용우가 생각한 커트라인에 아슬아슬하게 걸쳐 있는 인물이었다. 지금 그대로는 안 되고 좀 더 개선의 여지가 필요하긴 하지만.

'허우룽카이는 그렇다 치고 다른 둘도 세대교체를 해버리는 쪽이 나을 수도 있지.'

이제부터 몰려올 적들과 싸우기 위해서는 그럴 필요성이 있다. 용우는 그렇게 판단했다.

[이미 알고 있을 것 같지만, 내가 죽으면 차준혁이 광휘의 검을 계승할 거다.]

다니엘 윤은 그 사실이 달갑지 않은지 쓴웃음을 지었다.

[솔직히 이 업을 누구에게 물려주고 싶진 않았어. 내가 모든 걸 다 막아낼 수 있다면 좋겠다고 생각했다.]

브리짓 카르타의 사례를 봤기에 차준혁에게 광휘의 검을 계승해 주면 자기보다 훨씬 강해지리라는 것을 알았다.

하지만 그럼에도 차준혁에게 구세록의 계약자 자리를 물려주고 싶지는 않았다. 그가 자신이 품은 어둠을 모르는 채로 살아갈 수 있기를 바랐다.

[준혁이에게는 너를 따르라는 말을 남겨두었다. 내 말은 잘 듣는 녀석이니 그렇게 할 거야.]

"……."

용우는 정말 그럴지 의문이었다.

'하긴 자기가 어떻게 죽을지는 몰랐겠지.'

다니엘 윤이 이 유언장을 남긴 것은 이번 전투가 벌어지기 전이다. 스스로의 죽음을 예감했더라도 어떤 식으로 죽을지는 알수 없었으니 저런 소리를 할 수 있었으리라.

과연 차준혁은 그의 눈앞에서 다니엘 윤을 산산조각 내버린 용우를 따를 수 있을까?

이성적으로 생각하면 그럴 수 있어야 할 것이다.

용우는 차준혁이 하지 못한 일을 대신해서 도망칠 곳 없이 절망에 몰렸던 다니엘 윤을 구원해 주었으니까.

하지만 어디 사람 마음이 그렇게 이성적으로 움직이던가?

'모르겠군.'

어쨌거나 용우는 차준혁을 앞으로의 싸움에 필요한 인재라고 보았다.

한 팀이 될 수는 없어도 그가 광휘의 검으로 싸울 수 있도록 도와주긴 할 것이다.

[준혁이를 잘 부탁한다.]

영상 속의 다니엘 윤이 고개를 숙이며 말했다.

용우는 그것만으로도 그에게 차준혁이 어떤 의미였는지 알 것 같았다.

[할 말은 다 한 것 같군. 마지막으로 선물이 하나 있다.]

동시에 왼쪽 벽이 천천히 열리기 시작했다.

그리고 거기에 솟아난 원판 위에 마력석을 깎아서 만든 듯 은

은한 푸른빛을 발하는 열쇠가 있었다.

"그랬군."

용우는 그것을 보자마자 피식 웃었다.

"이래서 아공간이 안 열렸던 건가."

70미터급 게이트 안에서 다니엘 윤을 죽였을 때, 용우는 당연히 일어나야 할 현상이 일어나지 않는 것에 살짝 당혹감을 느꼈다.

그가 죽었는데도 아공간이 해제되고 그 안에 수납되어 있던 물건들이 쏟아지는 일이 없었다.

[마력석과 고등급 몬스터의 시체들이다. 돈보다는 그쪽이 낫겠지.]

자신의 아공간과 별개의 아공간을 만들고, 그것을 여는 권한을 열쇠로 만드는 것은 용우도 가진 기술이었다.

다니엘 윤은 정말로 진지하게 자신이 죽을 가능성을 인지하고, 대비했던 것이다.

[내가 할 수 있는 일은 다 해뒀다. 부디 뒷일을 부탁한다.]

그 말을 끝으로 영상이 꺼졌다.

"부탁은 들어주지. 대가는 충분히 받았으니까."

용우는 아공간의 열쇠를 집으면서 중얼거렸다.

3

차준혁은 팀 이그나이트에서 보내준 차를 타고 어딘가로 향하고 있었다.

목적지가 어딘지는 모른다.

사실 관심도 없다.

70미터급 게이트 제압 작전이 끝나고 나서 헌터 관리부에 구속된 그는 반쯤 정신이 나가 있었다.

벌써 일주일이 흘렀고, 왠지 몰라도 헌터 관리부가 그를 풀어 줬지만 달라진 건 아무것도 없는 것 같다. 지금도 여전히 악몽을 꾸는 것 같은 기분이 그를 붙잡고 놔주지 않는다.

그렇게 멍하니 창밖을 바라보고 있을 때, 차가 멈춰 섰다.

"도착……."

운전사는 끝까지 말을 잇지 못했다.

갑자기 뒷좌석에서 숨 막힐 듯한 압박감이 느껴졌기 때문이다.

조금 전까지만 해도 넋이 나간 표정이었던 차준혁의 눈이 무거운 살기를 뿜어내고 있었다.

"상관없는 사람 괴롭히지 말고 나와."

밖에서 짜증 섞인 목소리가 들려왔다.

그 말에 차준혁은 운전사가 숨넘어가기 직전임을 알아보았다.

"…미안합니다."

차준혁은 재빨리 마력장을 갈무리하고는 차에서 내렸다.

"제로……!"

그가 산골의 통나무 별장에서 기다리고 있던 용우에게 살기를 뿜어내었다.

"역시."

용우가 그를 보며 한숨을 쉬었다.

"이럴 것 같았지. 날 따르기는 개뿔."

"……"

그 말에 차준혁이 이를 악물었다.

당장에라도 덤벼들 기세였던 차준혁이 몸을 떨면서도 감정을 억누르자, 그를 가만히 살펴보던 용우가 말했다.

"유언장은 보고 온 모양이군."

"……"

"하지만 굳이 유언장대로 따를 필요는 없어. 광휘의 검의 계승자로서, 네 나름대로 일해주면 그걸로 충분해."

"네가……"

차준혁이 떨리는 목소리로 입을 열었다.

"내가 풀려나도록 손을 쓴 건가?"

"그래. 왜냐고 묻진 마라. 이미 이유는 말해줬으니까."

"……"

"용건은 이걸로 끝이야."

그 말에 차준혁이 당황했다.

"고작 그 이야기를 하려고 나를 여기까지 부른 거냐?"

"다른 이야기도 있긴 했는데… 너를 만나보니 무의미한 것 같거든. 그러니까 이걸로 끝."

용우는 이제부터 만들 팀에 차준혁을 영입할 생각이었다.

하지만 차준혁의 반응을 보니 그럴 마음이 사라졌다.

자신에게 살기를 품는 자를 옆에 두고 의지하는 것은 용우의 사고방식으로는 불가능했다.

"…선생님은 너를 따르라고 하셨다. 네가 인류에게 필요한 인물이라고."

"내게도 그렇게 말하더군. 하지만 다시 말하지. 그럴 필요는 없어. 넌 그냥 다니엘 윤의 후계자로서, 광휘의 검으로 활동해 주면 충분해."

"내 힘은 필요 없다 이건가?"

"필요하지."

용우의 대답이 주저 없었기에 차준혁은 움찔했다.

"하지만 난 위험을 옆에 두고 즐기는 취미가 없어. 그렇게 노골적인 살기를 품은 놈을 믿고 등을 맡길 수 있겠냐?"

"……."

"네 입장에서도 나를 믿고 목숨을 맡긴다는 건 못 할 짓일 거고."

"한 가지 조건만 들어주면… 하겠다."

차준혁이 용우를 쏘아보며 말했다

용우가 고개를 갸웃하며 물었다.

"무슨 조건?"

"나와 싸워라. 나를 꺾으면 네 밑에 들어가서 시키는 대로 해주지."

"자기가 무슨 소리를 하는지는 알고 지껄이는 거냐?"

용우가 손가락을 머리에 대고 빙빙 돌리는 시늉을 하면서 빈정거렸다.

차준혁이 말했다.

"내가 직접 확인해 보고 싶다. 네게 정말로 선생님이 뒤를 맡길 만한 가치가 있는지."

"확인하는 김에 할 수 있으면 죽여 버리고?"

"그럴 수 있다면… 좋겠군."

차준혁은 왠지 조금 망설이는 태도로 말했다.

"나는 전력을 다할 거다. 선생님께서 물려주신 것까지 모두. 하지만 너는 그런 나를 죽이지 않고 제압해야 하니까 결코 쉽지는 않을 거다."

"내가 너를 죽여 버리는 경우는 생각도 안 하냐?"

"그건 감수해야 할 리스크겠지."

"내가 너를 믿을 수 있을까?"

과연 차준혁이 말하는 조건을 다 충족시켜 준다고 해서 그가 말한 것을 지킬 것인가?

차준혁이 말했다.

"너라면 지키도록 강요할 수단 정도는 갖고 있지 않나?"

"……"

"왜?"

차준혁은 좀 당혹감을 느꼈다. 자신을 보는 용우의 표정이 미묘했기 때문이다.

"누구랑 똑같은 소리를 하는군."

피식 웃은 용우가 손으로 허공의 한 지점을 가리키며 말했다.

"어쨌든 좋아. 나도 궁금한 걸 확인해 볼 겸 어울려 주지."

용우 입장에서 보면 앞뒤가 안 맞는 억지였다. 들어줄 이유가 없었다.

하지만 용우도 광휘의 검을 계승한 차준혁의 전투 능력이 어느 정도인지 궁금했다. 그래서 그의 억지를 받아주었다.

그리고 소멸한 게이트의 내부 필드로 통하는 워프 게이트가 열렸다.

＊　　　＊　　　＊

브리짓 카르타는 한국에 머무르고 있었다.

휴고 스미스 때문이었다. 서용우에게 스펠 스톤을 공급받는 동안 휴고는 한국에 머물러야 했고, 그를 한국에 혼자 두는 건 불안했다.

"브리짓, 여기 커피."

보고서를 작성하느라 노트북을 들여다보고 있는 브리짓에게 휴고가 따뜻한 커피를 가져다주었다.

"고마워."

"좀 쉬엄쉬엄해도 되지 않아?"

"빨리 끝내두고 싶어서 그래. 그래야 한국에서 해야 할 일들에 집중할 수 있으니까."

"차준혁은 풀려났다던데."

"상황이 골치 아프게 됐어."

브리짓이 눈살을 찌푸렸다.

지금까지 고스트의 정체는 철저한 비밀 유지가 되고 있었다.

하지만 차준혁은 의도치 않게 정체가 알려지고 말았다.

이로 인해 차준혁은 꽤 곤란한 상황에 몰렸다. 앞으로는 더욱 골치 아파질 것이다.

휴고가 말했다.

"하지만 그 녀석, 풀려났잖아. 그럼 일단 한국 정부 차원에서는 문제될 게 없지 않을까?"

"어떤 거래가 있었을지 모르지. 문제는 그가 한국 정부에게 어디까지 말했을까인데……."

구세록의 계약자들의 정체에 대해서 알리기라도 하면 골치 아프다. 신경 써야 할 일이 엄청나게 늘어난다.

"정신이 반쯤 나간 것 같았으니 자포자기로 이거저거 다 털어놨어도 이상하진 않을 것 같은데."

"……."

"하지만 어차피 한국 정부는 그 녀석을 컨트롤할 방법이 없잖아? 그 녀석 고아였지 않나?"

"동생이 있었는데 행방불명된 지 오래야. 애인도 없고."

"그럼 약점이라고 할 만한 게 없는 건데, 크게 걱정할 필요는 없지 않을까?"

"세간의 눈을 전혀 신경 쓰지 않을 수 있다면 그럴 수 있겠지. 그가 그런 사람일지는 모르겠어."

구세록의 계약자들은 인류의 규격을 넘어서는 힘을 지닌 초인이다.

하지만 그럼에도 그들은 사람들 속에서 살아가는, 사람으로서의 자신을 포기하지 않은 존재였다.

세상과의 관계성을 거부하고 정면에서 모든 문제를 힘으로 찍어 누르는 것도 불가능하진 않으리라.

하지만 그런 길을 선택하면 과연 사람으로서 살아갈 수 있는 것일까?

아무리 강한 힘을 가졌어도 결국은 사람이기에, 단순히 힘으로 해결할 수 없는 수많은 문제들에 갇힐 수밖에 없다.

휴고는 잠시 브리짓을 바라보다가 화제를 돌렸다.

"그 녀석이 광휘의 검을 계승했으니 전력은 상승한다고 봐야겠지?"

"그 점은 확실해."

브리짓은 차준혁과 같은 5세대 각성자였다. 그렇기에 차준혁이 다니엘 윤보다 현격히 강하리라 확신했다.

"차준혁은 최고의 스트라이커라고 인정받은 사람이지."

"최고는 나야."

"……."

휴고가 못마땅하게 끼어들자 브리짓이 퍽 한심해하는 눈으로 쳐다봐 주었다.

사실 휴고 입장에서는 차준혁에게 경쟁심을 가질 만도 했다.

5세대 각성자로서 한국 최고, 나아가서는 아시아 최고로 불리며 전 세계 최고의 스트라이커 중 하나로 손꼽히는 차준혁.

6세대 각성자로서 미국 최고, 나아가서는 최고의 차세대 스트라이커로 불리는 휴고 스미스.

한국과 미국이라는, 서로 멀리 떨어진 무대에서 활약하고 있음에도 월드 클래스의 헌터들이 화제에 오를 때면 둘은 종종 비교 대상이 되었기 때문이다.

"어쨌든 그가 광휘의 검을 계승했으니 다니엘 윤보다 강할 건 확실해. 어쩌면 제로와도 필적할 만할지도 모르지."

브리짓은 진지하게 차준혁과 서용우의 전투 능력을 비교해 보기 시작했다.

*　　　　*　　　　*

　차준혁은 원래부터 천재적인 전투 센스의 소유자였다.

　근접전투 요원으로서 한국에는, 아니, 아시아권 전역을 통틀어도 적수가 없다는 평가를 받을 정도의 스트라이커.

　그런 그가 광휘의 검을 계승했으니 그 전투 능력은 다니엘 윤을 능가했다.

　쿠구구구구…….

　굉음이 서서히 가라앉는 가운데, 뜨거운 열기가 주변을 태우고 있었다.

　일반인은 근처에 오는 순간 살이 익어버렸을 열기 속에 두 명의 그림자가 있다.

　"예상을 벗어나지 않는군."

　둘 중 한 명, 서용우는 시큰둥한 표정을 짓고 있었다.

　그 앞에는 광휘의 검으로 변신한 차준혁이 있었다.

　〈으, 윽…….〉

　그는 만신창이였다.

　광휘의 검의 갑옷이 여기저기 깨져 나가고, 광휘의 검은 멀찍이 떨어진 곳에 나뒹굴고 있었다.

　그에 비해 용우는 상처 하나 없이 멀쩡한 모습이다.

　차준혁은 용우에게 손도 대보지 못하고 무참하게 패배했다.

　〈이런…….〉

차준혁은 그 사실을 믿을 수가 없었다.

성좌의 힘으로 변신한 상태에서는 마력 면에서 그가 용우보다 우위를 점했다.

또한 그에게는 전투 시에 절대적인 유리함을 제공하는 순간예지능력도 있었다.

그런데도 단 한 번도 용우를 때려보지 못하고 일방적으로 난타당하다 쓰러졌다.

'익숙하지 않아서? 아냐. 그런 문제가 아냐.'

차준혁이 광휘의 검으로서 싸워보는 것은 이번이 처음이다.

하지만 그는 다니엘 윤 생전에 종종 셀레스티얼로 변신해서 실전을 치른 바 있었다. 다루는 힘의 스케일이 커졌다고는 하나 본질적으로는 유사한 경험을 충분히 해온 셈이다.

그런데도 전혀 용우를 당해낼 수가 없었다.

용우가 쓰러진 그를 내려다보며 말했다.

"이 정도면 승패가 갈리지 않았나?"

〈누구 마음대로!〉

차준혁이 이를 갈며 몸을 일으켰다.

파지지지직!

10미터 이상으로 뻗어나간 빛의 검과 용우가 내민 새카만 양손 대검이 부딪친다.

둘 중 어느 쪽도 서로를 압도하지 못한다.

용우의 무기는 양손 대검의 형태를 띠고 있을 뿐, 사실은 성좌의 무기 대지의 로드였기 때문이다.

펑!

다음 순간, 차준혁의 몸통에서 폭음이 울려 퍼지며 그가 날아가 버렸다.

'모, 모르겠어.'

차준혁은 아득해지는 정신을 가까스로 붙잡았다.

순간예지능력은 정상적으로 기능하고 있다.

용우가 공격을 가해올 때마다 언제 어느 지점에 위험이 찾아온다는 사실을 알겠다.

하지만 그 위험의 본질이 무엇인지 모르겠다.

날아오는 칼날을 막는다. 뒤따라오는 충격파를 막는다. 대지의 로드의 힘으로 조작되는 대지의 출렁임을 피한다.

그런데 다음 순간 사고에 노이즈가 끼면서 판단이 빗나가고, 몸통에서 폭발이 일어난다.

'어째서, 아니, 어떻게 이럴 수가 있지?'

지금까지 한 번도 겪어본 적 없는 사태였다.

그가 전투에 임했을 때, 단기적인 상황에서 미지를 체험하는 일은 극히 드물었다. 순간예지능력이 찾아올 모든 위협을 알려 줬으니까.

그는 아직 일어나지 않은 일을 알고, 남들보다 빠르게 반응하기만 하면 되었다. 그것만으로도 남들은 절대 해낼 수 없는 일들을 해내왔다.

그런데 용우를 상대로는 그렇게 할 수가 없다.

보이는 대로 피했더니 얻어맞았다.

막고 받아치려고 했더니 막을 수가 없었다.

뻔히 보이는 공격에 두들겨 맞았다.

〈이야아아아아!〉

차준혁은 악에 받쳐서 달려들었다.

광휘의 검이 눈부신 빛을 발하면서 폭풍 같은 검격이 용우를 몰아친다.

"이젠 자포자기냐?"

용우는 격렬한 검격을 모조리 피하면서 카운터를 넣었다.

투학!

막 검을 휘두른 차준혁의 팔 바깥쪽을 쳐서 움직임을 끊었다.

쾅!

뒤이어 휘둘러진 양손 대검이 차준혁의 방어 위를 때렸다. 그것으로 차준혁의 움직임이 묶였다.

퍼어어어엉!

차준혁의 예지능력이 무언가를 감지하는 순간, 보이지 않는 충격이 그를 후려갈겨서 날려 버렸다.

〈크악……!〉

차준혁이 물수제비를 뜨는 돌처럼 대지에 몇 번이나 튕기면서 나가 떨어졌다.

"잘 들어. 딱 한 번만 말할 거니까."

용우가 쓰러진 그를 보며 말했다.

"난 원래 두들겨 팰 놈한테 주절주절 설명해 주지 않아."

적보다 정보적으로 우위를 점하는 상황은 크나큰 이점이다.

그렇기에 용우는 어비스에서 자신을 궁지에 몰아넣고 그 과정에 대해서 이러쿵저러쿵 떠들어대는 놈들을 이해할 수가 없었다.

"이건 어디까지나 다니엘 윤이 너를 부탁해서 특별히 해주는 서비스다."

〈무슨 소리를⋯ 하고 싶은 거냐?〉

"네가 지금 나한테 이렇게 쉽게 두들겨 맞고 있는 건⋯ 네가 순간예지능력이 뭔지도 모르고 거기에 의존하는 놈이라 그래."

〈뭐?〉

"그런 놈들이 있더라고. 감이 뛰어나다. 이성적으로 접근하기보다는 감각적으로 접근하기 때문에 본능적으로 싸우는 게 더 좋은 선택이다⋯⋯."

용우의 과거 경험을 돌이켜 봐도 그런 자들이 많았다.

전투는 순간의 판단으로 삶과 죽음이 갈릴 수 있는 행위이고, 따라서 이성적이고 계산적인 행동보다는 순간순간을 잡아낼 수 있는 감각이 더 중요할 때가 많았으니까.

"하지만 그건 서로 아무것도 모를 때, 거기서 승부가 날 때나 가능한 이야기지. 지구에서야 네 능력이 유니크할지 몰라도 어비스에서는 제법 많은 보유자가 있었어. 그 본질도, 약점도 다 밝혀졌지."

누군가 나를 때리려고 한다. 혹은 날붙이로 베려고 한다. 활이나 총으로 쏘려고 한다. 폭발이 다가온다⋯⋯.

이런 직관적인 위협에 대해서 순간예지능력은 무적에 가까운 대응력을 발휘한다.

하지만 의외로 세상에는 적극적으로 배우거나 경험하지 않는 이상 평생 동안 알 수 없는 감각이 너무나 많았다.

장님에게 오로라의 아름다움을 이야기해 봤자 소용없듯이.

다이빙을 경험하지 못한 사람에게 바다 밑을 유영할 때의 경이감을 이야기해 봤자 이해할 수 없듯이…….

"누구나 알 수 있는 직관적인 위협, 그게 아니더라도 네가 알고 있는 경험으로 이해할 수 없는 위협이라면 효과가 떨어지지."

위험이 다가온다는 사실은 안다. 하지만 그게 어떤 위험인지를 알 수가 없다.

위험을 피하지 못하고 휘말렸는데도 뭐가 어떻게 된 건지 이해하지 못하는데 1, 2초 정도 빠르게 안다고 해서 무슨 의미가 있을까?

"물론 그것만은 아니지. 이제부터 네가 적들에게 당할 일을 하나 더 가르쳐 주마."

용우가 말을 마침과 동시에 차준혁이 기겁했다.

왼쪽에서 자신을 두 동강 낼 공격이 날아드는 상황을 예지했기 때문이다.

'뭐야?!'

하지만 벌떡 일어나면서 광휘의 검을 휘두른 차준혁은, 아무것도 없는 허공을 보며 눈을 부릅떴다.

투학!

그리고 단 두 걸음으로 거리를 좁힌 용우가 그를 걷어찼다.

'외, 왼쪽인가?'

용우가 뛰어들어서 팔꿈치로 그를 내리찍는 예지가 찾아왔다.

쾅!

하지만 그가 그 공격에 대응하는 순간, 용우는 멀리서 에너지 탄을 쏴서 그를 바닥에 처박았다.

'이럴 수가!'

차준혁은 절망적인 사실을 깨달았다.

예지가 어긋나고 있다.

"돌팔이가 된 감상은 어떠신가, 족집게 점쟁이 양반?"

용우의 비아냥거림이 바닥을 기는 차준혁의 가슴을 송곳처럼 후벼 팠다.

Chapter32

결성

1

용우 입장에서 보면 처음부터 결말이 정해진 승부였다.

차준혁이 순간예지능력의 본질을 모르는 채로 그것에 의존하는 이상, 그는 절대 용우를 당해낼 수가 없었다.

"순간예지능력은 약점투성이야. 적절한 타이밍에 텔레파시로 슬쩍 찔러주기만 해도 허점투성이가 되거든."

인간의 정신은 현재와 미래를 동시에 처리하는 것만으로도 혼선이 오기 때문이다. 그래서 순간예지능력만큼 인간을 미치게 하는 능력도 드물다.

"이 방법을 응용하면 조금 전에 네가 체험한 것 같은 일도 가능해지는 거다."

⟨……⟩

망연하게 용우를 바라보던 차준혁이 믿을 수 없다는 듯 물었다.

〈가짜 예지를… 보여줄 수 있다는 거냐?〉

그에게 있어서 예지에 대한 신뢰는 숨 쉬듯이 당연한 믿음이다. 그 믿음이 무너지는 충격은 하늘이 무너지는 것만 같았다.

"그래. 내가 어디를 어떻게 공격하겠다는 강한 의지를, 네 뇌에 다이렉트로 꽂아 넣는 것만으로도 순간예지능력과 네 뇌가 그런 오답을 내는 거지."

〈거짓말…….〉

"믿든 말든 그건 네 몫이야. 분명한 건, 여기서 네가 겪은 일은 앞으로 네가 적들에 의해서 겪을 일이라는 거지."

〈…….〉

용우 입장에서는 차준혁에게 크나큰 호의를 베풀고 있는 것이었다.

그가 다니엘 윤의 후계자이며, 앞으로의 싸움이 필요한 인재이기에.

한참 동안 침묵하던 차준혁이 말했다.

〈아니, 너는 거짓말을 하고 있어.〉

"그만큼 몸에 새겨줬는데도 말귀를 못 알아먹는군."

〈그 말이 사실이라면…….〉

차준혁이 비틀거리며 일어났다. 깨지고 금 간 투구 너머에서 그의 눈이 이글이글 타오르고 있는 것 같았다.

〈왜 너는 예지능력을 쓰지?〉

"……."

용우는 한 방 먹었다는 듯 그를 바라보았다.

그러다 씩 웃으며 물었다.

"왜 그렇게 생각했지?"

〈너는 나와 싸우는 동안 모든 걸 다 알고 있는 것처럼 움직였어.〉

차준혁은 그 태도에서 기묘한 기시감(旣視感)을 느꼈다.

정신없는 전투 상황에서는 그 이유를 알 수 없었지만, 이제와 차분히 생각해 보니 알 수 있었다.

용우의 태도는 지금까지 차준혁이 전투 속에서 보인 태도와 닮아 있었다.

"난 예지능력자가 아니야."

〈시치미를 떼는군.〉

"하지만 그 비슷한 능력은 있지. 그 이상은 말해줄 이유가 없고."

용우는 어깨를 으쓱했다.

지금 한 말은 모두 사실이었다. 용우에게는 어떤 종류의 예지 능력도 없다.

그저 용우가 지닌 능력, 악의를 통찰하는 능력이 전투 상황에서 예지와 비슷한 기능을 발휘할 뿐이다.

이 능력의 효용성은 예지에 비해 제약적이다. 상대를 파괴하겠다는 악의를 발하는 존재를 상대할 때가 아니라면 아무 쓸모도 없으니까.

대신 이 능력에는 예지능력 같은 약점이 없다. 다른 사람도 아니고 용우가 쓰기에 더더욱.

"어쨌든 승부는 여기까지로 하지. 네가 납득 못 했다면 그걸로 좋아. 오늘 배운 걸 잊지 말도록 해."

〈잠깐!〉

"아직 할 말이 남았나?"

〈내가… 졌다.〉

차준혁이 패배를 인정했다.

그를 잠시 바라보던 용우가 물었다.

"진심으로 나를 따를 수 있겠냐? 그럴 수 없다면 그만두는 게 서로에게 좋아."

〈할 수 있다.〉

차준혁은 광휘의 검을 지팡이 삼아 몸을 지탱하며 한숨을 쉬었다.

〈…알고 있어. 너를 원망하는 게 옳지 않다는 것 정도는.〉

서용우는 다니엘 윤을 죽인 원수가 아니다. 오히려 그를 구원해 준 은인이라고 해야 하리라.

차준혁도 그 사실을 알고 있었다.

오히려 원망해야 할 것은 다니엘 윤의 부탁을 들어주지 못한 자신이었다. 다른 누구에게 맡기는 게 아니라 반드시 차준혁 자신이 해냈어야 할 일을 해내지 못했다.

하지만 그런 사실을 머리로는 알고 있어도 마음이 따르지 못했다.

도저히 정리되지 않는 울분이 있었기에 차준혁은 용우에게 이 승부를 요구했다.

그리고 지금에 와서야 자신이 그랬던 이유를 깨달았다.

〈조금은… 후련하군.〉

바보 같은 행동이라는 건 안다. 하지만 때로는 그러지 않고서는 도저히 해소되지 않는 마음이 있다.

그래도 싸우기 전에 용우에게 댄 이유는 거짓말이 아니었다.

과연 서용우는 다니엘 윤이 미래를 맡길 만한 사람인가?

차준혁은 그 사실을 자신의 눈으로 확인해 보고 싶었던 것이다.

〈이제부터 뭘 할 거지?〉

차준혁이 치료 스펠로 부상을 치료하면서 묻자, 용우가 대답했다.

"팀을 만들 거야."

〈무슨 팀을?〉

"이번 같은 일이 언제 일어나도 대비할 수 있는, 그런 팀을."

〈……〉

"일단 네가 두 번째 팀원이다."

〈내가 두 번째면, 첫 번째는 누구지?〉

"곧 알게 될 거야."

그날부터 용우는 발 빠르게 움직이기 시작했다.

*　　　　　*　　　　　*

용우에게 있어서 팀을 만드는 법적 절차는 별로 중요하지 않았다. 그런 문제는 백원태에게 말 한마디만 하면 해결될 테니까.

중요한 것은 사람이었다.

"스카우트요?"

헌터 관리부의 팀장, 김은혜는 놀라서 눈을 휘둥그레 떴다.

"저를?"

용우가 그녀를 스카우트하겠다는 의사를 밝혔던 것이다.

"그래. 팀을 굴리려면 업무 능력이 필요하니까. 당신이 적임자라고 생각했어."

첫 만남이 좋지 않기는 했지만, 그 후로 김은혜는 지속적으로 자신의 유능함을 입증해 왔다. 헌터 관리부에 몸담았던 경력과 용우에게 익숙하다는 점을 고려하면 그녀만 한 인재가 없었다.

"좀 생각해 보고 대답해도 될까요?"

"당신은 뭔가 야망이 있어서 그 일을 하고 있나?"

"야망이라뇨?"

"공무원으로서 말이야. 장관이 되겠다거나, 아니면 정치계에서 뭔가를 해내고 싶다거나… 그런 야망이 있어서 그 일을 하고 있는 거냐고."

"그런 건 아니죠."

김은혜는 딱히 구체적인 비전이 있어서 헌터 관리부에 들어간 것이 아니다.

헌터로 뛰기에는 전투 능력이 부족한 각성자였고, 또 고학력자였기에 자신을 대우해 주는 직장을 골랐을 뿐이다.

"그런 게 아니면 내 제안을 거절할 이유가 없을 것 같은데. 조건은… 연봉은 5억 원, 팀의 실적에 따라서 인센티브를 지급하지."

"어……."

헌터 관리부 팀장과는 비교도 안 되는 대우였다.

단숨에 마음이 기우는 김은혜에게 용우가 검지를 세워 보이며 마지막 조건을 말했다.

"거기에 한 가지 더. 유사시에 스스로를 지킬 힘 정도는 주지. 체외 허공장, 갖고 싶지 않나?"

김은혜의 동공이 지진이라도 난 것처럼 흔들렸다.

＊　　　　＊　　　　＊

리사는 퇴원한 후로 한 달 반 동안 빡빡한 훈련 스케줄을 소화해 내고 있었다.

이 기간 동안 그녀의 전투 능력은 가파르게 상승했다.

용우가 그녀의 훈련을 맡긴 트레이너들은 다들 비싼 값을 하는 이들이었다.

채 두 달이 지나지 않았음에도 신체가 빠르게 발달하고, 마력을 다루는 데 있어서는 기초를 숙지해 냈다.

거기에 용우가 주는 스펠 스톤으로 지속적으로 특성과 스펠이 늘어났으며, 돈을 아끼지 않는 마력 시술로 마력도 빠르게 늘어나는 중이다.

리사가 물었다.

"제가 선생님의 팀에요?"

"그래."

"저야 선생님이 원하신다면 하겠지만⋯ 괜찮은 건가요? 지금 제 수준으로도?"

리사가 불안해하며 물었다.

그녀는 지난 한 달 반 동안 스스로가 빠르게 강해지고 있다는 사실을 실감하고 있었다.

하지만 그런 반면 용우가 요구하는 커트라인에는 어림도 없다
는 사실도 알았다.

예전에는 아무것도 몰랐기에 용우가 얼마나 대단한 존재인지
구체적으로 알 수가 없었다. 하지만 본인이 직접 각성자로서의
능력을 발휘하기 위한 훈련을 받자 용우를 보는 눈이 달라지고
있었다.

"물론 지금 수준으로는 어림도 없지. 하지만 그 부분에 대해
서는 생각해 둔 게 있어. 중요한 건 네 의지지."

"저야 물론……."

"잘 생각해 보고 결정해. 내게 은혜를 입었으니까 내가 뭘 바
라든 무조건 따른다, 그런 식으로 결론을 내지는 마. 우희한테
무슨 말을 들을지 무서우니까."

"어차피 똑같아요."

리사가 고개를 저었다.

"그런 고민은 그날 다 끝냈으니까요."

"힘들 거야. 목숨이 위험한 일도 수없이 겪게 될 거고."

"알고 있어요."

"내가 생각해 둔 방법이 네게 있어서는 악몽 같은 기억을 건
드리게 될 수도 있어."

"……."

그 말에 리사가 움찔했다. 직감적으로 용우가 말하는 의미가
무엇인지 알아차렸기 때문이리라.

하지만 곧 그녀는 고개를 끄덕였다.

"각오할게요. 선생님이 그런 방법을 선택하신다면, 그럴 만한 이유가 있을 테니까."

리사는 흔들리지 않았다. 그런 이유들은 병원에서 나오던 그 날, 전부 과거에 버리고 왔으니까.

그녀가 바라는 것은 복수뿐이었다.

자신의 손으로 복수할 수만 있다면, 팬텀이라는 조직에 관련된 모든 것을 파멸시킬 수만 있다면 그녀는 무엇이든 할 각오가 되어 있었다.

그리고 복수만 할 수 있다면 더 이상 아무것도 바라는 게 없었다.

그 목표 너머에 무엇이 있을지, 그녀는 생각하지도 바라지도 않았다.

*　　　　*　　　　*

아티팩트 불꽃의 활의 주인, 유현애는 뜻밖의 사람에게 연락을 받고는 집을 나섰다.

업무 말고 사적으로 연락을 해올 거라고는 생각도 못 한 사람이었기에 도대체 무슨 용건이 있는지 굉장히 궁금했다.

"아저씨, 오랜만이에요!"

크로노스 호텔 최상층 레스토랑의 VIP 룸으로 들어간 유현애가 반갑게 인사했다.

"오랜만이군. 잘 지냈어?"

마지막으로 본 지 두 달은 되었으니 확실히 오랜만이었다.

"그럭저럭요. 70미터급 엄청났다면서요? 언론에서야 전사자가 기적적으로 적었다고 하지만……."

"어디까지 들었어?"

"별로 들은 게 없어요. 우리 팀에서도 몇 명 갔었는데, 어땠냐고 물어보면 기밀이라고 쉬쉬하더라고요. 하지만 분위기가 심상치 않았어요."

"그랬군."

"그리고 왠지 저는 한동안 모든 작전에서 배제된다는 통보를 받았어요."

"……."

그럴 만도 했다.

군주 개체 하스라의 강림은 인류에게 치명적인 정보를 알려주었다.

아티팩트 보유자가 게이트 안에서 죽으면 아티팩트가 몬스터들의 손에 넘어간다.

그리고 그 아티팩트를 통해서 군주 개체가 9등급 몬스터 수준의 마력을 갖고 강림할 수 있다.

즉, 인류 입장에서는 앞으로 아티팩트 보유자를 게이트 안에 집어넣는 것 자체가 큰 위험을 불러일으키는 행위가 되어버린 것이다.

'성좌의 무기도 마찬가지.'

이것은 딜레마다.

그 힘이 없으면 인류는 이제부터 나타날 적들을 막아낼 수 없다.

하지만 그 힘을 적에게 빼앗기면 감당할 수 없는 재앙이 탄생한다.

'아티팩트 보유자의 능력은… 그런 리스크를 감수하고서라도 써야 할 만한 것도 아니고.'

성좌의 무기처럼 초월적인 힘을 가졌다면 모를까, 그 마이너 카피에 불과한 아티팩트에는 인류가 위험을 감수해 가면서 의존할 만한 가치는 없다.

유현애가 신중하게 물었다.

"아저씨는 뭔가 알고 계시지 않나요?"

"알고 있어."

"말해줄 수 있나요?"

"있지. 다만 내가 지금부터 해주는 말이, 원래대로라면 네게 전달되어서는 안 되는 기밀 정보라는 걸 숙지하고 들어."

그 말에 유현애가 바짝 긴장하며 물었다.

"그런 걸 말해줘도 괜찮아요?"

"괜찮아. 그리고 네 문제니까 너한테는 말해주는 게 옳다고 본다."

용우는 태도를 확실히 하고는 유현애가 원하는 정보를 말해주었다.

"네가 작전에서 배제된 건 아티팩트 보유자이기 때문이야. 어느 정도는 예상하고 있었지?"

"그거 말고는 달리 이유가 없으니까요. 하지만 아티팩트가 왜 문제가 되는 거죠?"

"그럴 수밖에 없어."

용우는 70미터급 게이트 제압 작전에서 밝혀진 진실을 알려주었다.

이야기를 들은 유현애의 안색이 창백해졌다.

"그, 그럼 저는 더 이상 헌터로 활동할 수 없는 건가요?"

"헌터 관리부의 방침은 그렇게 될 가능성이 높지. 팀 반도호랑이 입장에서는 헌터 관리부의 뜻을 거스르기 힘들 거고."

"……."

유현애는 몸에서 힘이 죽 빠지는 걸 느꼈다.

허탈했다.

각성자가 되어버렸기 때문에, 자신의 꿈이고 삶이었던 프로게이머의 길을 포기할 수밖에 없었다.

그녀가 가진 각성자의 힘은 뼈아픈 상실과 평생 잊을 수 없는 트라우마를 대가로 지불하고 얻은 것이다.

이 힘으로 헌터로 활동해서 세상에 공헌하고 사람들에게 인정받는 것이 새로운 삶의 목표였다.

그런데 그 목표가 이렇게 어처구니없이 좌절되다니……

망연자실한 유현애에게 용우가 말했다.

"그래서 말인데, 내가 이번에 팀을 만들 거야."

"팀요?"

"소수 정예의 팀이지. 지금까지의 내 활동을 몇 명의 정예 헌터를 더해서 팀 단위로 확대하는, 그런 개념으로 이해하면 돼."

그 말에 유현애가 잠시 생각해 보더니 물었다.

"…혹시 저를 그 팀에 스카우트하시려는 건가요?"

"그래. 조건은 섭섭지 않게 대우해 주지. 다만 그 조건은 금전적인 부분은 아닐 거야."

"무슨 뜻인지 모르겠는데요? 열정 페이로 일해라, 뭐 그런 소리는 아니죠?"

"그건 아니지. 하나만 예를 들지. 난 너를 배틀 힐러로 만들어 줄 수 있어."

"네?"

유현애가 눈을 휘둥그레 떴다.

"금전적인 부분에서의 보장은 없지만 앞으로 팀이 처리할 일들이 굵직할 테니까 인센티브는 두둑하겠지."

"아니, 잠깐. 저 지금 잘 이해가 안 되는데요. 저를 배틀 힐러로 만든다니, 그런 게 가능해요?"

"가능하니까 하는 소리지."

"……"

"네가 OK한다면 팀 반도호랑이와의 협상은 이쪽에서 알아서 처리할 거야."

"하지만 헌터 관리부가 제 활동을 원치 않는다면서요?"

"거기에 대해서는… 두 가지 선택지가 있어. 이게 오늘 너를 만나는 또 다른 용건이기도 하고."

"어떤 선택지인데요?"

"첫 번째는 헌터 관리부가 뭐라고 지랄하든 무시한다."

"……"

상상도 못 한 대답에 유현애가 멍청한 표정으로 용우를 바라보았다.

용우가 어깨를 으쓱했다.

"내가 널 쓰겠다는데 지들이 뭘 어쩔 거야? 시끄럽게 짖어대면 그냥 이 나라를 떠서 미국 가버리면 돼. 너는 물론이고 네 가족 이민 문제와 비용까지 다 책임져 주지."

"와······."

유현애는 기가 막혀서 입만 뻐끔거릴 뿐, 말을 하지 못했다.

"그리고 두 번째 선택지는⋯ 좀 과격하게 들릴지도 모르겠군."

"아니, 지금 첫 번째 선택지만 해도 과격함이 넘쳤거든요? 그거보다 과격한 방법이 있어요?"

"있지."

"뭔데요?"

어디 한번 들어보자는 표정을 짓는 유현애에게, 용우가 폭탄 선언을 날렸다.

"아티팩트를 나한테 넘겨. 대신 그 공백을 채우고도 남을 정도로 널 강하게 만들어주지."

2

권희수 박사는 자기 연구실에 처박혀서 연구 데이터를 들여다보고 있었다.

70미터급 게이트 제압 작전에서는 귀중하고 풍부한 데이터를 얻었다. 이 데이터를 해석하는 것은 앞으로의 연구에 큰 도움이 될 것이다.

문득 그녀가 의자를 돌려서 뒤를 돌아보며 말했다.

"언제 오나 눈이 빠지게 기다렸어요."

조금 전까지만 해도 아무도 없었던 곳에 홀연히 서용우가 나타나서 그녀를 보고 있었다.

"다음 날에는 올 줄 알았는데 2주라니… 너무하는 거 아니에요?"

"대답을 고민하다 보니 시간이 금방 가더군요."

"대답을 들려주겠어요?"

"박사님의 제안을 받아들이죠. 성좌의 무기를 연구할 수 있게 해주겠습니다."

권희수가 요구한 것은 바로 성좌의 무기를 연구할 수 있게 해달라는 것이었다.

다니엘 윤은 권희수를 계승자로 설정하고, 마력이 빠르게 성장할 수 있도록 지원해 주었다. 마력이 성장할수록 권희수가 지닌 특유의 능력은 더욱 빛을 발해서 남들이 수백 번의 시행착오를 거쳐야만 도달할 수 있는 답을 빠르게 얻고는 했다.

하지만 다니엘 윤이 해준 일은 거기까지였다. 그는 결코 성좌의 무기와 그 힘을 휘두르는 자신을 연구 대상으로 삼는 것을 허락하지 않았다.

"역시 당신은 그럴 수 있었군요."

용우의 대답에 대한 권희수의 반응은 좀 묘한 구석이 있었다.

허락을 기뻐하는 게 아니라, 자신의 예상이 들어맞았음에 고개를 끄덕였다.

용우가 물었다.

"다니엘 윤은 허락하지 않은 게 아니라 못한 겁니까?"

"예."

"이유를 압니까?"

"정확한 이유는 몰라요. 하지만 자신의 의사와는 상관없이 할 수 없는 일이라고 못을 박았어요."

"……"

그것은 용우에게는 많은 점을 시사하고 있었다.

'내가 느낀 불쾌감이 이것과 관계가 있었나?'

지금까지 용우는 고집스럽게 성좌의 힘으로 변신하는 것을 거부하고 있었다.

성좌의 힘을 받아들여서 변신하는 것으로 자신이 다룰 수 있는 힘이 대폭 상승한다는 사실은 알았다. 그럼에도 그 감각을 도저히 감수할 수가 없었을 뿐.

동시에 머릿속 한구석에서 경고하는 목소리가 있었다.

'이건 한번 받아들이면 돌이킬 수 없어.'

용우는 위험을 알아차리는 자신의 감을 신뢰했다. 그렇기에 리스크를 감수하는 한이 있어도 고집을 관철해 온 것이다.

'구세록과 구세록의 계약자의 관계에 대해서는… 애비게일 카르타에게 정보를 더 캐낼 필요가 있겠군.'

아무래도 아직 더 알아내야 할 정보가 남은 것 같았다.

생각해 보면 그들이 자신을 '계약자'라고 칭하는 것부터가 의미심장하다.

용우는 미켈레를 죽이고 빙설의 창을, 엔조 모로를 죽이고 대지의 로드를 강탈했다.

그것은 그들이 죽기 전에 용우를 계승자로 설정했기에 가능한 일이었다.

하지만 용우는 그들이 가졌던 모든 것을 다 계승하지는 못했다.

둘의 구세록과도 접촉해 본 적이 없고, 어디 있는지조차 모른다.

그리고 특별히 '계약자'라고 불릴 만한 계약의 과정을 거친 적도 없다. 구세록의 계약자들이 소통의 수단으로 쓰고 있는 정보 공간 역시 용우에게는 허락되지 않은 채였다.

'내가 얻지 못한 것들이 구세록과 계약함으로써 얻을 수 있는 것들이겠지. 능력이라고 해야 할지 아니면 구세록에 내재된 기능을 사용할 권한을 받는다고 해야 할지는 모르겠지만.'

만약 구세록의 계약자들이 쓰는 능력, 예를 들면 각성자의 시신에 빙의하는 것이나 정보 공간을 이용하는 것이 구세록에 내재된 기능이라면?

그렇다면 그런 기능을 쓰는 대가로 그들에게 강제되는 계약 조건이 있을지도 모른다.

'성좌의 무기를 누군가에게 주는 건 신중하게 진행해야겠군. 어차피 하스라 때문에 계획을 대폭 수정하긴 했지만.'

생각에 잠긴 용우에게 권희수가 물었다.

"언제부터 연구에 협력해 줄 수 있나요?"

"당분간은 곤란합니다."

"잠깐씩이라도 좋은데요."

"시간이 없어서가 아니라, 성좌의 무기로 하고 있는 일이 있어서 그렇습니다."

"하고 있는 일이요?"

"예. 굉장히 중요한 일입니다."

권희수는 설명을 요구하는 눈으로 바라보았지만 용우는 말해 주지 않았다.

용우가 권희수를 찾아오는 게 늦어진 이유는 팀을 결성하는 문제 때문만은 아니다.

보다 개인적인, 군주 개체 하스라를 쓰러뜨림으로써 얻은 것 때문이었다.

"대신 이걸 드리죠."

용우는 아공간에서 얼음처럼 투명한 질감의 창을 꺼냈다.

권희수가 눈을 빛냈다.

"빙설의 창이군요. 아티팩트인가요?"

"예. 군주 개체 하스라의 코어 역할을 했었습니다. 한번 부서 진 것을 이어놓기는 했는데, 아티팩트로서의 기능은 복원이 안 되더군요."

"그럼 의미가 없잖아요?"

"정말 그렇습니까?"

장난치냐는 듯 묻는 용우의 말에 권희수가 눈을 반짝이며 웃 었다.

"물론 아니죠."

유현애의 불꽃의 활을 통해서 아티팩트에 대한 연구 데이터는 상당히 쌓여 있다.

멀쩡한 아티팩트와 망가진 아티팩트, 둘의 데이터를 비교해 보면 분명 얻을 수 있는 게 있으리라.

"당분간 갖고 놀 장난감으로는 충분할 겁니다. 하지만 이것보다는 텔레파시 연구 쪽을 서둘러 주십시오. 그쪽에서 성과를 내면 재미있는 걸 하나 더 드릴 테니까."

"재미있는 거?"

"박사님이 좋아할 만한 겁니다."

"흠……. 알겠어요. 하지만 정말로 그렇게나 시간이 없는 건가요?"

"이미 마감 기한을 넘겼다고 봐도 무방합니다."

용우는 단언했다.

"이미 70미터급 게이트 안에서 정신 공격을 쓰는 놈들이 나타났으니까요. 구세록의 계약자들조차도 군주 개체와 타락체의 정신 공격에 농락당했습니다."

"아, 그래서 그들이 그렇게 맥없이 당한 국면들이 있었군요."

권희수는 놀라지 않고 납득했다는 표정으로 고개를 끄덕였다.

그녀는 이미 70미터급 게이트 제압 작전의 전투 데이터를 남김없이 검토했다.

그중에는 아무리 봐도 연결성을 이해할 수 없는 국면이 여럿 있었고, 이에 대해서는 전투 데이터 해석에 특화된 인공지능들도 딱히 설득력 있는 답을 내놓지 못하고 있었다. 하지만 용우의 이야기를 들으니 빠진 퍼즐 조각이 나타난 느낌이다.

권희수가 말했다.

"연구 속도를 가속하려면 필요한 게 있어요."

"박사님을 텔레파시 능력자로 만들어주면 됩니까?"

"저는 물론이고, 협력해 줄 몇 사람을 더 추가했으면 좋겠네요. 한두 명으로는 진도 나가는 것만으로도 감지덕지니까요."

엄청난 요구였지만, 요구하는 권희수나 들어주는 용우나 태연했다.

"인원을 선별해서 저한테 보내주십시오. 돈 문제는 김은혜 팀장하고 이야기하면 될 겁니다. 그리고……."

용우는 문득 생각났다는 듯 물었다.

"한 가지, 물어봐도 됩니까?"

"뭐든지요."

"성좌의 무기 연구 협력을 하게 되면 박사님의 이야기를 들려줄 수 있습니까?"

그 말에 권희수가 눈을 동그랗게 떴다.

"다른 사람 과거를 궁금해하는 타입인 줄 몰랐는데요?"

"사실 방금 전까지만 해도 물어볼 생각은 없었습니다. 남의 과거사를 묻는 건 흥미의 문제가 아니니까요."

"흥미의 문제가 아니다? 이상한 관점이네요. 흥미도 없는 이야기를 듣고 싶어 할 이유가 있나요?"

권희수가 이해할 수 없다는 듯 물었다.

"만약 박사님이 과거사를 물어보면 대답해 주는 대신 죽이겠다고 달려드는 게 당연한 세상에 떨어진다면, 그래도 흥미가 있다는 이유로 물어보겠습니까?"

"어비스는 그런 곳이었나요?"

"남에 대해 궁금해한다는 것을 드러내는 행위 자체가 큰 사치였습니다."

시간이 지나면 지날수록 그랬다.

처음에는 서로를 믿고 의지했던 사람들도 시간이 지나면 지날수록 경계와 불신으로 무장한 채 모두를 노려보게 되었다.

"그럼 제 과거를 궁금해하는 건, 흥미 말고 어떤 이유인가요?"

그 말에 용우는 잠시 대답을 생각했다.

왜 이제 와서 권희수의 과거사를 듣고 싶어 하는가?

그 이유는 다니엘 윤의 죽음 때문이었다.

다니엘 윤과의 마지막 교감으로 그가 품은 감정을 느낀 용우는, 그와 이야기를 나눠보지 않은 것을 아쉬워하는 자신을 발견했다.

어쩌면 그는⋯ 용우와 서로 등을 맡기는 사이가 될 수 있었을지도 모른다.

"어쩌면⋯ 우리가 닮은 구석이 있을지도 모른다는 생각이 들어서입니다."

그리고 용우는 권희수에게서도 다니엘 윤과 비슷한 느낌을 받았다.

그날 권희수가 내보인 진짜 얼굴은, 용우로 하여금 어딘가 그립고 가슴 아픈 기분을 느끼게 만들었다.

"닮은 구석이라⋯⋯. 저와 당신이?"

"아닐지도 모르죠. 하지만 확인해 보고 싶군요."

그 말에 권희수가 웃었다. 용우에게 딱 한번 보여줬던 그 지친 웃음이었다.

"그래요. 재미있는 이야기는 아니겠지만. 대신 그때가 되면 당신의 이야기도 들려줄 수 있나요?"

그 물음에 용우가 고개를 끄덕였다.

"재미있는 이야기는 아니겠지만, 기꺼이."

＊　　　　＊　　　　＊

　70미터급 게이트 제압 작전의 여파가 아직도 가시지 않은 9월 초, 또 다른 이슈가 한국 언론을 달아오르게 하기 시작했다.

　〈아티팩트 불꽃의 활의 주인 유현애, 팀 반도호랑이를 떠나다!〉

　유현애가 팀 반도호랑이를 떠나는 것이 알려진 것이다.
　뿐만 아니었다.
　그녀와 친한 것으로 알려졌던 이미나 역시 팀 반도호랑이를 이탈하는 것이 결정되었다.
　백원태는 그 소식이 1면을 장식한 신문을 보다가 용우에게 물었다.
　"이미나가 그 정도의 인재였습니까?"
　용우가 유현애를 팀원으로 고른 것은 이해가 간다. 일단 아티팩트 보유자라는 것만으로도 충분한 메리트가 있으니까.
　하지만 굳이 이미나를 함께 데려온 선택은 이해하기 어려웠다.
　그녀가 팀 반도호랑이 기준으로는 뛰어난 베테랑 헌터다. 하지만 팀 크로노스 기준으로 보면 괜찮은 중견 이상도 이하도 아니었다.
　용우가 말했다.

"유현애의 멘탈을 생각하면 같이 데려오는 게 나을 것 같아서 데려온 겁니다. 그리고 어쨌거나 실력 있는 베테랑이니까요."

5세대 각성자인 이미나는 헌터로서는 성장기가 끝났다고 봐야 할 인물이다.

하지만 그건 어디까지나 업계의 상식 안에서의 이야기였다. 용우는 그녀를 얼마든지 더 성장시킬 수 있다고 자신했다.

"그런 이유만으로 300억 원을 투척하다니, 용우 씨도 참……"

용우는 유현애와 이미나를 탈 없이 넘겨받기 위해 팀 반도호랑이에 300억 원이라는 거금을 지불했다.

팀 반도호랑이의 사장은 유현애를 풀어주는 것에 대해서는 시원시원하게 응했다. 유현애가 프로 게이머 시절부터 팬이었기에, 헌터 관리부의 압력으로 그녀를 아무것도 못 하도록 방치해 둬야 한다는 사실에 자괴감을 느꼈기 때문이다.

하지만 이미나를 데려오는 건 이야기가 달랐다. 그녀는 팀 반도호랑이 입장에서 꼭 필요한 인재였으니까.

"예의 차원에서 지불한 겁니다. 그 정도면 이미나 씨의 공백을 메꾸고 부대를 리빌딩하기에 충분하겠죠."

지금의 용우에게 300억 원은 그런 이유로 쓸 수 있는 금액에 불과했다.

8, 9등급 몬스터의 시신과 스펠 스톤을 거래함으로써 얻은 돈은 상상을 초월하는 거금이었다.

백원태가 물었다.

"그럼 팀원은 용우 씨까지 다섯 명으로 끝입니까?"

"예."

"정말 적긴 하군요. 그걸로 괜찮겠습니까?"

용우의 팀원은 리사, 차준혁, 유현애, 이미나뿐이었다.

"괜찮습니다. 그리고 제가 더 인원을 충원하겠다고 하면 후보로 올릴 만한 사람들은 팀 크로노스, 팀 블레이드, 팀 이그나이트의 헌터들 정도일 겁니다. 그래도 괜찮겠습니까?"

"아, 그건 제발 그만둬 주십시오."

백원태가 장난스레 양손을 합장했다.

용우가 피식 웃고는 말했다.

"기본적으로는 저 혼자 하던 일을 좀 더 확장해서 하는 팀이니까요. 규모가 커지면 제대로 조직을 꾸려야 할 테고, 외부로 드러내야 하는 정보가 많아지니 피곤합니다."

용우의 팀은 행정 데이터상으로는 존재하지 않는다.

김은혜는 용우의 개인 에이전트로 고용되었다. 그리고 나머지 팀원들은 일이 있을 때마다 뭉치는, 한없이 느슨한 구조로 되어 있었다.

이런 구조를 취한 것은 여러 가지 이유가 있지만, 그중에서도 외부에 정보를 공개하지 않기 위함이 가장 컸다. 법인을 만들고 기업화를 하면 상장을 하지 않는다고 해도 어느 정도 정보를 드러낼 수밖에 없으니까.

"그리고 이제는 슬슬 배틀 힐러 서용우를 정리해야 할 것 같군요. 그 건에 대해서 도움을 부탁드립니다."

"무슨 뜻입니까?"

백원태가 놀라서 묻자 용우가 진지한 표정으로 대답했다.

"경력이 쌓이면 쌓일수록 위장이 힘들어집니다."

배틀 힐러 서용우는 어디까지나 7세대 각성자였다.

차세대 기대주지 현역에서 최정예로 평가받는 인물이 아니라는 뜻이다.

하지만 경력이 쌓이면 쌓일수록 사람들은 의구심을 품게 될 것이다.

'왜 저런 중요한 작전에, 한국에 두 명밖에 없는 배틀 힐러가 참전하지 않는 것일까?'

제로가 참가하는 작전에는 배틀 힐러 서용우가 참가할 수 없다. 그 반대도 마찬가지다.

하지만 배틀 힐러 서용우의 경력이 어느 정도 쌓이면, 둘 모두가 특정 작전에 참가하는 쪽이 당연한 상황이 찾아올 것이다.

용우는 그렇게 되기 전에 배틀 힐러 서용우의 신분을 정리할 생각이었다.

백원태가 심각한 표정으로 물었다.

"정리한다면 어떤 식으로 할 생각입니까? 설마 죽음을 위장하려고요?"

"굳이 그럴 이유가 없죠. 전 죽은 사람이 되고 싶진 않습니다. 더 이상 배틀 힐러 서용우가 일선에서 활동하지 않기만 하면 되고, 그런 이유를 만들기는 어렵지 않지요."

용우가 웃었다.

*　　　　*　　　　*

그로부터 열흘 후, 한국의 언론들은 팀 크로노스 1부대와 함께 작전을 수행하던 배틀 힐러 서용우가 사경을 헤매는 중상을 입고 병원으로 후송되었다는 소식을 앞다투어 보도했다.

3

유현애가 심드렁하게 물었다.

"제 눈앞에 있는 사람이, 지금 병원에 실려 가서 사경을 헤맨다는 그 사람 맞죠?"

뉴스가 뜬 휴대폰 화면을 흔들어대는 그녀에게 용우가 어깨를 으쓱해 보였다.

"그런 셈이지."

"왜 이런 일을 벌인 거예요?"

"배틀 힐러 서용우를 은퇴시키려고. 제로와 활동이 겹치면 곤란하니까."

"아, 하긴 그렇겠네요. 갈수록 속이기 힘들어질 테니……."

유현애는 납득했다는 듯 고개를 끄덕였다.

앞으로 제로가 활동해야 할 일이 점점 많아질 테니 배틀 힐러 서용우라는 위장 신분은 방해가 될 뿐이다.

용우가 물었다.

"마음은 정했어?"

"네."

유현애는 긴장되는지 심호흡을 한 번 했다.

"불꽃의 활을 넘길게요. 하지만 그 전에 설명을 듣고 싶네요. 저한테 뭘 주실 건가요?"

유현애 입장에서는 당연한 요구였다.

이 결정을 내리기까지 정말 많이 고민했다. 살면서 이렇게나 깊게 고민해 본 적이 없을 정도로.

그녀에게 있어서 불꽃의 활은 단순한 무기가 아니었다.

그것은 각성자 튜토리얼에 소환되는 순간, 영영 손에서 떠나 버린 꿈과 맞바꾼 무언가였다.

또한 불합리하게 소환당한 각성자 튜토리얼에서 목숨을 걸고 쟁취해 낸, 영원히 잊지 못할 그 시간을 긍정해 주는 기념비였다.

그럼에도 유현애는 불꽃의 활을 넘기기로 결정했다.

그녀의 날개라고 생각했던 불꽃의 활이 어느 순간부터 그녀의 족쇄가 되고 있음을 인지했기 때문이다.

만약 유현애가 전투에서 도망치고 싶었다면, 불꽃의 활은 훌륭한 핑곗거리가 되어줄 것이다. 그것을 갖고 있는 것만으로도 그녀는 헌터로서 싸우면 안 되는 존재가 될 수 있으니까.

그러나 헌터는 유현애의 새로운 삶이었고, 꿈이었다.

프로 게이머가 되고 싶었던 유현애는 지금은 훌륭한 헌터가 되고 싶었다. 자신이 목숨을 걸고 쟁취한 힘으로 사람들을 지켜 내는, 인류에 공헌하는 사람이 되고 싶었다.

그런 꿈을 지키기 위해서는 결단을 내려야만 했다.

용우가 대답했다.

"첫 번째는 이미 말한 대로 특성과 스펠. 난 너를 올라운더로 만들어줄 수 있어."

"그게 전부가 아니라는 거잖아요."

"두 번째는… 이거다."

용우는 허공에다 손을 대고 스펠을 썼다.

―형상복원!

그러자 허공에 얼음처럼 투명한 질감의 창 한 자루가 나타났다. 냉기를 두른 그 창을 본 유현애의 눈이 커졌다.

"빙설의 창이잖아요?"

"모조품이야."

"네?"

"진짜의 주인도 나지만, 이건 진짜를 본떠서 만든 모조품이야. 성능도 떨어지고 존재할 수 있는 시간도 한정되어 있지."

"아티팩트를 복제할 수 있다고요? 아무리 아저씨라도 그런 일이 가능해요?"

"아티팩트가 아냐."

"네?"

놀라는 유현애에게 용우가 설명해 주었다.

"아티팩트 자체가 모조품이니까. 진품은 아티팩트가 이 세계에 등장하기 전부터 존재했던 것, 성좌의 무기라고 해."

용우는 성좌의 무기와 구세록의 계약자에 대해서 간략하게 설명해 주었다.

"고스트가 그런 존재였군요……."

"아티팩트는 성좌의 무기의 열화 복제품이야. 아마도 앞으로 한 세대에 일곱 개씩 늘어나겠지."

"아저씨는… 진짜를 가졌으면서 왜 가짜를 탐내는 거예요?"

"가짜지만 이 시점에서는 세상에 일곱 개뿐인 가짜니까. 아니, 하나는 부서졌으니까 이제 여섯 개뿐이군. 어쨌든 그 정도로 희소한 가짜라면 충분히 가치가 있지."

아티팩트 보유자와 그 소유권을 거래할 수 있다는 것은 확신하고 있었다.

하지만 그럴 경우 과연 성좌의 무기를 두 개 가졌을 때와 똑같은 반발이 일어날지 궁금했다. 만약 그렇다면 정말 골 때리는 상황이 벌어질 것이다. 그런 리스크를 지더라도 용우는 그 답을 확인해 두고 싶었다.

용우는 형상복원으로 만든 빙설의 창 모조품을 없애고는 말했다.

"나는 네게 고스트와 비슷한 힘을 줄 수 있어."

휴고 스미스가 그랬던 것처럼, 유현애는 성좌의 무기 계승 후보로서 셀레스티얼의 힘을 얻게 될 것이다.

"일단은 불꽃의 활을 넘겨받는 것부터 시작해야겠군. 따라와."

유현애는 어디냐고 묻지 못했다.

용우가 다짜고짜 스펠을 썼고, 갑자기 공간이 진동하면서 허공에 새카만 구멍이 발생했기 때문이다.

"어, 이거… 그때 그거잖아요?"

유현애 입장에서 보면 불꽃의 군주 볼더와 처음 마주했던 전투에서 용우가 납치당할 때 봤던 바로 그 검은 구멍이었다.

"맞아. 워프 게이트지."

"워프 게이트?"

"뜻을 몰라서 물어보는 건 아니겠지?"

"그, 그건 아니지만… 그런 게 가능한 거였어요?"

"지금까지 내가 한 일들을 생각해 봐."

"……."

유현애는 잠시 과거를 되새겨 보다가 말했다.

"확실히 아저씨라면 그런 일도 가능할 것 같네요. 그럼 설마 그때 그 일도 아저씨의 자작극이었어요?"

섬뜩한 가능성을 떠올린 유현애가 표정을 굳혔다.

용우가 씩 웃으며 대답했다.

"그건 아냐. 다만 놈들이 할 수 있는 일은 나도 할 수 있을 뿐이지."

"놈들이 누군데요?"

"이제부터 알려주지. 이제부터 네가 알아야 할 것들이 꽤 많아. 그리고 그걸 알면 알수록 발을 빼기 힘들어질 거야."

"이제 와서 뭐 새삼스럽게 그런 말을 하세요?"

유현애는 코웃음을 치고는 용우를 따라서 워프 게이트 안으로 들어섰다.

그러자 벼랑 아래로 파도가 치는 섬의 풍경이 펼쳐졌다.

"여긴 어디에요?"

"소멸한 게이트의 내부 필드."

"네?"

"게이트가 소멸한다고 해서 그 내부 필드가 소멸하는 건 아니야. 들어가는 문이 사라질 뿐, 계속해서 존재하고 있지."

유현애가 놀라서 입을 벌렸다.

용우는 그 모습이 재밌는지 피식 웃고는 말했다.

"그럼 시작하지."

"어떻게 하면 되죠?"

"일단 불꽃의 활을 소환해."

유현애는 그 말대로 따랐다. 허공에서 출현한 붉은 대궁을 그녀가 쥐었다.

다음에는 용우 차례였다.

구구구구구……!

순간 유현애는 오싹함을 느끼며 한 걸음 물러났다.

'이게 뭐야?'

마치 곧 해일이 덮칠 해변에 서 있는 기분이다. 뭔가 거대하고 무서운 것이 온다는 확신이 드는데, 그것이 무엇인지 전혀 알 수가 없었다.

파지지지직!

허공에 격렬한 스파크가 튀면서 유현애의 허공장을 밀어내었다. 유현애는 반사적으로 뒤로 뛰어서 거리를 벌렸다.

"젠장, 아직도 불안정하군."

용우는 속으로 유현애의 빠른 반응을 칭찬하면서 무언가를 소환해서 손에 쥐었다.

"…그 칼은 뭐예요?"

유현애가 황당해하며 물었다.

용우가 소환한 것은 길이가 그의 키 정도 되는 거대한 양손 대검이었다.

그 검의 외형은 굉장히 독특했다.

일단 일반적인 양손 대검보다 훨씬 크다. 길이가 긴 것은 물론이고 검면도 2배는 넓었다.

손잡이 부분과 칼막이 부분은 새카만 빛깔을 띠고 있는데 그 질감이 마치 암석을 매끈하게 깎아놓은 것 같았다.

그에 비해 칼날은 얼음을 깎아서 만든 것처럼 투명했으며, 그 안쪽에서는 시퍼런 빛이 물결치듯이 흘러나와서 굉장히 독특한 느낌을 자아내고 있었다.

한번 보면 잊을 수 없을 특징적인 생김새였다. 하지만 유현애가 놀란 것은 다른 이유에서였다.

"어떻게 그런……."

유현애는 마력 컨트롤에 있어서는 천재적인 감각을 지닌 인물이다. 용우도 그 천재성을 인정해서 팀원으로 끌어들였을 정도로.

그렇기에 그녀는 용우가 들고 있는 양손 대검의 무서움을 알아보았다.

보는 것만으로도 숨이 막힌다. 도저히 상대할 엄두가 안 나는, 절망적으로 거대하고 강력한 괴물이 무기의 형상으로 위장하고 있는 것 같은 그런 느낌이 든다.

"무서워할 것 없어. 융합은 잘 이뤄졌고 지금은 안정화되고 있는 중이니까. 갑자기 폭발할 일은 없을 거야."

"…그게 대체 뭐예요?"

"아티팩트의 오리지널, 성좌의 무기."

"아티팩트 중에 그렇게 생긴 건 없는데요?"

"난 성좌의 무기의 형태를 바꿀 수 있어."

용우는 그렇게 말하며 웃었다.

물론 자신의 능력이 자랑스러워서는 아니었다. 유현애에게 설명하지 않은 진짜 이유가 있었다.

용우의 손에 들려 있는 것은, 빙설의 창과 대지의 로드를 하나로 합쳐놓은 결과물이었다.

*   *   *

얼마 전까지만 해도 용우는 한 사람이 성좌의 무기 두 개를 동시에 쓰는 것이 불가능하다고 판단했다.

앞으로 자신이 힘을 회복해서 두 무기의 반발을 찍어 누를 수 있다고 하더라도, 그런 식으로 두 개를 동시에 쓰느니 차라리 하나만 쓰는 게 나을 정도로 비효율적이었다.

그래서 용우는 둘 중 하나를 리사에게 줄 생각이었다.

하지만 빙설의 군주 하스라를 처치하고 얻은 그의 코어 파편들이 그 계획을 바꿔놓았다.

원래 몬스터의 코어 파편이라는 것은 결국은 마력석이다. 좀 더 농축된 마력석이라 연구용으로 가치가 뛰어날 뿐이다.

하지만 하스라의 코어는 달랐다.

정보 세계에서 하스라의 본체를 처치하고 얻은 전리품을 검사해 본 용우는, 그중에서 특이한 파편들을 발견했다.

부서진 하스라의 코어 파편들이었다.

파편들을 한데 모아 이런저런 실험을 해본 용우는 놀라운 사실을 발견했다.

하스라의 코어는 마력석과 달리 연소되어 사라지지 않고 그 형상을 지키는 성질을 지녔다는 것을.

부서진 것을 한데 모으자 다시 하나로 합칠 수도 있었고, 그 안에 있는 마력이 소모되더라도 사라지지 않았다. 가만히 놔둬도 소모된 마력이 채워지는 것이 무슨 공상 속의 영구기관 같았다.

용우는 그 힘이 성좌의 무기와 놀랍도록 흡사하다는 사실을 알아차렸다.

차이점이라면 일단 성좌의 무기들은 무기로서의 성질이 뚜렷한 편이다. 아마도 제작 시에 성능을 극대화하기 위해서 부여된 성질일 것이다.

그에 비해 하스라 코어의 힘은 훨씬 자유롭게 쓸 수 있었다.

하스라의 코어인 만큼 내재된 마력은 빙설의 창과 유사했지만, 사용자의 의지에 따라서 훨씬 더 범용적으로 쓸 수 있었다.

그렇다고 해서 성좌의 무기보다 확실하게 더 좋냐 하면 그건 아니다. 증폭 효과는 성좌의 무기보다 떨어졌고, 스펠처럼 내재된 기능은 존재하지 않았다.

사용자의 능력에 따라서 활용성이 천지 차이로 달라질 물건이었다.

용우는 운 좋게도 몇 번의 실험만으로도 아주 기가 막힌 활용법을 찾아낼 수 있었다.

하스라 코어를 이용하면 빙설의 창과 대지의 로드의 반발 작용을 없애 버릴 수 있었던 것이다.

뿐만 아니다. 거기에 하스라 코어의 힘을 더해서 순환시키는 것으로 한층 성능을 극대화시킬 수 있었다.

＊　　　　＊　　　　＊

　물론 용우는 그런 사실을 유현애에게 주절주절 설명하지 않았다. 애당초 누구에게도 알려줄 생각이 없었다.

　유현애가 물었다.

　"어쨌든 엄청나다는 건 알겠는데… 그래서 어떡하면 되나요?"

　"어렵지 않아. 불꽃의 활의 계승자를 설정하겠다고 강하게 생각해 봐."

　"계승자요?"

　유현애는 반신반의하면서도 그 말에 따랐다.

　그러자 불꽃의 활이 반응하기 시작했다.

　"어?"

　유현애가 놀랐다.

　눈앞에 한 번도 본 적 없는 메시지들이 떠올랐기 때문이다. 마치 홀로그램 메시지를 보는 것처럼 설명과 선택지가 보이고 있었다.

　용우가 물었다.

　"뭐가 보이나?"

　"어, 무슨 컴퓨터 화면처럼 선택지가 보여요. 설명이랑. 근데 이거 왜 한글이죠?"

　"네 뇌에 있는 언어 정보를 쓰고 있겠지."

　"계승자를 아저씨로 선택하면 돼요?"

　"그래."

　"했어요. 그다음은요?"

"네가 불꽃의 활의 소유권을 포기하면 돼."

그 말에 유현애는 그녀 자신에게만 보이는 선택지를 노려보았다.

"······."

잠시 동안 입을 다물고 있던 그녀는, 이윽고 뭔가를 놔버린 듯 힘 빠진 표정을 지었다.

"···했어요."

동시에 불꽃의 활이 그녀의 손을 떠나 용우에게로 날아왔다.

'역시.'

그것을 쥔 용우는 만족스럽게 웃었다.

확인하고 싶었던 답 하나를 얻었다.

'아티팩트의 소유권은 성좌의 무기의 소유권과 충돌하지 않는다.'

성좌의 무기 두 개를 쓰려면 하스라 코어를 이용해서 하나로 합쳐놓는 형태밖에 답이 없었다.

하지만 아티팩트 불꽃의 활은 그것과는 완전히 별개로 사용이 가능하다. 그로 인한 장비의 다양성은 용우에게는 꽤 유용하게 활용될 부분이었다.

문득 용우는 유현애가 허탈한 표정으로 눈물을 흘리고 있는 것을 보았다.

"···괜찮아?"

설마 그녀가 울 줄은 몰랐다. 용우는 당혹감을 느끼며 조심스럽게 물었다.

"글쎄요······."

유현애는 자신의 심정을 표현할 말을 찾아서 잠시 고민했다.

"제 일부가 사라진 느낌이네요."

"……"

"제 안에 당연히 존재하던 뭔가가 사라져 버린 것 같은… 그런 느낌이라 허탈하기도 하고, 왠지 슬프기도 하고 그래요."

눈가에 맺힌 눈물을 닦아내는 유현애의 목소리는 조금 떨리고 있었다.

용우는 그런 그녀를 잠시 바라보다가 화제를 돌렸다.

"네게 설명해 줄 게 많아."

"그렇겠죠."

"하지만 너 말고도 설명을 들어야 할 사람이 있으니, 팀원들이 모이면 한꺼번에 설명할게."

"언제 모일 건데요?"

"지금."

"네?"

용우는 그렇게 말하고는 텔레포트로 사라져 버렸다.

"엥?"

혼자 남겨진 유현애가 눈을 동그랗게 떴다.

"아니, 잠깐만. 이봐요, 아저씨?"

사람을 이런 곳으로 데려온 다음 그냥 버리고 사라져 버렸으니 그럴 수밖에.

그녀가 황당해하고 있을 때, 조금 떨어진 곳의 공간이 진동하기 시작했다.

'뭐야?'

유현애가 흠칫해서 그곳을 바라보자 허공에 또 다른 검은 구멍이 발생하고 있었다.

그 구멍은 한 남자를 뱉어내고 쪼그라들어서 사라졌다.

'어, 저 사람 설마?'

유현애가 눈을 휘둥그레 떴다.

그 남자는 백발에 구릿빛 피부를 가진 청년, 한국 최고의 스트라이커로 불리는 헌터 차준혁이었다.

차준혁은 유현애를 흘끔 바라보더니 근처의 바위로 가서 걸터앉았다.

"……."

어색한 침묵이 흘렀다.

하지만 차준혁은 그러거나 말거나 신경도 안 쓰는 것 같았고, 유현애 혼자서만 안절부절못하고 있을 뿐이었다.

'아저씨! 제발 돌아와 줘요!'

유현애는 상대가 누구라도 일단 말을 걸고 보는 저돌성을 지녔다. 하지만 이런 상황에서, 말하기 싫다는 분위기를 풀풀 풍기는 업계 선배에게 말을 걸기는 힘들었다.

'그래도 여기 왔다는 건 같은 팀원이라는 뜻이겠지? 그러면…….'

유현애가 차준혁에게 말을 걸 결심을 했을 때였다.

또다시 허공에 검은 구멍이 발생하더니 이미나가 나타났다.

그녀 역시 차준혁을 보고 놀란 표정을 지었다.

"음? 차준혁 씨?"

차준혁은 그녀를 흘끔 바라봤을 뿐, 다시 고개를 돌렸다.

이미나가 유현애에게 다가와서 물었다.

"차준혁 씨가 우리 팀원이야?"

"저도 몰라요. 아저씨가 저 여기 던져두고 사라져 버려서."

"음……."

그때 또다시 검은 구멍이 열리면서 한 사람이 나타났다.

'누구지?'

유현애도, 이미나도, 차준혁도 모르는 얼굴이었다.

약간 어두운 인상의, 10대 후반 정도로 보이는 중성적인 외모의 소유자였다.

'남잔가? 아니, 여자 같은데…….'

헤어스타일이 앞머리가 비스듬한 쇼트커트였고, 캐주얼한 차림새에 청바지를 입고 있어서 소년인지 소녀인지 헷갈린다.

키는 164센티 정도로 그리 크지 않지만 손발이 길고 신체 비율이 좋아서 늘씬하니 보기 좋은 모습이었다.

'모델 같네.'

길 가다가 골목길에서 촬영하고 있는 쇼핑몰 모델 같은 사람들, 그런 사람들을 봤을 때의 이질적인 매력이 느껴지는 사람이었다.

"이쪽은 리사."

한마디도 하지 않는 그녀를 대신 소개한 것은 그녀의 뒤를 따라서 들어온 용우였다.

"내 제자야. 우리 팀원이고."

"제자?"

유현애가 눈을 동그랗게 뜨고 물었다.

용우가 대답했다.

"그래."

"아저씨한테 누굴 가르치는 재주가 있었어요?"

"……."

잠시 용우의 말문이 막혔다.

"아니면 이분도 저처럼 천재예요?"

그 말에 용우를 제외한 전원이 얘가 뭔 소리를 하나 하는 눈으로 유현애를 바라보았다.

하지만 유현애는 뭐가 문제냐는 듯 뻔뻔하게 그 시선을 받아내었다.

용우가 못마땅한 기색을 풀풀 풍기면서 말했다.

"제자라고 해도 내가 직접 가르치는 건 별로 없어. 비싸고 유능한 트레이너들이 해주고 있지."

"아항. 뭐, 그렇다면야."

유현애가 납득했다는 듯 고개를 끄덕이는 것이 거슬렸지만, 용우는 애써 무시하면서 말을 이었다.

"리사를 제외하면 다들 이름 정도는 알고 있을 것 같은데……."

"이미나 씨와는 딱 한 번이지만 작전을 같이 뛴 적이 있지."

차준혁이 딱딱한 어조로 입을 열었다.

"유능한 베테랑이긴 하지만, 네가 팀에 넣을 정도인가?"

"……."

그 말에 이미나의 표정이 굳었다.

차준혁이 한국 최고의 스트라이커라지만 이미나 역시 일선에서 활약하면서 차곡차곡 실적을 쌓아온 베테랑이다. 대놓고 무시하는 발언을 그냥 넘길 수 있을 리가 없었다.

"능력이 의심스럽다면 당신 상대로 증명할 수도 있는데?"

"…미안하군. 모욕할 생각으로 한 말은 아니야."

"뭐?"

이미나가 눈썹을 치켜올릴 때였다.

구우우우우웅…….

갑자기 공기가 무거워진 것 같은 압박감이 그 자리를 덮쳤다.

그리고 허공에서 눈부시게 타오르는 빛의 검, 광휘의 검이 나타나 차준혁의 손에 쥐어졌다.

"아티팩트?"

깜짝 놀라 중얼거리던 유현애는, 곧 자신의 생각이 틀렸음을 깨달았다.

완벽하게 갈무리되어 있던 차준혁의 마력이 폭발적으로 부풀어 오르기 시작했기 때문이다.

'저게 성좌의 무기?'

유현애는 의아함을 느꼈다.

아티팩트보다 월등한 힘이 내재되어 있으니 용우가 말한 성좌의 무기일 것 같다.

'근데 아저씨가 보여준 거에 비하면 약해 보이는데.'

분명 숨이 막힐 정도로 엄청난 힘이 내재된 무기였다.

하지만 유현애는 조금 전에 저것보다 훨씬 더 굉장한 무기를 봤다. 그래서 감흥이 덜할 수밖에 없었다.

'그래도… 차원이 다른 마력이야.'

공식적으로 차준혁의 마력은 페이즈11로 알려져 있다.

하지만 지금 그가 개방한 마력은 그 정도 수준이 아니었다.

'최소한 6등급 몬스터 이상.'

용우 말고도 저런 힘을 가진 인간이 또 있다는 사실이 믿어지지 않았다.

이미나 역시 상상도 못 한 사태 앞에서 굳어 있었다.

그런 분위기를 깬 것은 용우의 한마디였다.

"느닷없이 웬 힘자랑이야?"

한심하다는 듯 말하는 용우는 차준혁에게서 리사를 보호하듯 그 앞을 막고 서 있었다.

"…말주변이 별로 없어서. 그냥 보여주는 편이 낫다고 생각했다."

차준혁은 광휘의 검을 다시 아공간에 집어넣고는 마력을 갈무리했다.

맹렬한 기세로 쏟아져 나오던 마력이 순식간에 다시 갈무리되는 과정은 이미나를 오싹하게 만들었다.

"이 팀이 해야 할 일을 생각하면 이 정도가 최소 수준이라고 생각하는데, 아티팩트 보유자야 성장을 기대할 수 있다고 해도 나머지 둘은… 괜찮은가?"

"당연히 지금 이대로는 안 되지. 그리고 은근슬쩍 사실을 왜곡하지 마라. 내 기준으로는 너도 아직 자격 미달이야."

"……"

그 말에 유현애와 이미나가 어이없어하며 용우와 차준혁을 번갈아 바라보았다.

유현애가 손을 번쩍 들며 물었다.

"잠깐만요, 질문!"

"해."

"저 지금 자신감이 우주 저편으로 사라졌거든요? 정체가 뭔지는 모르겠지만 저런 엄청난 마력을 가졌는데 자격 미달이라고요? 진짜?"

"그래."

"그럼 대체 자격을 가진 사람은 누군데요?"

"나 빼고 모든 인류가 자격 미달이지."

"……."

유현애는 순간 용우가 농담을 하는 건지 아닌지 구분할 수 없어서 한참 동안 그를 바라보았다.

"…진심이군요?"

"유감스럽게도 그게 진실이니까."

농담기라고는 조금도 없이 무덤덤하게 말한 용우가 말을 이었다.

"여기 모인 사람 중에 기본적인 사항을 숙지하고 있는 건 차준혁 혼자니까 처음부터 설명하도록 하지."

용우는 차분하게 설명하기 시작했다.

70미터급 게이트 제압 작전에서 인류가 맞닥뜨린 새로운 적들에 대해서.

앞으로 인류를 찾아올 위협에 대해서.

그리고 고스트라고 불리던, 구세록의 계약자들에 대해서…….

"…모르는 곳에서 진짜 엄청난 일들이 있었군요."

긴 이야기를 들은 유현애가 혀를 내둘렀다.

이미나가 잔뜩 찌푸린 얼굴로 말했다.

"스케일이 어마어마한 이야기네요. 그런 일이라면 과연 제가 도움이 될 수 있을지 회의적입니다."

"그 문제는 걱정하지 않아도 됩니다. 부족한 힘은 앞으로 채워 줄 테니까요. 할 것인가 말 것인가, 그것만 결정하면 됩니다."

"그렇게 말하면 선택의 여지가 없네요. 어차피 끝난 이야기이기도 하고."

이미나가 어깨를 으쓱했다.

자신이 발 디디고 살아가던 세계가 얼마나 위태로운지 알게 되었으면서도 그녀는 별로 상관없다는 태도를 보이고 있었다.

그런 낙천성과 유연함은 용우가 그녀를 팀원으로 고른 이유이기도 했다.

실력과 별개로 이미나는 굉장히 강한 멘탈의 소유자였다. 절망적인 상황에서도 가장 위험한 곳에 뛰어들기를 주저하지 않는 저돌성을 지녔기에 근접 전투원으로서 활약해 올 수 있었다.

"무엇보다 이미 뭘 해도 믿을 수밖에 없는 증거를 보여주셨으니."

용우는 이미나가 유현애와 함께 팀원이 될 것을 결정했을 때, 체외 허공장을 선물해 주었다.

그 일은 이미나에게는 하늘이 뒤집히는 충격이었다.

'각성자 튜토리얼에서 나오면 더 이상 새로운 스펠을 터득할 수 없다.'

절대적으로 통용되던 상식을 깨부수는 일이었으니 그럴 수밖에 없었다.

"그런 캡틴이 가능하다고 하면, 가능한 거겠죠. 무조건 믿고 따라가겠습니다."

"캡틴?"

갑작스러운 호칭 변화에 용우가 당혹스러워하자 이미나가 씩 웃었다.

"팀장님보다는 낫지 않아요? 보통 캡틴 아니면 대장이죠."

"캡틴에 한 표 던질게요. 전 아저씨라고 할 거지만."

유현애가 까불거리며 한마디 보탰다. 용우는 두 사람을 바라보다가 한숨 섞인 목소리로 말했다.

"…내키는 대로 하시죠. 어차피 다들 제각각으로 부를 것 같은데."

"나도 캡틴으로 하지. 작전 중에 너라고 하는 것도 부적절하니까."

차준혁이 좋은 아이디어라는 듯 고개를 끄덕였다.

용우는 그를 한번 쩌려보고는 말을 이었다.

"예상은 했겠지만 이 팀의 활동은 상당히 변칙적이 될 겁니다. 하지만 당분간은 우리가 필요한 일이 터진다고 하더라도 나와 차준혁, 두 사람만이 투입될 겁니다."

나머지는 전력을 강화하는 데 주력할 것이다.

"팀원은 이 다섯 명이 전부예요?"

유현애가 손을 번쩍 들며 물었다.

용우가 말했다.

"아마도."

"아마도라뇨?"

"한 명 더 제안을 넣긴 했는데, 아마 거절할 거야. 그러니까 이 다섯 명이 전부라고 생각해도 돼."

"적네요."

"많을 이유가 없으니까."

이미나가 손을 들고 물었다.

"전력 강화 기간은 얼마나 될까요?"

"이미나 씨의 경우는 한 달 정도 잡고 있습니다."

"한 달? 고작 그거밖에 안 걸린다고요?"

"어디까지나 1차적인 작업입니다. 다만 그만큼 까다로운 조건이 따라붙습니다. 이건 나중에 따로 이야기를 하죠. 나름대로 각오가 필요한 이야기니까."

용우는 리사와 유현애, 이미나 세 명을 성좌의 무기 계승자로 설정할 생각이었다.

셀레스티얼로 변신하는 것만으로도 많은 문제들이 해결된다. 향후 마력의 급성장을 기대할 수 있고, 당장 전투에서 즉시 전력으로 투입될 수 있게 되니까.

"시간이 별로 없으니까 전력 강화 문제는 오늘부터 시작하기로 하죠. 당분간은 힘들 겁니다."

용우는 한 사람 한 사람에게 팀원으로서 요구하는 바와 그것을 이루기 위한 방법을 이야기하기 시작했다.

휴고 스미스는 한국이라는 나라를 좋아하지 않았다.

딱히 한국에 대한 악감정이 있는 것은 아니다.

미국과 비교해도 불편함 없는 생활을 할 수 있을 정도로 인프라가 잘 갖춰진 곳이고, 헌터 전력이 강해서 국토방위가 안정적으로 이루어지고 있다는 점은 마음에 들었다.

왜냐하면 사람들에게서 여유가 느껴졌기 때문이다.

한국인들은 다들 정신질환 한두 개는 당연히 달고 살아간다고 할 정도로 심한 스트레스에 시달리며 살아간다고 한다.

그럼에도 휴고는 서울 시민들의 얼굴에서 여유를 읽을 수 있었다.

국토방위가 안정적이지 못한 나라의 사람들은 언제나 불안에 시달리고 있었다. 오늘의 일상이 내일로 이어진다는 확신이 전혀 없기 때문이다.

국제사회의 요구에 의해 헌터 전력이 약한 나라로 파견을 나갔을 때, 휴고는 그런 사람들의 얼굴을 보고 있기가 힘들었다.

그래서 내일의 일상을 당연시하는 한국인들의 여유가 좋았다.

하지만 그럼에도 그가 이 나라를 좋아할 수 없는 이유는 간단했다.

각성자가 된 후로 대중의 관심을 한 몸에 받는 슈퍼스타로 살아왔던 그가, 비오는 날 먼지가 나도록 두들겨 맞은 나라였으니까!

'이놈은 이런 데서 뭘 하는 거야?'

휴고는 주말이라 인구밀도가 높은 쇼핑센터를 걷고 있었다.

"헤이."

쇼핑센터의 군중들을 헤치고 나아가던 휴고는 광장의 벤치에 앉아 있는 용우를 발견하고 손을 흔들었다.

"이런 데서 뭘 하고 있는 거야? 동생 쇼핑이라도 따라오셨나?"

"혹시 그거 변장한답시고 한 거냐?"

용우가 못마땅한 표정으로 휴고를 보며 물었다.

휴고는 야구 모자와 선글라스를 쓰고 촌스러운 가죽점퍼를 걸치고 있었다. 190센티의 거구가 그런 차림새를 하고 지나갈 때마다 사람들의 시선이 집중되었다.

"나름대로?"

"센스가 최악이군."

"누가 들으면 너는 패션 센스 좋은 줄 알겠다?"

"너보단 낫지. 동생이 골라줬거든."

"……."

용우의 말에 휴고의 말문이 막혔다.

'아, 젠장. 여기서 반박하면 내가 개자식이 되잖아?'

인상을 구기는 휴고에게 용우가 말했다.

"대답이야 채팅으로 해도 될 텐데 왜 굳이 날 보자고 한 거지?"

얼마 전, 용우는 브리짓과 휴고에게 한 가지 제안을 했다.

그들 입장에서는 쉽게 결정을 내릴 수 없는 문제였기에 충분히 생각해 보고 대답하라고 말해두었고, 그리고 며칠이 지난 지금 휴고가 그 제안에 대한 답을 하겠다면서 용우를 보겠다고 한 것이다.

휴고가 주변을 휘 둘러보더니 물었다.

"이런 데서 괜찮겠냐?"

"어차피 예스인가 노인가, 그 대답만 들으면 되는데 뭐가 문제지? 혹시 나랑 길고 눈물 나는 이야기 나누고 싶어서 직접 보자고 한 거냐?"

"……."

그렇기는 했다. 다만 휴고는 중요한 일의 결과를 정하는 대화를 이런 곳에서 한다는 사실이 당황스러웠을 뿐이다.

"대답하기 전에 하나만 묻자."

"뭔데?"

"진짜 여기서 뭐 하고 있었던 건데?"

"사람 구경."

"응? 뭐라고?"

"사람 구경하고 있었다고. 이런 데서 지나가는 사람들 보고 있어도 뭐라고 하는 사람 없으니까."

"……."

"왜?"

"혹시 그게 취미야?"

"그런 셈이지."

"너, 정말 이상한 놈이다……."

"지인이 정부의 대리인으로서 중요한 업무를 수행하는데 앞뒤 안 가리고 끼어들어서 촐싹대다가 두들겨 맞고 뻗은 놈보다는 덜 이상하지 않냐?"

"……."

대답할 말을 떠올릴 수 없는 강렬한 카운터였다.

얼굴이 뜨거워진 휴고가 시선을 피하며 물었다.

"사람 구경이라니, 모르는 사람들 보는 게 뭐가 재밌는데?"

"재밌어서 하는 게 아니야."

"음?"

"그냥… 사람들 보고 있으면 안심이 되어서 하는 거지."

쓴웃음을 짓는 용우의 말에 휴고는 가슴이 덜컥했다.

휴고 역시 헌터로서 경험이 풍부한 몸이다. 업계에서 많은 사람들을 보아왔기에 용우의 말 이면에 존재하는 의미가 무엇인지 단번에 알 수 있었다.

'이런 녀석도 PTSD에 시달린단 말야?'

휴고는 그 사실을 믿기 어려웠다.

전장에서는 그렇게나 강하고, 무섭고, 경이로운 힘을 과시하던 용우가 일상에서는 PTSD에 시달리고 있다니?

감정을 털어낸 용우가 물었다.

"그래서 대답은 뭔데?"

"Yes."

그 말에 용우가 놀란 눈으로 그를 바라보았다.

휴고가 떨떠름해하며 물었다.

"왜 그런 눈으로 보는 건데?"

"의외군. 거절할 거라고 믿고 있었는데."

"……."

그 말에 휴고는 잠시 멍청한 표정을 짓다가 울컥했다.

"이 자식이 진짜! 그럼 왜 제안을 한 거야?"

"그냥 팀을 만들다 보니 생각나더라고. 제안해서 손해날 건 없으니까 한번 던져본 거지."

용우는 휴고에게 팀에 들어오라고 제안했다.

물론 그가 몸담고 있는 미국의 팀 가디언즈 윙에서 나와서 프리랜서 신분이 되는 것이 조건이었다.

휴고가 미국에서 슈퍼스타로 대접받고 있으니 당연히 거절하리라 생각했다. 그런데 하겠다고 나서다니?

"……."

휴고가 주먹을 부들부들 떨었다.

"내, 내가 얼마나 고민해서 결정했는데……."

"그럴 줄 몰랐다."

"으윽, 진짜… 아오, 한 대만 때리면 안 되냐?"

"안 돼."

"젠장, 내가 이런 놈을 믿고 팀에서 나오겠다고 하다니."

휴고 입장에서 용우의 제안은 인생의 향방을 결정하는 중대한 문제였다.

그가 미국에서 헌터로서 쌓아올린 입지는 결코 가벼운 것이 아니었다. 팀과의 계약 문제야 어차피 애비게일 카르타가 CEO인데다가 이사회도 완벽하게 장악하고 있으니 쉽게 해결되겠지만, 그래도 지금까지 누리던 특권과 품고 있던 비전을 포기하고 갑자기 제시된 길을 선택하는 게 어디 쉬운 일이겠는가?

남들보다 강하고, 많은 비밀을 안고 있기는 해도 휴고는 올해 20세가 된 어린 청년일 뿐이었다. 그런 그가 이런 결단을 내리기까지 얼마나 큰 고민이 있었을지 짐작하기란 어려운 일이 아니었다.

용우가 피식 웃었다.

"같은 팀이 됐으니 앞으로 스펠 스톤은 공짜로 공급해 주지."

"어차피 내 돈으로 사는 것도 아니었거든?"

"브리짓 돈은 막 써도 괜찮은 모양이지? 지금 내고 있는 돈 대부분이 애비게일 카르타나 브리짓 카르타의 사유재산이나 다름없지 않나?"

"그거야……."

휴고는 또다시 말문이 막혀 버렸다.

'이 자식은 왜 이렇게 사람 말문 막히게 하는 재주가 탁월한 거야?'

용우가 몸을 일으키며 말했다.

"어쨌든 우리 팀에 들어온 걸 환영한다. 다음 레슨부터는 너도 참가해."

"레슨? 무슨 레슨?"

"개떡같이 가르쳐도 찰떡같이 배우는 레슨이지."

"뭔 소리야?"

"우리 팀원 중 하나가 그렇게 이름을 붙였어. 참가해 보면 안다."

그리고 그 한 사람만이 아니라 모든 팀원이 동의한 이름이기도 했다.

용우는 그 사실이 마음에 안 들어서 흥, 하고 코웃음을 쳤다.

Chapter33

전초전

1

사람을 죽이는 것은 상상만으로도 강렬한 거부감을 불러일으키는 일이다.

아득한 고대라면 모를까 지금의 인류라면 누구나 살인이 최악의 죄라는 상식을 공유하며 살아간다.

그렇기에 살인을 저지르는 것은 심리적으로도, 물리적으로도 어려운 일이었다.

"……"

도시 변두리의 오래된 식당, 그 뒷문에서 이어지는 지저분한 골목에 한 사람이 서 있었다.

앞머리가 비스듬한 쇼트커트, 그리고 검은 후드티와 청바지를 입고 있어서 남자인지 여자인지 구분하기 어려운 외모였다. 중성적이면서도 아름다워 보이는 얼굴이었지만 눈동자에는 음울한 어둠이 깃들어 있었다.

그녀는 피가 묻은 나이프를 들어서 보며 중얼거렸다.

"생각보다… 너무 쉽네요."

그 앞에는 머리가 벗겨진 중년 남자가 숨진 채로 쓰러져 있었다.

온몸이 피투성이가 된 몰골로 보아서 결코 곱게 죽지 못했으리라.

그를 잔인하게 죽여 버린 그녀는 약간의 당혹감을 느끼고 있었다.

생각보다 누군가를 죽이는 일이 너무 쉬웠기 때문이다.

"고작 일반인이야. 네 입장에서는 어린애 손목 비틀기보다 쉽게 죽일 수 있는 게 당연하지."

그 뒤쪽, 벽에 기대어 선 남자가 말했다.

한 달쯤 전, 언론을 떠들썩하게 만들었던 얼굴이었다.

공식적으로는 작전 중 부상으로 인해서 헌터로서의 생명이 끝났다는 판정을 받고 은퇴한 인물, 서용우.

"기분은 좀 풀렸어?"

"잘 모르겠어요."

나이프를 내리고 허공을 올려다보며 대답하는 것은 용우의 제자, 리사였다.

"딱히 기쁘지도, 후련하지도 않네요. 복수라는 건 좀 더 달성감이 있는 일이라고 생각했는데."

"별로 미워하지 않았던 거겠지."

"……."

그 말에 리사는 중년 남자의 시신을 내려다보며 생각에 잠겼다.

그리고 한참 후, 고개를 끄덕였다.

"그런 것 같네요. 굳이 공들여서 고통을 줄 필요는 없었을 것 같아요."

리사에게 살해당한 중년 남자는 그녀가 팬텀에 납치당하기 전에 일하던 식당의 사장이었다.

그가 매일 아침 소량의 아니마가 들어 있는 건강 음료를 나눠 주지 않았다면 리사는 팬텀에 납치당하지 않았을 것이다.

쥐도 새도 모르게 리사에게 끌려 나온 사장은 귀신이라도 본 것처럼 창백하게 질린 얼굴로 비명을 질렀다.

리사는 그의 몸을 찌르고 회복시키기를 반복하면서 끊임없이 고통을 주다가 죽였다.

용우가 물었다.

"사죄하게 만들지 않은 거, 괜찮아?"

"필요 없어요."

리사는 사장에게 단 한 마디도 허락하지 않았다.

말없이 칼로 찌르고 또 찔러서 고통으로 발광하게 만들다가 죽였다.

"이 사람 머릿속에 뭐가 들어 있었는지는 하나도 알고 싶지 않아요."

혹시 그에게 만인이 동정할 만한 사연이 있었다고 해도 알고 싶지 않다.

그런다고 해서 달라지는 건 아무것도 없으니까.

리사가 당한 고통이 사라지는 것도, 고통 속에 죽어간 사람들이 되살아나는 것도 아니니까.

"어차피 사죄한다고 받아줄 것도 아니고, 사연을 안다고 용서할 것도 아니니까요."

그때 리사에게 지금 같은 힘이 있었다면 어땠을까?

그래서 팬텀에게 잡혀가지 않고 끝났다면, 사장이 그런 이야기를 저지른 이유를 들어봤을지도 모르겠다.

그도 위협을 받아서 어쩔 수 없이 그런 일을 저질렀다거나, 그런 이유가 있었다면 용서해 줬을지도 모르겠다.

하지만 당시 리사는 철저하게 힘없는 피해자였고 사장에게 무슨 사연이 있다 한들 참작해 줄 이유가 없었다.

'살인에 대한 거부감은… 전혀 없군.'

리사에게서는 살인을 저지르기 전에도, 저지르는 동안에도 전혀 거부감이 보이지 않았다.

심지어 첫 살인의 흥분조차도 찾아볼 수 없었다. 사장을 끌고 나와서 고통을 줘가며 죽이는 과정을 믿기지 않을 정도로 침착하게 수행했다.

용우는 새삼 그녀가 돌이킬 수 없을 정도로 망가진 존재임을 깨달았다.

'결국 상처는 사라지지 않지. 나도, 너도……'

지구로 돌아온 지도 벌써 1년.

그동안 죽 생각했다.

마음의 상처는 쉽게 사라지지 않는다. 동생과 재회해서 어비스에서는 상상도 못 했던 행복한 시간을 보내면서도 그의 마음

한구석에서 흐르는 피는 절대로 멈추는 법이 없었다.

인간다운 삶은 고통에서 눈을 돌릴 수 있게 해줄 뿐 상처를 없애줄 수는 없었다.

'복수는 우리를 치료해 줄까?'

용우는 그 의문의 답을 알고 싶었다.

"그럼 뒤처리해."

"예."

리사가 허공에 손을 뻗었다. 그러자 허공에 검은 구멍이 열리더니 사장의 시신이 그 안으로 끌려들어 가서 사라졌다.

아공간 스펠 '시공의 보물고'였다.

리사가 퇴원해서 용우의 제자가 된 지도 3개월 반.

그 기간 동안 리사는 계속해서 용우에게 특성과 스펠을 공급받아서 올라운더라고 할 수 있는 존재가 되어 있었다.

치이이이익……!

그리고 리사가 일으킨 불길이 그 자리에 남은 혈흔을 한차례 태우고 지나갔다.

살인의 흔적을 지운 두 사람은 곧바로 워프 게이트를 통해서 그 자리를 떠났다.

*   *   *

퍼스트 카타스트로피 이후 국제 정세는 크나큰 변화를 겪어왔다.

중국이나 러시아 같은 대표적인 강대국들이 몰락하고, 풍족한 자연환경을 자랑하던 국가들은 더 이상 사람이 살 수 없는 죽음의 땅으로 변하고 말았다.

인류는 예전보다 훨씬 특정한 지역에 도시를 구축하고 그 안에 모여 사는, 인구밀도가 높은 삶을 살아가고 있었다.

대만은 퍼스트 카타스트로피 이후 눈부시게 발전한 나라였다.

게이트 재해의 피해가 가장 적고, 헌터 전력도 뛰어나서 헌터 선진국으로 불린다.

국토방위가 안정적으로 이루어지고 있는 만큼 세계 각국의 자본이 몰려서 퍼스트 카타스트로피 이전과는 비교도 할 수 없는 경제성장을 이루었다.

또한 7개국으로 쪼개져서 쇠락해 버린 중국의 일부 영토를 병합하기까지 했으니 역사상 최고의 성세를 누리고 있다고 해도 과언이 아니었다.

그리고 그 눈부신 역사의 이면에는 한 남자의 존재가 있었다.

'놈이다.'

대만의 그림자 총통이라 불리는 남자, 허우룽카이는 모니터에 출력되는 보고 사항을 보면서 몸을 떨고 있었다.

허우룽카이가 보고 있는 것은 팬텀의 관리 시스템이다.

지난 2주간 엄청난 속도로 팬텀에 대한 공격이 이루어지고 있었다.

세계 각지에서 연구 시설 두 개가 파괴당하고, 아니마 생산지도 하나 초토화되었다.

그리고 아니마의 유통을 맡고 있는 팬텀의 거점들도 세 곳이

나 괴멸당했다.

'노골적으로 흔적을 남기는 건… 도발이겠지.'

허우룽카이가 이를 악물었다.

공격자는 단 한 명이었다.

헌터용 배틀 슈트를 입고 얼굴이 보이지 않는 바이저를 써서 정체를 감춘 인물이다.

CCTV에 촬영되는 것을 전혀 개의치 않고 전투를 벌이는 정체불명의 헌터는 팬텀 입장에서 보면 재앙이나 다름없었다.

팬텀은 범죄 조직으로서는 상당한 무력을 보유한 조직이다.

하지만 팔라딘이나 셀레스티얼을 제외한 그들의 무력은 한계가 명확했다.

체외 허공장을 가진 데다가 마력도 출중한, 1급 헌터 장비들을 아낌없이 쓰는 존재를 상대로는 버틸 수가 없었다.

'빌어먹을. 그 인종차별주의자 놈들이 그리워지다니……'

허우룽카이는 미켈레와 엔조 모로를 떠올리는 스스로에게 짜증을 냈다.

인종차별주의자였던 그들과 동양인인 허우룽카이의 사이가 좋았냐 하면 절대 아니다. 어디까지나 목적을 위해 손잡고 있었을 뿐.

하지만 조직이 무시무시한 기세로 공격받는 상황에 처하자 그들의 부재가 아쉬웠다.

'빨리 팔라딘과 셀레스티얼을 투입하지 않으면… 돌이킬 수 없어진다.'

허우룽카이는 식은땀을 흘렸다.

그것 말고는 선택지가 없다는 사실을 잘 알면서도 망설이는 자신이 있었다.

구세록의 계약자들이 다들 그렇듯 허우룽카이 역시 중증 PTSD 환자였다.

구세록의 계약자들이 지닌 힘, 빙의는 대가 없이 편리한 힘이 아니다.

아무리 빙의로 죽음의 리스크를 피한다고 해도 전투 스트레스까지 회피할 수는 없다.

게다가 빙의할 때마다 시신이 되어버린 몸의 주인이 남긴 강렬한 사념과 죽음의 이미지에 정신적으로 공격받는다.

그런 이유로 구세록의 계약자들은 한번 빙의를 하고 나면 한동안은 컨디션이 좋지 않았다. 곧바로 다시 빙의해서 전투에 나서는 것은 정말로 강한 결의가 있지 않고서야 힘들다.

하물며 빙의한 채로 죽음을 경험한다면?

그 여파는 상상하기도 싫을 정도였다.

70미터급 게이트에서 빙설의 군주 하스라에 의해 죽음을 유사 체험한 허우룽카이는 한참 동안 현실감을 잃고 광기에 고통받았다. 떨칠 수 없는 공포에 사로잡혀서 성좌의 힘을 쓰는 것 자체가 쉽지 않았다.

'뭔가 수를 써야 해.'

허우룽카이는 심호흡을 한 번 했다.

다음 순간, 그의 의식이 현실을 떠나서 정보 공간으로 들어갔다.

"애비게일 카르타."

"요즘 뜸하더니 갑자기 무슨 볼일이지?"

애비게일 카르타가 의아해하며 물었다.

"경고한다. 제로에게 협력하는 걸 관둬라."

"무슨 소리지?"

"지금 일어나고 있는 일은 강력한 정보력이 없으면 불가능해. 네가 협력하고 있을 게 뻔하지 않나?"

허우룽카이가 살기를 내비쳤다.

세계 각지의 팬텀의 주요 시설들을 타격하는 것은 단지 강력한 무력과 신출귀몰한 이동 능력이 있다고 해서 가능한 일이 아니다.

그 대부분은 일반인의 눈이 닿지 않는 곳에 숨겨져 있었으며, 기업이나 세력이 강성한 범죄 조직과의 협력으로 숨겨져 있었다.

몇몇은 아예 국가 요인들에게 비호를 받으면서 그 나라의 국민들을 실험체로 쓰고 있기까지 했다.

그런데 그중에서도 중요한 시설들만 골라서 철저하게 때려 부순다는 것은, 팬텀의 조직망을 파악하는 탁월한 정보력이 있어야만 가능한 일이다.

한국이 세계적으로 손꼽히는 강국이 되었다지만 이런 부분에서는 수준 미달이다.

애비게일 카르타가 미국의 정보망을 빌려줬다고 생각하는 게 타당했다.

그러나 애비게일 카르타는 코웃음을 쳤다.

"어이없군. 왜 네 무능을 내 탓으로 돌리는 거지?"

"정말 해보자는 거냐?"

"짖어대는 소리 들어주기도 지겨운데, 정말 그렇게 해줄까?"

"뭐?"

"네가 전에 말했지. 두 자리나 비었으니 빈자리를 하나 더 늘리는 걸 망설일 이유가 없다고."

과거에 허우룽카이는 애비게일 카르타에게 그렇게 말했었다.

"그 말을 듣고 곰곰이 생각해 보니 정말 그런 것 같아. 그렇게 싸우길 바란다면, 지금 바로 브리짓을 보내주지."

예상치 못한 반응에 움찔했던 허우룽카이가 버럭 소리를 지르려는 때였다.

"전부터 생각한 건데, 당신들 대화 수준이 참 한심하군."

문득 그들 사이에 끼어드는 목소리가 있었다.

허우룽카이가 깜짝 놀라서 목소리의 주인을 바라보았다. 항상 정보 공간에서 들어와서 익숙한 목소리가 아니었기 때문이다.

"차준혁, 이제야 낯짝을 보이는 건가?"

죽은 다니엘 윤에게서 광휘의 검을 계승한 백발의 청년, 차준혁이었다.

차준혁은 허우룽카이를 무시하고 애비게일 카르타에게 물었다.

"애비게일 카르타, 저놈을 칠 건가? 진심으로?"

"왜 묻지?"

"그럴 거면 관두라고 하려고. 내가 막을 거니까."

차준혁의 말에 애비게일 카르타와 허우룽카이 둘 모두 놀랐다.

애비게일 카르타가 물었다.

"이유는?"

"선생님은 저놈을 빌어먹을 개자식이라고 불렀지만……."

차준혁이 허우룽카이를 가리키며 말했다.

"우리 캡틴은 저놈을 건드리지 말라고 했거든. 쓸데가 있다고."

"캡틴? 제로를 말하는 건가?"

"그래. 그것 때문에 굳이 온 거야. 당신이랑 싸우고 싶진 않으니까 저놈이 시끄럽게 짖어대도 너그럽게 봐줘."

"흠, 제로가 그러길 바란다면, 그러지."

애비게일 카르타는 별로 고민하는 기색도 없이 고개를 끄덕였다.

둘의 대화를 듣는 허우룽카이는 수치심과 분노로 미쳐 버릴 것만 같았다.

마치 자신의 목숨 따위는 냉장고 속의 캔 음료를 꺼내듯 언제든 처리할 수 있다는 저 오만함이라니!

'이놈들이 감히!'

마음 같아서는 당장에라도 싸우고 싶다.

하지만 동시에 그의 머릿속에는 냉정한 계산과, 그것을 웃도는 공포감이 솟구치고 있었다.

브리짓 카르타만이라면 어떻게든 상대할 수 있을지도 모른다. 그는 지금까지 팬텀을 통해서 그러기 위한 준비를 해왔다.

하지만 거기에 다니엘 윤보다 전투 능력이 높을 게 확실한 차준혁이 더해진다면?

"프리앙카와 사다모토 아키라는 없나?"

차준혁은 굴욕으로 몸을 떠는 허우룽카이를 무시하며 물었다.

"프리앙카는 자기 일로 바쁜 것 같고, 사다모토 아키라는… 그날 이후로는 모습을 보이지 않았다. 그는 원래부터 참여율이 저조해."

"항상 있는 건 아닌가 보군. 그럼 이만."

차준혁이 미련 없이 나가 버리자 애비게일 카르타가 허우룽카이를 보며 냉소했다.

"목숨을 건진 걸 기뻐하도록 해, 대만의 황제 폐하."

"……."

허우룽카이는 한마디도 반박하지 못하고 정보 공간에서 나가 버렸다.

2

용우는 한적한 공원의 벤치에 앉아서 태블릿으로 2015년에 홍행한 드라마를 보고 있었다.

간혹 개를 데리고 산책하는 사람들을 구경하면서 그렇게 시간을 보내고 있다 보니 휴대폰이 울렸다.

"왜?"

상대는 차준혁이었다.

[시킨 일 처리했다.]

"뭘?"

[애비게일 카르타가 허우룽카이와 한판 붙을 기세길래 막아뒀어.]

"아, 그 건인가. 고맙다."

[…너한테 고맙다는 말을 들으니 이상하군.]

투덜거린 차준혁이 물었다.

[하지만 굳이 그렇게까지 해야겠냐? 그 애한테 너무 지독하잖아.]

용우는 팀원들에게 공평하게 정보를 주지 않았다. 팀으로 활동하기 위해 필요한 사항은 모두 알려줬지만, 개인적인 영역에 속하는 정보는 알려주는 사람을 고르고 있었다.

리사의 사정을 알고 있는 것은 차준혁과 휴고 스미스 둘이다.

그들은 리사가 팬텀에 대한 복수심을 불태우고 있다는 것도, 얼마 전부터 세계 각지의 팬텀 조직을 공격하고 있다는 사실도 알고 있었다.

구세록의 계승자들에게는 알려두는 게 낫다고 판단했기 때문이다. 방금 전 같은 역할을 맡길 수도 있으니까.

"지독하다라……"

용우는 그 말을 곱씹듯이 중얼거리더니, 차준혁에게 물었다.

"넌 동정받고 싶은 거냐?"

[뭐?]

"소중한 사람이었던 다니엘 윤을 잃어서 안됐다. 마음이 너무나 아프겠지. 상처받은 너는 싸울 필요 없어. 싸움은 내가 대신 해 줄게. 뭐, 이런 동정을 받고 싶냐고."

[지금 뭐 하자는 거지?]

차준혁의 목소리에 날이 섰다. 전화 너머로도 그가 분노하고 있다는 사실을 알 수 있었다.

"그럼 왜 리사한테는 그러려고 하지?"

하지만 이어지는 용우의 목소리가 그의 분노에 찬물을 끼얹었다.

"리사가 너보다 어린 여자니까 본인의 마음이 어떻든 험한 일 따위는 하지 말고 얌전히 온실 속의 화초처럼 보호받아야 할 존재로 보여?"

[…….]

싸늘한 용우의 말에 차준혁은 한 마디도 반박할 수 없었다.

"불쌍한 어린애 보는 어른이라도 된 기분은 버려. 혹시라도 리사한테 그런 태도는 안 보이는 게 좋을 거다."

용우는 그렇게 경고하고는 전화를 끊었다.

*   *   *

2028년 11월 초.

리사는 완전무장한 채로 낯선 도시의 낡은 공장 안을 걷고 있었다.

그녀의 모습은 용우가 제로로 위장할 때와 흡사했다. 차이점이라면 M슈트를 입지 않았다는 것 정도라 겉으로 봐서는 누구인지 알아볼 수 없었다.

"젠장! 이 미친놈은 대체 뭐야!"

영어로 떠들어대는 욕설이 들렸다.

차곡차곡 쌓인 박스 너머에서 고개를 내민 거구의 흑인이 그녀를 향해서 소총을 갈겼다.

투타타타타!

리사는 허공장으로 그것을 비켜내면서 옆으로 뛰었다.

그녀의 신체 능력은 일반인과는 격을 달리한다. 옆으로 빠르게 달리는 것만으로도 사격이 따라갈 수 없게 되어버린다.

탕!

그리고 달리면서 소총의 방아쇠를 당기자 흑인의 머리통이 날아가 버렸다.

타탕! 탕!

적은 그 하나만이 아니었다. 사방에서 총알이 날아들었다.

하지만 기습을 당해도 리사의 허공장이 일격에 뚫리는 일은 없었다. 그녀는 허공장과 초인적인 움직임으로 적들을 농락하면서 하나하나 숨통을 끊어갔다.

이곳은 팬텀의 아지트였다.

치안이 악화된 도시를 주름잡는 범죄 조직으로 위장한 채로 다른 마약과 섞어서 아니마를 유통시키는 거점이다.

그런 만큼 백 명도 넘는 인원이 있었고, 무장 상태도 상당히 흉흉한 편이었다.

하지만 전투 개시 후 채 20분도 안 되어서 반수가 리사에게 죽어나갔다. 그들의 화력으로는 도저히 리사를 당해낼 수가 없었다.

〈리사.〉

그때 리사에게 용우의 텔레파시가 날아들었다.

〈드디어 온다, 대비해.〉

쿠우우우웅……!

어디선가 굉음이 울려 퍼지며 강렬한 마력 파동이 리사의 감각을 덮쳤다.

리사는 소총을 아공간에 집어넣으며 중얼거렸다.

"이제 와서? 정말로?"

쿠궁! 쿠우우우우웅!

굉음이 울려 퍼지면서 거대한 마력의 주인, 새하얀 갑옷으로 전신을 감싼 존재가 리사에게 다가왔다.

머리 위에는 굵직한 빛의 고리가 떠서 일렁이고 있었고, 등 뒤로는 새하얀 빛이 마치 펄럭이는 망토처럼 분출되고 있었다.

그 손에 쥔 무기는 백색의 커다란 도끼였다.

"셀레스티얼."

〈정말 제로가 아니었군.〉

리사의 중얼거림에 셀레스티얼을 원격조종하는 허우룽카이가 반응했다.

허우룽카이는 세계 각지의 팬텀을 공격하는 리사의 존재가 용우가 변장한 것이라 판단했다. 촬영된 영상을 보면 용우라고 하기에는 많이 약해 보였지만, 그것조차도 자신을 끌어내기 위한 함정이라 의심한 것이다.

하지만 지금까지 손 놓고 있었던 것이 그런 의심 때문은 아니다.

70미터급 게이트에서 죽음을 유사 체험한 여파가 잦아드는데 오랜 시간이 걸렸을 뿐이다.

〈넌 뭐냐? 왜 팬텀을 적대하지?〉

"당신이구나."

리사는 헬멧 속에서 웃었다.

그를 본 순간부터 웃음을 주체할 수가 없었다.

"허우룽카이."

그 말에 허우룽카이가 움찔했다.

〈정체가 뭐냐? 제로하고는 무슨 관계지? 아니면 애비게일 카르타의 끄나풀인가?〉

그의 입장에서는 결코 그냥 넘어갈 수 없는 일이었다.

그의 정체는 완벽하게 감춰져 있다. 팬텀 조직원들, 심지어 제법 넓은 관할을 가진 고위 간부들조차도 자신들의 주인이 허우룽카이라는 사실을 모른다.

그런데 셀레스티얼과 마주하자마자 그의 이름을 입에 담는다는 것은, 서용우나 혹은 다른 구세록의 계약자와 깊은 관계가 있어야만 가능한 일이다.

리사는 그의 질문을 무시하고 말했다.

"만나고 싶었어, 당신을."

복수를 시작하고 나서 수많은 살인을 저질러 왔다.

자신을 지옥으로 밀어 넣었던 사장을 죽이는 것을 시작으로 아니마를 퍼뜨리는 팬텀 조직원들을 죽이고, 과거의 자신 같은 사람들을 잡아와서 잔혹한 인체 실험을 자행하는 연구원들도 죽였다.

하지만 리사가 그 과정에서 얻은 것은 작은 만족감뿐이었다.

복수는 그녀가 기대했던 것보다 달콤하지도, 흡족하지도 않았다. 심지어 우려했던 것처럼 괴롭지도 않았다.

그저 해야 할 일을 하는 것 같은 무덤덤함, 그리고 그 일을 성공적으로 수행해 냈다는 작은 만족감 정도만 있을 뿐이었다. 감동의 크기를 잣대로 삼으면 일상에서 집안일을 잘해냈을 때의 뿌듯함과 별로 차이가 없었다.

"정말로."

이제야 그 이유를 알 것 같았다.

지금 나타난 존재가 허우룽카이라는 것을 알아차린 순간부터 가슴이 뛰기 시작했다.

이런 두근거림이 얼마 만일까.

볼에 홍조가 돌고, 눈이 반짝반짝 빛나는 것 같다. 머릿속에서 지금껏 경험하지 못한 광채가 샘솟고 있다.

"만나서 정말 기뻐."

리사는 자신이 차갑게 식어 있었던 것이 아직까지 '진짜'를 만나지 못해서였음을 깨달았다.

그녀가 지금까지 해온 모든 일들은 결국 한 사람을 죽이기까지의 과정에 불과했다. 자신이 증오하는 모든 악덕의 뿌리가 존재한다는 것을 알았기에, 그 가지를 잘라내는 것만으로는 만족할 수 없었던 것이다.

"자, 죽여줄게. 이제부터 몇 번이라도."

〈망상이 지나친 년이로군. 감히 내 말을 무시한 대가가 무엇인지 알려주마!〉

허우룽카이가 분노했다.

셀레스티얼로 강림한 그의 입장에서 보면 리사는 한 대 툭 치면 죽을 정도로 연약한 존재였다. 체외 허공장과 다양한 스펠을 가졌다는 점은 놀랍지만, 가장 중요한 마력이 페이즈5 정도에 불과했다.

그에 비해 셀레스티얼의 마력은 그릇의 상태에 따라 다르지만 최소한 페이즈17 이상이다.

파지지지직!

허우룽카이가 성큼성큼 걸어가서 리사와 허공장을 부딪쳤다.

그것만으로도 격렬한 스파크가 일면서 리사의 허공장이 순식간에 깎여 나가기 시작했다.

〈짓눌러 죽여주지.〉

허우룽카이가 조롱의 말을 내뱉는 순간이었다.

구우우우우웅……!

둔중한 소리가 울리면서 마력 파동이 주변을 뒤흔들었다.

〈뭐야?〉

허우룽카이가 당황했다.

급속도로 깎여 나가던 리사의 허공장이 그보다 더 빠른 속도로 복원되기 시작했기 때문이다.

그리고 허공에서 홀연히 출현한 물질들이 리사와 결합하면서 그녀의 모습이 급격하게 변해갔다.

〈설마…….〉

허우룽카이는 그 현상이 의미하는 바를 알아차렸다.

〈셀레스티얼!〉

경악하는 그의 앞에서 리사의 모습이 변해갔다. 마치 허우룽카이 자신과 거울에 비친 상처럼 닮아 있는 모습이었다.

머리 위에는 빛의 고리가 떠 있고 등 뒤로는 펄럭이는 망토처럼 보이는 빛이 분출되고 있는 존재, 셀레스티얼.

다만 그녀의 손에 들린 무기는 순백의 도끼가 아니라 표면에 냉기가 맺혀 흐르고 있는 순백의 창이었다.

'애비게일 카르타가 제로에게 정보를 공유한 건가?'

허우룽카이가 신음했다.

애비게일 카르타가 성좌의 무기를 운용하는 방식은 다른 구세록의 계약자들에게도 수수께끼였다.

그녀는 구세록의 계약자로서의 권능을 무엇 하나 포기하지 않았다. 그런데도 브리짓에게 성좌의 무기를 주고 전투를 대행시키고 있으며, 그것으로도 모자라서 휴고 스미스를 셀레스티얼로 변신시킬 수 있었다.

〈날 짓눌러 죽인다고 했지?〉

리사가 창을 들어 허우룽카이를 겨누며 말했다.

〈난 당신에게 고통을 가르쳐 줄게.〉

진짜와 가짜가 만났다.

성좌의 무기의 계승자로 선택받은 자와 인공적으로 만들어진 권능의 그릇.

둘의 싸움이 시작되었다.

*   *   *

콰과과광……!

폭음이 울려 퍼지면서 공장의 천장이 터져 나갔다.

인류의 규격을 초월한 셀레스티얼끼리 격돌한 결과였다.

쿠과과과과광!

대기가 격렬하게 진동하면서 그 진동파가 자연적으로는 있을 수 없는 현상을 보인다.

누군가의 의도대로 명확한 지향성을 갖고 한 지점을 덮친 것이다.

리사가 그 진동파를 맞고 잠시 주춤한 순간, 대기를 컨트롤하는 허우룽카이가 대규모 파괴 스펠을 발했다.

─구전광(球電光)!

공처럼 빚어낸 뇌전이 연달아 폭발했다.

꽈과과과광……!

그리고 그 속에서 허우룽카이가 굉음의 도끼로 충격파가 터지면서 리사의 허공장을 두들겨 댔다.

〈젠장!〉

하지만 신음을 흘린 것은 허우룽카이였다.

─프리징 버스트!

리사가 허공장이 깎여 나가거나 말거나 공격을 버텨내면서 반격했기 때문이다.

냉기가 폭발하면서 허우룽카이의 몸 절반이 얼어붙었다.

〈무식한 년!〉

힘을 막 최대치로 방출한 직후라서 피할 수가 없었다.

서로 안티 텔레포트 필드를 펼친 상태라서 공간 간섭계 스펠로 회피하는 것도 불가능하다.

파지지직!

직후 폭발을 뚫고 뛰어든 리사가 창으로 허우룽카이를 찔렀다. 허우룽카이가 창의 공격 지점에 허공장을 집중하면서 도끼를 들어 올리는 순간이었다.

　투학!

　갑자기 리사의 창 앞에 동그란 빛의 원이 나타나더니, 그 지점으로부터 충격이 폭발해서 허우룽카이를 튕겨내었다.

　'이건 뭐야?'

　당황하는 허우룽카이에게 리사가 연달아 스펠을 날렸다.

　―염동빙결탄(念動氷結彈)!

　에너지탄이 연달아 쏘아져 나가서 허우룽카이를 강타, 폭발하면서 지독한 한기가 퍼져 나갔다.

　투앙!

　하지만 다음 순간, 허우룽카이가 날린 진공파가 리사를 쳐서 날렸다.

　쿠구구구구구!

　허우룽카이를 중심으로 꽝음이 울려 퍼지면서 얼음이 깨져 나갔다.

　튕겨 나가던 리사가 그 진동파에 맞고 땅바닥에 처박힌다. 그리고 일어나려고 할 때마다 땅과 대기가 흔들리면서 그녀의 움직임을 방해했다.

　〈죽어라!〉

　승기를 잡은 허우룽카이가 도끼를 들어 올리며 스펠을 발했다.

　쫘아아아아아앙……!

폭발이 공장 벽에 커다란 구멍을 뚫어놓았다.

'막았어?'

허우룽카이가 당황했다.

전투의 흐름상 리사는 지금 공격을 피하거나 막을 수가 없었다. 그런데 흩어지는 폭연 속에서 멀쩡한 모습으로 일어나고 있는 게 아닌가?

〈만만치 않지?〉

그리고 리사는 용우의 텔레파시를 듣고 있었다.

3

용우는 리사가 있는 곳에서 1킬로미터 정도 떨어진 지점에 있었다.

폐건물이 되어버린 빌딩 옥상 위에 은신한 채로 상황을 지켜보는 중이다. 그의 존재가 발각되면 허우룽카이가 나타나지 않을 수도 있어서였다.

전투가 시작된 지금은 좀 더 가까운 곳까지 다가와 있다. 안티 텔레포트 필드가 펼쳐졌기에 언제든지 개입할 수 있는 거리를 확보해 둘 필요가 있었으니까.

'네.'

허우룽카이에게 들릴 염려가 있기에 리사는 입을 닫고 마음속으로 대답을 떠올리는 이미지로 대답했다.

〈피지컬은 네가 위야. 하지만 확실히 썩어도 준치군.〉

허우룽카이가 예상한 대로 방금 전의 공격은 리사 입장에서는 피할 수도 막을 수도 없었다.

그런데도 그녀가 멀쩡하게 일어난 이유는 간단했다. 용우가 막아주었기 때문이다.

〈좋은 연습 상대야. 이제부터는 내가 조금씩 도와줄 테니까 귀를 열어둬.〉

'예.'

대답하는 리사는 입술을 깨물고 있었다.

복수할 대상에게 밀렸다는 사실이 분했기 때문이다.

텔레파시로 그런 기색을 읽은 용우가 말했다.

〈머리를 식혀. 어차피 지금 전초전일 뿐이야. 놈을 좋은 연습 상대로 삼고, 자존심을 짓밟아주자. 하는 김에 고통도 듬뿍 안겨주고.〉

그 속삭임을 들은 리사는 흥분했던 마음이 차분해지는 것을 느꼈다.

용우의 말이 옳다. 이 싸움은 복수의 끝이 아니다.

그리고 방금 전의 감정이 무엇인지 되새겨 보니 창피했다.

일대일로 허우룽카이와 싸워서 밀렸다는 사실에 자존심이 상했던 것이다.

자신은 허우룽카이와 정정당당한 스포츠 대결을 하고 있는 것이 아니다. 일대일로 그와 대결해서 이긴다는 승부욕과 호승심 따위는 정말 쓸데없었다.

〈훈련받은 대로 해. 부족한 부분은 내가 보조해 줄 테니까.〉

리사는 그 말에 따랐다.

정신없이 퍼붓는 허우룽카이의 공격을 빠른 움직임으로 피하고, 꽝음의 도끼로 발하는 진동파는 폭발을 일으키는 스펠이나 빙결 파동을 터뜨리는 것으로 받아내면서 거리를 좁혔다.

거리를 두고 화력전을 벌이면 허우룽카이가 확실히 우위였다.

리사의 마력이 더 높은데도 불구하고, 허우룽카이는 자신이 지닌 권능을 효과적으로 사용하는 데 통달해 있었다.

꽝음의 도끼의 권능으로 대기를 컨트롤해서 리사의 움직임을 방해하면서, 화력을 유효적절하게 퍼부어대는 판단력과 기술이 있었다.

강력한 몬스터와 수도 없이 싸워온 전투 경험 덕분일 것이다. 대인전 경험은 부족하겠지만 화력전에 대해서만큼은 달인이라고 할 만했다.

하지만 접근전에 들어가면 상황이 달라졌다.

쾅!

리사의 발차기가 허우룽카이의 몸통에 꽂혔다.

주춤주춤 물러나는 허우룽카이가 도끼를 휘두른다.

투학!

그러나 리사는 그것을 창으로 걷어내면서 하단 돌려차기를 작렬시켰다.

─프리징 필드!

휘청거리는 허우룽카이에게 전방위 빙결 스펠이 작렬했다.

허우룽카이는 허공장을 집중해서 막아냈지만, 그 순간을 노려서 리사의 창격이 꽂힌다.

〈크악!〉

결국 허우룽카이가 비명을 질렀다.

리사의 창에는 아스트랄 플레어가 휘감겨 있었기 때문이다. 리사는 허우룽카이에게 고통을 주기 위해 정신체를 상처 입히는 스펠을 쓰고 있었다.

허우룽카이의 당혹감이 텔레파시로 흘러나왔다.

'당황스럽겠지.'

그의 심리가 손에 잡힐 듯이 분명하게 느껴진다. 용우는 싸늘하게 웃었다.

초반에는 분명 허우룽카이가 우위를 점하고 있었다. 그런데 완전히 몰아넣었다고 생각한 순간부터 리사의 전투 능력이 급상승해서 전세를 뒤집어 버린 것이다.

물론 그 이유는 용우의 개입이다.

리사가 방어하기 힘든 공격은 대신 막아주었고, 리사의 공격이 정타로 꽂히도록 허우룽카이의 감각을 교란했다.

그 방식이 너무나 교묘해서 허우룽카이는 아직도 용우의 존재를 눈치채지 못하고 있었다.

'확실히 쓸 만하군, 셀레스티얼은.'

용우가 소유한 빙설의 창으로부터 힘을 공급받고 있기 때문일까?

리사에게 개입해서 전투를 보조하기는 굉장히 수월했다. 거리가 멀리 떨어져 있어도 상관없다 싶을 정도였다.

'역시 리사는 특별해.'

팀을 결성한 후, 용우는 리사를 빙설의 창의 계승자로 설정했다.

휴고 스미스처럼 성좌의 무기 소유자의 의지에 따라서 셀레스티얼로 변신할 수 있는지 실험해 보기 위해서였다.

실험 결과는 성공적이었다. 용우는 구세록의 계약자들처럼 정보 공간을 이용할 수는 없었지만, 성좌의 무기를 다루는 것만큼은 완벽하게 해낼 수 있었다.

그리고 리사를 셀레스티얼로 변신시킨 성과는 놀라웠다.

'무엇보다 변신했을 때의 힘은… 설명이 안 되는 부분이지. 놈들이 특이 샘플이니 뭐니 난리를 칠 만도 했어.'

리사가 셀레스티얼로 변신했을 때의 마력은 용우조차 놀라게 만들었다.

원래 마력이 페이즈13인 휴고 스미스가 변신했을 때와 대등한 수준이었던 것이다.

리사는 전투 센스가 좋은 편이다. 하지만 차준혁, 휴고 스미스, 유현애라는 천재들과 비교하면 범상한 수준에 그친다.

하지만 셀레스티얼로 변신했을 때의 강화 폭은 전투 센스와 경험의 부족함을 상쇄하고도 남는다.

〈크아악!〉

허우룽카이의 비명이 울려 퍼졌다.

리사가 그를 땅에다 처박고 아스트랄 플레어를 휘감은 창으로 몸통을 꿰뚫었기 때문이다.

파지지지직!

허공장이 충돌하면서 격렬한 스파크가 튀었다.

리사의 허공장이 허우룽카이의 허공장을 빠르게 잠식해 간다. 이미 창에 꿰뚫려 구멍이 난 허우룽카이의 허공장은 버티지 못하고 있었다.

'리사 혼자서 싸웠으면 아슬아슬했겠군. 졌을 가능성이 높아.'

허우룽카이가 전투 경험이 풍부한 데 비해 리사는 전투 경험이 별로 없다.

팬텀이 만들어낸 셀레스티얼에는 용우가 예전에 파악한 약점, 조종자의 의지가 전달되기까지의 시간 차가 존재한다는 약점이 그대로 남아 있었다. 그런데도 허우룽카이는 마력이 앞서는 리사를 상대로 우위를 점했다.

하지만 마력 말고도 리사가 허우룽카이를 앞서는 요소가 있다.

바로 대인전 기술이었다.

용우는 팀원들에게 타락체와 언데드를 상대하기 위한 대인전 기술을 전수했다.

팀원들의 감상은 모두들 유현애와 일치했다.

"정말 끔찍하게 못 가르친다……. 내 살다 살다 이렇게 지리멸렬한 설명은 처음인데."

"텔레파시로 이미지까지 전달해 주면서 하는데도 이렇게 알아먹기 어렵다니, 정말 개떡 같군."

하지만 차준혁과 유현애, 휴고는 개떡같이 가르쳐도 찰떡같이 배울 수 있는 천재들이었다. 몇 번 보여주고, 대련으로 몸에 새겨주는 것만으로도 그 원리를 파악하고 재현할 수 있을 정도의 무서운 재능을 가졌다.

그런 그들이 자신들이 습득한 기술을 이미나와 리사에게 가르쳐 주는 것으로 팀의 기술 전수가 이루어지고 있었다.

리사는 아직 미숙했지만, 그럼에도 그녀가 익힌 대인전 노하
우는 어비스에서 용우가 갈고닦은 귀중한 것이다. 인간을 상대
로 할 때는 벌레를 죽이듯 힘으로 쳐 죽이기만 했던 허우룽카이
와는 근본적인 인식부터가 달랐다.

〈이, 이런… 애송이 주제에!〉

〈내가 말했지.〉

리사가 허우룽카이의 몸통을 찌른 창을 더 깊숙이 찔러넣으
며 말했다.

〈고통을 가르쳐 주겠다고.〉

〈아아아아악……!〉

허우룽카이가 비명을 질렀다. 창에 찔려서 몸을 헤집는 고통
이 그의 정신에 고스란히 전해지고 있었기 때문이다.

〈기억해 둬.〉

리사가 속삭였다.

〈이건 시작에 불과해. 당신은 앞으로 몇 번이든 이 고통을 반
복하게 될 거야.〉

허우룽카이의 고통이 느껴진다. 그로서는 생각지도 못한 사태
일 것이다.

팔라딘과 셀레스티얼은 구세록의 계약자가 빙의할 때마다 지
는 리스크로부터 도망치기 위해 만들어낸 연구 성과다. 그런데
이렇게 고통을 느끼게 되리라고 상상이나 했겠는가?

예상에서 벗어난 상황은 인간을 동요하게 만든다. 그리고 예
상치 못한 고통은 냉정한 판단을 둔화시킨다.

허우룽카이는 이 둘의 시너지 효과로 허우적거리고 있었다.

'부탁한다, 허우룽카이.'

용우는 허우룽카이를 보며 진심으로 바랐다.

'힘내서 살아라. 리사가 죽이기 전까지 자살하지만 마라.'

앞으로도 리사는 팬텀을 차근차근 파괴해 나갈 것이다.

조직원들을 죽이고, 연구원들을 죽이고, 그들을 후원하거나 비호하는 자본가들과 권력자들도 죽일 것이다.

그 과정은 허우룽카이의 피를 말리게 할 것이다.

서서히 낭떠러지로 밀리고 있는데도 어쩔 도리가 없다는 절망 감을 심어줄 터.

'적당한 선에서 잡아 죽여야지.'

목숨에 대한 집착이 강한 놈이겠지만 그 정도로 궁지에 몰리면 자살해도 이상하지 않다.

그런 사태가 벌어지면 곤란했다. 리사는 심각한 탈력감에 빠질 것이다.

그러니까 너무 시간 끌지 말고 적당한 날을 잡아서 죽이는 게 나을 것 같았다. 굉음의 도끼를 리사에게 계승해 주면 완벽한 마무리가 되리라.

'계승 후보로 설정된 사람이 다른 성좌의 무기를 계승할 경우, 그 권한 설정이 어떻게 되는지도 알 수 있겠지.'

계승자 설정은 한번 해버리면 돌이킬 수 없다.

하지만 성좌의 무기를 계승할 후보로 선택받은 상태에서 다른 성좌의 무기를 계승해 버리면 어떻게 될까?

용우의 경우는 확실하게 미켈레에게서 빙설의 창을 계승한 상태에서 엔조 모로에게서 대지의 로드를 계승받았다.

결과적으로 둘이 충돌해서 당시에는 한쪽을 봉인할 수밖에 없었지만, 권한 자체는 둘 다 갖고 있었다.

〈으아아아아아아!〉

허공장 잠식이 거의 끝나갈 때, 허우룽카이가 몸을 비틀며 절규했다.

〈리사, 이탈해!〉

용우의 외침에 리사는 즉각 반응했다. 그녀는 창을 놔버리면서 뒤로 전력을 다해 뛰었다.

콰아아아아아아앙!

한 박자 늦게 허우룽카이가 폭발했다.

반쯤 무너지다시피 했던 공장 건물을 완전히 폐허로 바꿔 버리는 대폭발이었다.

쿠구구구구……

폭발로 날아올랐던 파편들이 쏟아져 내리는 가운데, 용우가 리사의 곁에 나타나며 말했다.

"수고했어."

〈…놈이 도망쳤어요.〉

리사가 끓어오르는 분노를 표출하며 말했다.

전투는 그녀의 승리였다. 하지만 그녀는 결과를 불만스러워하고 있었다.

허우룽카이를 붙잡아놓고 차근차근 고통을 줄 생각이었기 때문이다. 하지만 허우룽카이는 승패가 났다고 판단한 시점에서 빙의를 해제하고 셀레스티얼을 자폭시켰다.

"그것도 나쁘지 않아."

〈어째서요?〉

"이번에 도망쳤으니 다음에도 도망칠 수 있다고 생각할 테니까. 놈이 그렇게 믿도록 내버려 둬."

용우의 말에 잠시 생각에 잠겼던 리사가 고개를 끄덕였다.

〈…그렇네요. 맞아요. 이번에는 예행연습일 뿐이었으니까.〉

"그럼 돌아가자."

〈네? 하지만…….〉

리사가 놀라서 물었다. 원래는 오늘 팬텀의 거점 한 곳을 더 습격할 예정이었기 때문이다.

"오늘은 쉬어. 예정 따위는 중요하지 않아."

셀레스티얼로 변신하는 것은 그만한 부담을 져야 하는 일이다.

거기에 허우룽카이라는 강적과 전투를 치른 지금 리사는 심력과 체력 모두 크게 소모되어 있었다.

"그리고 어차피 다른 데를 친다 한들 놈이 다시 나오진 않을 거야."

지금쯤 허우룽카이는 충격에 빠져 있을 것이다. 서서히 목이 죄어오는 기분일 터.

"무조건 서두르는 게 능사가 아니야. 이럴 때는 배려가 필요해."

〈배려요?〉

"놈이 지금의 기분을 충분히 만끽하도록 기다려 주는 배려."

〈…….〉

　용우의 속삭임을 들으며 리사는 허우룽카이의 심정을 상상했다. 그리고 셀레스티얼의 갑옷 속에서 자신도 모르게 웃었다.

　아주 행복하게.

Chapter34

기억

1

리사는 꿈을 싫어한다.

팬텀에서 해방된 후로는 꿈을 꾸게 되면 언제나 악몽을 꾸었기 때문이다.

눈을 떴을 때 내용이 기억나는 꿈은 거의 없지만, 그럼에도 지독한 악몽이었다는 것만은 흘러내린 눈물이나 온몸을 적신 땀으로 알 수 있었다.

'어?'

그런데 오늘은 뭔가 달랐다.

리사는 자신이 꿈을 꾸고 있다는 사실을 알고 있었다. 지금까지 거의 꿔본 기억이 없는 자각몽이다.

'여긴 어디지?'

주변에는 한 번도 본 적 없는 풍경이 펼쳐져 있었다.

'하늘이⋯⋯.'

올려다보니 하늘은 섬뜩할 정도로 붉은 빛깔을 띠고 있었다.

석양에 물든 하늘과는 다르다. 비유적인 의미가 아니라 정말로 핏빛이다.

마치 가공된 조명처럼 강렬한 붉은색이라, 계속 보고 있는 것만으로도 속이 메스꺼워질 정도였다. 이런 곳에서 장시간 있다 보면 정신이 이상해질 것이다.

'이상해. 실내도 아닌데 왜 이런 색깔이지?'

리사는 불쾌감을 느끼며 주변을 둘러보았다.

그곳은 몽환적인 들판이었다.

끝없이 펼쳐진 들판에서 빛이 방울져서 피어오른다.

투명하고 새하얀 빛은 피어오름과 동시에 하늘의 붉은빛에 물들어 기괴하고 섬뜩한 느낌으로 변해갔다. 그리고 무수한 빛 방울을 짓밟으며 날뛰는 자들이 있었다.

'몬스터!'

리사는 뒤늦게 자신이 보는 풍경이 굉장히 먼 곳의 풍경이라는 사실을 알아차렸다.

들판이 상식적으로는 존재할 수가 없는 넓이였고, 하늘의 붉은빛이 온 세상을 물들이고 있어서 원근감이 무너졌을 뿐이다.

들판에서 피어오르는 빛 방울도 반딧불처럼 작다고 생각했지만, 원근감을 파악하고 보니 그렇지가 않았다. 하나하나가 집채만 한 크기였다.

그 사이를 무수한 몬스터들이 질주하고 있었다.

수가 얼마인지는 셀 수도 없었다. 최소한 천 단위인 것 같았다.

'7등급 암흑거인.'

리사는 그중에서 7등급 몬스터를 발견하고 움찔했다.

어둠으로 이루어진 거인의 형상이 날뛰고 있다.

그것도 하나가 아니다. 20개체가 넘는 암흑거인의 무리들이 싸우고 있었다.

콰아아아아아아아!

리사가 그 광경에 넋을 잃었을 때, 갑자기 그들 사이에서 섬광이 터졌다.

눈이 멀어버릴 듯 어마어마한 섬광이었다. 일순간에 암흑거인들이 빛에 삼켜지고 반경 수 킬로미터가 폭발에 뒤덮인다.

콰아앙! 콰광! 콰과과과과과······!

심지어 그걸로 끝도 아니었다.

동급의 폭발이 연달아 전장 곳곳에서 터졌다. 그럴 때마다 저등급 몬스터들이 수십 마리 단위로 쓸려 나갔다.

그오오오오오!

그 폭발을 압도하며 땅에서 솟구치는 거대한 무언가가 있었다.

'저거······.'

직경이 300미터를 넘는, 거대한 불가사리처럼 생긴 존재를 본 리사가 경악했다.

'랜드스타!'

중국 베이징을 차지하고, 중국을 7국으로 갈라놓은 원흉.

군단의 산실(産室)이라 불리는 9등급 몬스터, 랜드스타.

그 주변에서 꿈틀거리며 솟구치는 거대한 그림자들이 있다. 8등급 몬스터 가이아드래곤 12마리가 랜드스타를 호위하듯이 그 주변을 에워싸고 있었고…….

콰과과과과과과……!

랜드스타로부터 뿜어진 한 줄기 섬광이 전방 5킬로미터를 관통했다.

그 궤적에 있는 모든 것들이 증발해서 사라지고, 한 박자 늦게 저편에서 대폭발이 일어났다.

〈성좌의 아바타는?〉

그때 리사가 익히 아는 목소리가 들려왔다.

'선생님?'

리사는 하늘을 올려다보았다.

전신에 푸른 섬광을 휘감은 남자가 유성처럼 낙하해 오고 있었다.

서용우였다. 그는 누더기 같은 망토를 걸치고, 헌터용 양손 대검보다 두 배는 거대한 비현실적인 검을 들고 있었다.

콰콰콰콰콰쾅……!

하늘이 현란한 폭발로 수놓아졌다.

붉은 하늘 아래 무수한 비행 몬스터들이 용우를 향해 달려들었다. 그리고 지상의 몬스터들이 용우를 향해 대공 포격을 가했다.

용우는 그 모든 방해를 뿌리치면서 몬스터 대군의 중심부로 향하고 있었다.

〈불꽃과 굉음은 소멸. 둘이 폭풍용 하나 치워줬다.〉

폭풍용은 9등급 몬스터의 이름이었다. 영국을 파멸시키고 인류가 범접하지 못할 땅으로 만들어 버린 재앙.

〈남은 9등급은 셋이군. 랜드스타 치우면 이제 둘이고. 근데 또 성좌의 아바타 하나 오는 것 같은데? 이번엔 또 누가 죽은 거지?〉

〈하나가 아니라 둘이야. 죽은 둘 중 하나는 이사벨라고.〉

〈뭐야, 걔는 어쩌다 죽었대?〉

〈좀 전에 강하 중에 내 뒤통수를 치더군. 그래서 치웠어.〉

〈허이구, 그렇게 몸을 사리더니만 이제 와서…….〉

〈나머지 하나는 누군지 모르겠군.〉

누군가의 텔레파시에 용우가 그렇게 대답했을 때였다.

핏빛 하늘의 두 지점이 빛을 발했다.

'아, 저건!'

하늘을 올려다본 리사는 아까는 알아보지 못했던 특이점을 발견했다.

핏빛 하늘에 흐르고 있는 구름들 사이로, 검은 그림자처럼 드리워진 형상들이 있었다. 리사도 익히 아는 형상이었다.

'성좌.'

구세록의 계약자들이 지닌 성좌의 무기를 상징하는 7개의 문양이 핏빛 하늘 곳곳에 자리 잡고 있었던 것이다.

그중 빙설의 창과 뇌전의 사슬이 발한 빛이 지상으로 쏟아져 나갔다. 고속으로 낙하 중인 용우를 앞질러서 지상에 도달, 대폭발을 일으킨다.

그리고 휘몰아치는 돌풍이 폭연을 걷어내면서 리사가 익히 알고 있는 존재들이 모습을 드러냈다.

구세록의 계약자들이 변신했을 때와 똑같은 모습을 한 성좌의 아바타들.

콰아아아아아아아!

그들이 종횡무진 전장을 휘젓기 시작했다.

그것을 본 리사는 전율했다.

'차원이 달라.'

성좌의 아바타들은 7등급 몬스터들을 어린애 상대하듯 죽여 버리고, 8등급 몬스터인 가이아드래곤들이 무더기로 달려드는데도 전혀 밀리는 기색 없이 힘으로 압도하고 있었다.

〈둘이나 왔으니 일이 좀 쉬워지겠는데?〉

〈놈들은?〉

〈언데드들은 광휘의 검을 중심으로 막고 있어.〉

〈타락체는?〉

〈이쪽은 나랑 비연이가 막는 중. 까다로운 놈들이 와서 고생 중이다. 아, 방금 비연이가 한 놈 죽였어.〉

그 말에 용우가 짜증을 냈다.

〈어디선지는 모르겠는데 한 놈은 놓쳤네. 죽은 누군가는 이놈한테 죽은 건지도 모르겠어.〉

〈뭐?〉

〈랜드스타 위에 한 놈 나타났어, 젠장. 역시 일이 쉽게 풀리는 법이 없군.〉

그렇게 말하는 용우가 낙하 궤도를 바꾸면서 5발의 에너지탄을 지상으로 떨구었다.

'어?'

리사는 깜짝 놀랐다.

콰아아앙! 콰과과과과……!

그 위력이 상상을 초월했기 때문이다.

소형 전술핵을 방불케 하는 대폭발이 연달아 터지면서 랜드스타 주변에 존재하던 것들을 쓸어버린다.

파지지지직!

그 직후, 용우의 앞에 나타난 누군가가 그와 격돌했다.

비인간적인 용모를 지닌 존재였다. 상앗빛 피부와 붉은 눈동자, 그리고 백발을 휘날리는 그 존재는 무시무시한 속도로 용우와 싸우기 시작했다.

'빨라!'

가속 스펠을 몇 개나 동시에 걸고 있는 둘의 움직임은 너무나 빨랐다. 게다가 전투 중에 수시로 공간을 뛰어넘으면서 위치를 바꿔서 도저히 눈으로 따라갈 수가 없었다.

파악!

그 격돌의 끝에서 용우의 왼팔이 잘려 나갔다.

〈하하하! 어떠냐? 내가 빚을 갚아주겠다고 했…….〉

의기양양해하던 적의 말은 끝까지 이어지지 못했다.

〈미끼였어, 멍청아. 너랑 길게 놀아줄 시간 없거든.〉

뒤에서 나타난 용우의 분신의 손이 적의 심장을 꿰뚫었기 때문이다.

〈이, 이런 비열한 놈……!〉

〈아직도 그런 거 따지는 희귀한 머저리가 남아 있었군.〉

용우는 분신을 해제하고 적의 머리통을 붙잡았다.

콰직!

곧바로 머리통을 부숴 버리고는, 머리 잃은 몸통에 손을 대었다.

—에너지 드레인!

통제할 의지를 잃은 마력이 어마어마한 기세로 용우에게로 흘러 들어갔다.

그러자 용우의 잘려 나간 팔이 순식간에 다시 자라나고, 적의 몸이 수분을 잃은 미라처럼 바짝 말라가는 게 아닌가?

리사가 그 광경을 보며 기겁할 때였다.

"그만."

갑자기 용우의 신경질적인 목소리가 울렸다.

'아.'

리사는 그것이 꿈속의 용우가 아닌, 현실의 용우의 목소리임을 깨달았다.

그리고 꿈이 끝났다.

*   *   *

눈을 떴을 때는 어두컴컴한 자신의 방 안이었다.

잠시 천장을 바라보고 있던 리사는 곧 침대에서 일어나서 방 밖으로 나왔다.

거실에는 노트북을 펼쳐놓고 있는 용우가 있었다.

용우의 얼굴은 땀으로 젖어 있었다. 그는 의식적으로 리사를 보지 않으려는 듯, 눈을 지그시 감고 손가락으로 관자놀이를 누른 채로 입을 꾹 다물었다. 한참 동안.

침묵을 버티지 못한 것은 리사 쪽이었다.

"저……."

"사과하지 마."

"……."

"네가 잘못한 거 아냐, 내 실수지."

용우는 가슴속에서 끓어오르는 감정을 애써 억누르며 말했다.

소파에 누운 채 노트북으로 2015년에 인기 있던 드라마를 보다가 깜빡 잠이 들었을 뿐이다.

그런데 리사와 그의 정신이 연결되면서 리사가 그의 과거 기억을 꿈으로 엿본 것이다. 생각지도 못한 사태였다.

'내가 구세록의 계약자가 아니라서인가, 아니면 구세록의 계약자라도 현 소유자와 계승 후보의 정신이 연결될 여지가 있는 건가?'

지금까지 리사가 훈련 중에 몇 번이나 셀레스티얼로 변신했지만 이런 일은 없었다.

하지만 실전에서 셀레스티얼로 변신해서 허우룽카이와 싸운 그날 이런 일이 벌어진 것이 우연으로 보이지는 않았다.

'전투 중에 너무 리사한테 몰입했기 때문인가? 아니면 리사의 특이체질 때문에?'

여러 가지 가설을 떠올리고 있을 때, 리사가 입을 열었다.

"저……."

용우가 말해보라는 듯 바라보자, 그녀가 조심스럽게 입을 열었다.

"제가 본 건… 실제로 있었던 일인가요?"

"그래."

"……."

리사는 할 말을 잃었다.

꿈속에서 본 광경은 도저히 현실감이 느껴지지 않는 것들이었다. 그런데 그게 실제로 있었던 일이라고?

용우는 쓴웃음을 지었다.

"어비스의 종반기였지. 한 달 전쯤? 그래도 그때까지는 100명 정도는 남아 있었는데……."

"지구에서도……."

리사는 자신의 목소리가 떨려 나온다는 사실에 흠칫했다.

"그 정도로 어마어마한 사태가 일어날까요?"

"아마도."

용우가 고민하는 기색도 없이 긍정하자 리사는 얼굴에 핏기가 가시는 것을 느꼈다.

자신이 본 광경은 그야말로 절망이었다. 저런 재앙이 지구에서 터진다면, 그날이 바로 인류 멸망의 날이 될 것이다.

"하지만 걱정할 필요 없어. 지구에는 게이트라는 안전장치가 있는 데다가… 아마 사태가 저 지경에 이를 때쯤 되면, 너도 충분히 한 사람 몫을 하게 될 테니까."

"선생님 기준의 한 사람 몫이 어느 정도인지 잘 모르겠어요."

"너한테 기대하는 건… 흠, 그래. 지금의 차준혁보다는 강해져야겠지."

리사 입장에서는 눈곱만큼도 현실성이 안 느껴지는 대답이었다.

"하지만 걱정 마. 부족한 부분은 결국 내가 메꾸게 될 테니까."

리사는 누구의 부족한 부분이냐고 묻지 않았다. 왜냐하면 이미 답을 알고 있었기 때문이다.

용우가 메꿔야 할 부족분의 대상은 분명 누구 한 사람이 아니라 전 인류일 것이다.

*   *   *

한국은 세계적인 헌터 강국으로 안정적인 국토방위가 이루어지고 있는 나라였다.

하지만 그런 한국조차도 그리 넓지 않은 한반도라는 영토 안에 많은 재해 지역을 안고 있었다.

당장 구 북한 지역의 대부분이 그랬고 강원도와 제주도 같은 곳도 있었다.

2028년 11월 말.

재해 지역 강원도.

8등급 몬스터 암흑호랑이의 서식지.

"드디어 시작이군."

수직 이착륙 수송기에서 내린 팀 블레이드의 사장, 오성준은 선글라스를 벗으며 중얼거렸다.

그의 뒤를 따라서 한 사람이 내렸다. 얼굴이 보이지 않는 헬멧을 쓰고 M슈트라 불리는 특수한 헌터용 배틀 슈트를 입은 남자.

세간에는 제로라 불리는 자, 서용우였다.

"평양이 아니라 강원도를 고른 건 의외로군요."

"정부 입장에서는 구 남한 영토부터 모두 수복하고 싶을 테니까. 정치적인 선택이지. 그리고 개성에서 더 위로 치고 올라가는 건 그 여파가 클 수밖에 없는 일이고."

"하긴 그쪽은 하나 해결한다고 될 일이 아니긴 하죠. 이쪽도 하나가 아니긴 하지만……."

강원도에 도사리고 있는 8등급 몬스터는 암흑호랑이만이 아니다.

동부에는 은갑옷거북이, 남부에는 흰불꽃여우가 자리 잡고 있었다.

강원도를 수복하려면 이 셋을 모두 잡아야 한다.

그리고 이 셋의 주변에는 지속적으로 일어난 게이트 브레이크로 인한 어마어마한 수의 몬스터들이 존재하고 있다.

오성준이 쓴웃음을 지으며 중얼거렸다.

"사실 현 시점에서는 우리만으로도 가능할 것 같지만……."

팀 블레이드 1부대는 원래부터 한국 최정예 헌터 부대였다.

그리고 용우에게 스펠 스톤을 공급받기 시작한 지 4개월이 지난 지금은 전투 수행 능력이 그때보다 현격하게 높아져 있었다.

부대원 전원이 체외 허공장을 보유하고 있었고, 보유 스펠도 다들 대폭 늘었으니 당연했다. 여기에 권희수 박사의 걸작, M슈트와 윙 슈트까지 더해진 지금 충분히 8등급 몬스터를 상대로도 승부를 결해볼 만했다.

용우가 물었다.

"그럼 팀 블레이드만으로 해보시겠습니까?"

"아니, 이번에는 자네들에게 맡기지. 자네들을 보고 공부하겠어."

"그건 무립니다."

용우가 그의 옆에 서며 말했다.

"우리 팀은 남에게 본보기가 될 만한 사람들이 아니니까요."

그리고 행정 데이터상으로는 존재하지 않는 최강의 헌터 팀, 팀 섀도우리스(Shadowless)의 데뷔전이 시작되었다.

2

재해 지역을 공략한다는 것은 게이트 공략과는 전혀 다른 접근법이 필요하다.

일단 게이트처럼 폐쇄된 지역이 아니기에 동원할 수 있는 화력의 차원이 다르다.

쿠과광… 콰과과과광! 꽈광!

폭격기들이 하늘을 날면서 광범위한 폭격을 계속하고 있었다.

폭격기만이 아니다. 작전 지역을 에워싸고 배치된 포탑들도 끊임없이 포격을 가하고 있었다.

초당 수십 발의 폭격이 재해 지역을 강타하면서 저등급 몬스터들을 쓸어버리고, 고등급 몬스터들의 허공장을 깎아내었다.

"제로는 그렇다 치고… 나머지도 엄청나군."

이 작전에는 팀 블레이드 1, 2, 3부대가 투입되었다.

하지만 이들의 역할은 어디까지나 서포트였다.

주인공은 어디까지나 자신들을 팀 섀도우리스라 칭한 여섯 명.

이미 업계에서는 전설적인 초인으로 통하는 제로가 리더를 맡은 분대 규모의 팀이었다.

이 팀의 구성원은 대단히 독특했다.

이제는 업계의 전설이 되어가고 있는 정체불명의 만능 해결사, 제로.

제로와 똑같은 차림새로 정체를 알 수 없는 헌터 제로—2.

한국 최강의 스트라이커로 통하는 프리랜서 차준혁.

그리고 미국 헌터계의 미래로 불리는, 얼마 전에 팀 가디언즈 윙에서 나와서 프리랜서 활동을 선언한 슈퍼스타 휴고 스미스.

아티팩트 불꽃의 활의 주인으로 알려진 7세대 헌터 유현애.

팀 반도호랑이에서 베테랑으로 활약하던 이미나까지.

"그러게 말이야. 차준혁이나 휴고 스미스는 그렇다 치고……."

서포터들은 전술 시스템을 보면서 어이없어하고 있었다.

"유현애와 이미나가 이 정도의 헌터였나?"

재해 지역을 향한 광범위 폭격은 쉽게 시도할 수 있는 작전이 아니다.

일단 몬스터 중에 폭격기를 격추시킬 수 있는 원거리 공격 능력을 가진 존재들이 있기 때문이다. 대표적으로 5등급 악마숲이나 7등급 바람용 등이 그렇다.

그럼에도 지금 광범위 폭격이 가해지고 있는 이유는 간단했다.

그런 몬스터들이 전부 처리되었기 때문이다.

팀 새도우리스는 믿기지 않을 정도로 빠른 속도로 폭격을 방해하는 요소들을 처리했고, 8등급 몬스터 암흑호랑이를 도발해서 원하는 지점으로 끌어들였다.

"여기까지 고작 47분……."

말도 안 되는 작전 수행 능력이었다. 다들 자기가 꿈을 꾸는 게 아닌가 의심스러울 지경이다.

그들 앞에서는 악마숲도, 바람용도 마치 저등급 몬스터를 잡는 것처럼 손쉬운 상대로 보였다.

"폭격 끝났다. 1부대, 2부대, 움직여."

전술 핵이라도 터뜨린다면 또 모를까, 그렇지 않은 이상 광범위 폭격으로 잡을 수 있는 몬스터는 한정되어 있었다.

이제부터는 5등급 이상의 몬스터들을 처리해야 했다.

팀 블레이드 1, 2부대가 표적으로 삼은 몬스터들에게 접근하는 동안, 서포터 팀은 멀리 떨어진 지점을 모니터링하고 있었다.

"맙소사."

전투 상황을 파악한 그들은 새삼 신음했다.

팀 섀도우리스와 8등급 암흑호랑이의 전투는 그들이 전혀 예상치 못한 페이스로 진행되고 있었다.

*   *   *

[와, 8등급 몬스터 장난 아니네요.]

유현애가 혀를 내둘렀다.

강원도를 재해 지역으로 만든 세 마리의 8등급 몬스터 중 하나.

암흑호랑이.

그것은 7등급 암흑거인보다도 더 비현실적인 존재였다.

마치 허공에다가 몸길이가 50미터에 달하는 거대한 호랑이를 수묵화로 그려놓은 것만 같다. 움직일 때마다 먹으로 그려놓은 선 같은 윤곽이 꿈틀거려서, 마주 보고 있으면 현실감이 무너지고 만다.

피륙이 존재하지 않는 의념과 에너지의 덩어리.

그것이 암흑호랑이의 정체였다.

능력은 7등급 암흑거인과 흡사했다. 다만 보다 정밀하며, 에너지체로서의 특성을 십분 활용할 뿐이다.

예를 들면…….

[아, 또 텔레포트! 눈치 진짜 빨라!]

"텔레포트 아니라고 그랬잖아."

유현애의 투덜거림을 용우가 정정해 주었다.

조금 전까지 용우가 벙커버스터를 초열투창으로 날려서 움직임을 묶고, 다른 팀원들이 집중포화를 퍼붓고 있었다.

　그런데 집중타를 맞던 암흑호랑이가 한순간에 100미터를 뛰어넘어서 사격권에서 벗어났다.

　암흑호랑이는 자신의 몸을 에너지화해서 다른 지점으로 이동한 뒤 재구성할 수 있다. 이 이동 과정은 아무런 물리적 여파를 일으키지 않으며, 인간이 인식할 수 없을 정도로 빠르기 때문에 텔레포트처럼 보인다.

　후우우우우우!

　암흑호랑이가 마치 먹물을 묻힌 붓으로 그린 것처럼 보이는 어둠의 구체들을 쏘아내었다.

　그 구체들은 음속을 넘는 속도에 유도탄이기까지 했다.

　콰콰콰콰콰쾅!

　어둠이 폭발하면서 물질을 잡아먹는다.

　물질이 어둠으로 화해서 암흑호랑이에게 흡수되는 것으로, 암흑호랑이는 힘의 소모를 즉각적으로 회복할 수 있었다.

　쾅!

　그러나 그 흡수 과정이 이루어지기 전에 한 사람이 암흑호랑이를 공격했다.

　차준혁이었다.

　그의 손에는 상아를 깎아 만든 것 같은 질감의 양손 대검이 들려 있었다. 용우에게 배운 형상변화 스펠로 모습을 바꾼 광휘의 검이었다.

　―염마용참격(炎摩龍斬擊)!

초고열의 에너지 칼날이 암흑호랑이의 허공장을 뚫고 그 몸을 갈랐다.

의념과 에너지의 몸에 빛의 선이 그어지면서 피 대신 검은 안개가 뿜어져 나오기 시작했다.

크허허허헝!

암흑호랑이가 비명을 지르며 몸을 뒤틀었다.

다음 순간, 암흑호랑이의 모습이 바뀌었다. 옆을 베인 모습에서 차준혁을 정면으로 노려보면서 앞발을 든 모습으로.

당연히 거쳐야 할 중간 과정을 생략한, 마치 시간을 뛰어넘은 것 같은 광경이었다.

하지만 암흑호랑이가 에너지 덩어리이며 얼마든지 그 모습을 바꿀 수 있는 존재임을 감안하면 놀랄 것도 없었다. 호랑이의 모습을 하고 있어서 착각하기 쉽지만 암흑호랑이에게는 시야의 사각도, 앞과 뒤의 개념도 없는 것이다.

콰광!

암흑호랑이가 앞발을 내려쳤다.

하지만 중간 과정을 생략하고 날린 그 공격은 허공을 갈랐을 뿐이었다. 차준혁이 블링크로 이탈했기 때문이다.

[놈의 허공장이 30퍼센트 미만으로 깎였다.]

연거푸 검격을 먹이고 이탈한 차준혁이 말했다.

용우가 지시를 내렸다.

"유현애, 기회 봐서 최대 출력으로 한 방 먹여."

팀 섀도우리스에서 정체를 감추고 있는 것은 용우와 리사뿐이다.

원래부터 헌터로 활동하던 나머지 팀원들은 딱히 정체를 감추지 않았다. 정체를 감추고 활동하게 되면 나중에 곤란한 일이 늘어날 뿐이라고 판단했고, 용우도 딱히 정체를 감출 필요는 없다는 방침을 세웠기 때문이다.

용우가 굳이 정체를 감추는 것은 어디까지나 0세대 각성자라는 특수성과 그 자신이 대중의 관심을 받는 것을 질색하기 때문이었다.

"제로—2는 나하고 같이 견제 들어간다. 스트라이커들은 공격 준비."

리사 역시 정체를 알리길 원치 않았기에 작전 중에는 철저하게 제로—2라는 코드네임으로 부르고 있었다.

용우와 리사는 서로 반대편에 위치한 채로 시계 방향으로 돌면서 암흑호랑이에게 연거푸 사격을 가했다.

크아아아아아!

암흑호랑이가 포효했다.

암흑이 휘몰아치면서 주변의 물질들을 잡아먹는다. 그리고 그렇게 잠식한 영역으로부터 사방으로 어둠의 구체들이 쏟아져 나갔다.

하지만 소용없었다. 팀 섀도우리스는 여유롭게 그 공격들을 피해내면서 사격을 계속하고 있었다.

그리고 그들의 위쪽, 상공 4킬로미터 지점을 한 사람이 날고 있었다.

[듀얼 부스트 기동합니다.]

윙 슈트에 타고 있는 유현애였다.

M슈트의 M—링크 시스템과 윙 슈트의 듀얼 부스트 시스템을 가동시킨 유현애가 중얼거렸다.

"빙설의 창."

그녀의 외침에 부응하듯이 허공에서 얼음을 깎아서 만든 것처럼 투명한 창 한 자루가 나타났다.

용우가 형상복원으로 만들어낸 모조품 빙설의 창이었다.

그의 팀원이 된 유현애는 리사와 마찬가지로 빙설의 창 계승 후보로 설정되었다.

셀레스티얼로 변신하는 것은 현 소유주인 용우의 승인이 필요했다. 하지만 어느 정도 힘을 끌어내는 것은 자의적으로 할 수 있었다.

용우에게 받은 모조품 빙설의 창을 매개체로 삼아서.

우우우우우우!

유현애의 마력이 폭증했다.

모조품 빙설의 창 마력 증폭력은 아티팩트만 못하다. 하지만 여기에 M슈트와 윙 슈트의 이중 증폭 시스템이 더해지면 8등급 몬스터에게도 통용될 일격을 날릴 수 있었다.

─염동폭렬탄(念動爆裂彈)!

유현애는 탄속이 빠른 스펠 대신, 투자 마력 대비 파괴력이 큰 스펠을 선택했다.

35㎜ 증폭 탄두를 통해 위력이 증폭된 에너지탄이 아음속의 속도로 지상을 향해 쏟아져 나갔다.

콰아아아아아아!

용우와 리사에게 정신이 팔려 있던 암흑호랑이는 피하지 못했다.

대형 항공 폭탄에 필적하는 폭발이 주변을 휩쓸었다.

온전히 스펠을 통한 공격인 만큼 암흑호랑이가 받는 충격은 대형 항공 폭탄을 맞았을 때와는 비교도 안 되었다.

─형상복원!

폭발과 동시에 뛰어드는 용우의 손에 빙설의 창 모조품이 나타났다.

─초열투창!

초음속으로 발사된 창이 폭발을 버텨내고 있는 암흑호랑이에게 꽂혔다.

─프리징 버스트!

타격점으로부터 터져 나온 극저온의 파동이 일순간에 주변을 새하얗게 얼려 버렸다.

이 공격으로 암흑호랑이의 움직임을 묶은 용우가 지시했다.

"잡았다. 스트라이커들, 끝내."

[오케이, 캡틴.]

동시에 차준혁, 이미나, 휴고가 돌진했다.

그리고…….

"암흑호랑이를 처리했다."

용우는 아무런 감흥도 없는 목소리로 결과를 보고했다.

＊   ＊   ＊

팀 섀도우리스의 데뷔는 성공적이었다.

용우가 이끄는 분대 규모의 팀.

고작 여섯 명밖에 안 되는 그들을 중심으로 한 강원도 수복 작전은 불과 2주 만에 강원도의 8등급 세 마리를 모두 잡는 것으로 마무리되었다.

"나쁘지 않군."

용우가 정리된 전술 데이터를 살펴보면서 중얼거리자 김은혜가 기가 막혀 했다.

"나쁘지 않다고요? 이런 일을 해놓고 감상이 고작 그거예요?"

"작전 성과에 대해서 말한 게 아니야."

용우가 나쁘지 않다고 평가한 것은 실전으로 확인한 팀 섀도우리스의 전력이었다.

강원도 수복 작전 중에 팀 섀도우리스는 전력을 제한한 채로 싸웠다.

일단 용우는 적극적으로 나서지 않고 팀원들을 보조하고 상황을 총괄하는 것에 전념했다. 그리고 팀원 중 누구도 변신하지 않았다.

팀 섀도우리스는 전원이 성좌의 무기 보유자 혹은 계승 후보였다. 그런 만큼 변신하느냐 마느냐는 천지 차이였다.

용우는 그동안의 연구를 통해서 애비게일 카르타도 못한 일을 가능하게 만들었다. 계승 후보들이 성좌의 무기 모조품을 매개체로 써서 어느 정도 힘을 끌어낼 수 있게 만든 것이다.

이 노하우는 동맹을 맺은 애비게일 카르타에게도 공유해 주었다. 휴고를 써먹으려면 그래야 했으니까. 물론 공짜는 아니고 아주 비싼 값을 받았지만.

'성장 페이스는 순조롭다.'

팀 결성 후 2개월 반이 지나는 동안 팀원들은 기대 이상으로 빠르게 성장했다.

차준혁의 경우는 구세록의 계약자라 다른 이들과 기본적인 전력이 크게 차이 났다. 용우가 어비스에서 쌓은 노하우를 전수해 주는 것만으로도 능히 타락체나 언데드를 대적할 수 있는 수준으로 거듭났다.

리사, 유현애, 이미나는 계승 후보가 되어서 종종 셀레스티얼로 변신하는 것만으로도 마력 성장 속도가 어마어마하게 빨라졌다.

거기에 용우가 스펠 스톤과 어비스에서 쌓은 노하우까지 공급해 주니 전투 능력이 일취월장하고 있었다.

'언데드와 타락체 대응도 어느 정도는 되어가고 있고……'

이미 팀 전원이 기본적인 텔레파시 기술을 터득했다.

하지만 이 정도로는 부족했다. 지금의 성장 페이스는 초심자가 일정 수준까지는 가파른 성장폭을 보이는 것과 같은 경우니까.

용우가 물었다.

"정부 쪽의 추가 요청은 아직 없나?"

"설마 이렇게 빠르게 처리할 줄은 상상도 못 했는지 당황한 게 눈에 보여요."

정부 입장에서는 재해 지역 수복도 쉽게 진행할 수 있는 일이 아니다.

강원도를 수복한 이상, 강원도를 행정 지역으로 복구하는 일부터 생각해야 한다.

오랫동안 재해 지역의 몬스터 개체수를 컨트롤하고 그곳에 방어선을 구축하고 있던 군대의 재배치부터 시작해서 일거리가 한둘이 아니다.

"일단 수복하고 나면 그때부터는 지키고 관리해야 할 곳이 되니까요. 재해 지역을 수복하는 건 언뜻 생각해 보면 절대 마이너스가 없는 일일 것 같지만, 실제로는 그렇지도 않은 거죠."

"…그건 생각 못 했군."

용우는 생각해 본 적이 없는 문제였기에 조금 놀라고 말았다.

인류에게 있어서 재해 지역의 존재는 마이너스고, 그곳을 수복하는 것은 당연히 국가의 이익으로 이어지리라고 생각했다. 그런데 사실은 그렇지만도 않은 것이다.

퍼스트 카타스트로피 이전이라면 개발할 이유가 생길 때까지 방치해 두면 그만이었다. 하지만 지금은 그렇게 방치했다가는 금방 다시 재해 지역이 되어버릴 테니 그럴 수가 없었다.

수복한 이상 새로운 행정 지역으로 개발하고 다른 도시들처럼 제대로 관리해야 한다. 그건 막대한 돈과 인력이 필요한 일이다.

'다니엘 윤이 굳이 재해 지역을 놔뒀던 것도 그런 이유인가?'

지금까지는 본체로 나서는 것을 피하는 구세록의 계약자의 성향 때문이라고 생각했다. 그 현장에서 각성자가 죽어야 그 시신에 빙의할 수 있다는 제약이 있으니까.

하지만 그보다는 개인의 힘으로 해결할 수 없는 현실적 문제들 때문이었던 것 같았다.

"강원도는 개발한다 해도 게이트 재해를 관리하기는 엄청 힘들 텐데……."

"그렇죠. 그런데도 강원도를 첫 수복 대상으로 선정한 건 현실적인 이익보다는 구 남한의 땅을 수복한다는 정치적 문제를 고려했기 때문이고요."

"정치인들이란."

용우는 혀를 차고는 말했다.

"그럼 또 재해 지역 수복 작전 의뢰가 들어오기까지는 시간이 걸리겠는데?"

"최소한 강원도의 개발 문제와 관리 문제를 일단락 지은 후가 되겠죠. 어쩌면 몇 년 후에나 새로운 재해 지역 수복 의뢰가 들어올 수도 있어요."

"그렇군. 그럼 우리 일은… 당분간 한국에서는 게이트 재해를 긴급하게 막는 것밖에 없겠어."

"걱정 마세요. 이미 미국하고 일본 쪽에서 접촉을 해왔으니까요. 이번 수복 작전에 대한 정보를 각국에 흘려놨으니 일거리 끊길 염려는 없어요."

김은혜가 태블릿에 자료를 띄우며 말했다.

"그리고 미국과 인도에서 스펠 스톤 공급을 원하고 있어요."

용우는 김은혜에게 필요한 정보를 모두 공유해 주었다.

미국과 인도에서 용우가 스펠 스톤을 공급할 수 있다는 사실을 알고 접촉해 온 것은 당연히 구세록의 계약자 애비게일 카르타와 프리앙카가 배후에 있기 때문이다.

"둘 다 가격은 후하게 부르고 있는데, 전에 지시하신 대로 돈보다는 같은 값의 마력석을 받는 쪽으로 협상하고 있어요."

용우는 이미 돈이라면 넘칠 정도로 많았고, 계속해서 늘어나는 중이었다.

그에 비해 마력석은 아무리 많아도 부족했다. 강적을 만나면 물 쓰듯이 전투 자원으로 소모하게 될 테니까.

'역시 유능해.'

그래서 김은혜에게도 그 점을 귀띔해 둔 것인데, 그녀는 기대 이상으로 일을 잘해주고 있었다.

김은혜가 물었다.

"그런데 언론 쪽으로 정보가 흘러 나가는 건 괜찮겠어요? 팀원들이 누구인지 밝혀져 있는 상황이라······."

"딱히 막을 필요 없어. 핑곗거리도 마련해 놨으니까."

바깥에서 보면 팀 섀도우리스의 여섯 명은 연관점을 찾기 어렵다.

이들은 왜 굳이 보금자리를 박차고 나와서 프리랜서 신분이 되어가면서까지 변칙적인 팀을 구성한 것일까?

팀 섀도우리스의 존재가 알려지면 모두가 궁금해할 내용이었다.

그래서 용우는 이 문제에 대한 대외적 이유를 만들어두었다.

'권희수 박사의 새로운 프로젝트.'

지금까지 권희수 박사가 이룬 업적은 워낙 어마어마했다. 그러다 보니 한국인들은 권희수 박사라면 무엇이든 해낼 수 있다고 받아들이는 경향이 있었다.

대외적으로 팀 섀도우리스는 권희수 박사의 아티팩트 연구 성과로 발표될 것이다. 그 성과를 적용할 수 있는 적성자 여섯 명을 모았다는 식으로.

물론 이 건에 대해서는 권희수 박사의 허락을 받아두었다.

"물론 최대한 늦게 알려지는 게 좋겠지만… 그렇게 쉽진 않을 거야."

용우의 눈에는 앞으로 닥쳐올 험난한 미래가 보이고 있었다.

Chapter35

약속의 날

1

용우는 꿈을 싫어한다.

어비스에서도 그랬고, 지구로 돌아온 후도 마찬가지였다.

그의 꿈은 언제나 악몽이었고, 깨어났을 때도 잊히지 않고 선명한 기억으로 그를 사로잡기 때문이다.

'또 이 꿈인가.'

때때로 그는 자각몽을 꾼다.

다시는 되새기기 싫은 기억을 잔인할 정도로 선명하게 보여주는, 그것이 꿈임을 알고 있으면서도 피할 수 없는 그런 지옥 같은 꿈을.

용우는 붉은 하늘 아래서 부러진 검을 들고 있었다.

"용우야, 있잖아."

그 앞에서 한 사람이 눈물을 흘리고 있었다.

용우와 비슷한 또래로 보이는 여자였다. 주저앉은 채 흐느끼고 있는 그 여자는 멀찍이 떨어진 곳에 쓰러져서 혼절한 소녀를 보며 말하고 있었다.

그녀의 모습은 정상이 아니었다. 전신의 혈관이 검붉은 빛을 발하며 흉측하게 맥동하고 있었고 눈은 새빨갛게 물들어서 섬뜩하기 그지없었다.

"비연이를 부탁해."

"……."

용우는 침묵했다.

하지만 그녀는 대답하든 말든 상관없이 말했다.

"비연이가 나 없이 견딜 수 있을지 모르겠어."

"…괜찮을 거야. 누나가 생각하는 것보다 강한 애니까."

용우는 자신의 목소리가 갈라져 나오는 것에 흠칫 놀랐다. 그리고 그녀도 똑같이 놀라며 용우를 바라보았다.

그녀는 홍옥처럼 붉어진 눈으로 용우를 바라보며 웃었다.

"너도 울 줄 아는구나."

"……."

용우는 자신의 눈에 눈물이 맺혔다는 사실에 놀랐다.

어비스에서 끝없이 살아남기 위해 싸우는 동안 그는 메말라 갔다. 웃는 일도 드물었고, 눈물은 언제 말라 버렸는지 기억조차 나지 않았다.

그런데 이제 와서 눈물이라니…….

"만약 비연이가 나처럼 되면…….'

그녀는 자신의 기억이 서서히 표백되어 가는 것을 느끼고 있었다.

소중한 기억들도, 버리고 싶은 기억들도 모두 중요한 것이 빠져나갔다.

분명 기억은 그 자리에 고스란히 존재하는데, 그 기억에 묻어 있는 감정들만이 증발해 버린다. 행복했던 기억들을 되새겨도 따뜻하지 않았고, 아팠던 기억들을 되새겨도 아프지 않았다.

이대로 시간이 지나면 그녀가 살아오면서 쌓은 모든 기억이 그렇게 될 것이다.

"…그때는 네 손으로 보내줘."

"……."

그 말을 듣는 순간, 용우는 숨이 턱 막히는 기분이었다.

"약속해 줄래?"

그녀는 눈물을 흘리며 부탁했다.

그녀에게 있어서 이비연은 너무나도 소중한 동생이었다. 필요하다면 목숨도 얼마든지 내줄 수 있었던… 그리고 결국 그 말을 증명하고야 만 관계.

그럼에도 그녀의 마지막 선택은 어떻게든 될 거라는 희망에 기대하지 않고 당연히 찾아올 절망을 대비하는 것이었다.

"용우야, 더 이상은 못 버틸 것 같아. 제발……."

그녀가 하늘을 올려다보며 말했다. 그 목소리는 기괴하게 들렸다. 뒤로 갈수록 서서히 감정이 사라지고 있었기 때문이다.

타락체가 되어가는 과정, 표백이 끝나간다는 증거였다.

"약속할게."

용우는 그녀의 마지막 부탁을 거절하지 못했다.

그녀가 눈을 감으며 말했다.

"미안해."

용우는 뭐가 미안하냐고 묻지 않았다.

괜찮다고 말하지도 않았다.

아무 말 없이 부러진 검을 휘둘러서 그녀의 목을 베었을 뿐이었다.

*   *   *

"……."

눈을 떴을 때는 어두운 거실의 소파에 누운 채였다.

2015년의 예능 방송을 보다가 깜빡 잠들었던 용우는 자신이 울고 있었다는 사실을 깨달았다.

"하……."

용우는 손바닥으로 눈을 덮은 채 소파에 몸을 묻었다.

어비스. 그 지옥 같은 세계에서도 즐거웠던 기억은 있었다.

기적처럼 살아남은 사람들 속에서 상처 입은 사람들은 서로 보듬어줄 존재를 필요로 했다. 그러지 않고서는 도저히 견딜 수가 없었다.

용우 역시 마찬가지였다. 그리고 관계를 갈구하는 사람들은 세계를 지배하는 악의의 장벽을 넘어 한곳에 모였다.

백일몽처럼 짧고 덧없는 꿈이었다.

선의를 갈망하는 마음은 운명의 철퇴 앞에 무력했다.

하지만 그럼에도 용우는 그 시간을 잊지 못한다. 누군가를 믿고, 그들과 웃고 떠들었던 그 시간을 영원히 잊지 못할 것이다.

"그런 약속… 영영 지키지 못하게 되었어도 좋을 텐데."

용우는 예전에 지키지 못한 약속을 떠올리며 중얼거렸다.

*　　　　*　　　　*

세계는 혼란스러웠다.

7월부터 12월 현재까지, 5개월간 세계 각국의 정치가들과 자본가들이 꾸준히 살해당하거나 실종되고 있었다.

이 사건들 사이의 연결고리는 파악되지 않은 상태다. 한 지역도, 심지어 한 나라도 아니고 세계 각지에서 중구난방으로 일어나고 있는 데다 누가 했는지도 전혀 알 수 없었다.

하지만 허우룽카이는 이 모든 일의 진상을 알고 있었다.

'더 이상은… 안 돼.'

허우룽카이는 퀭한 눈으로 자신의 팔뚝을 보며 생각했다.

그의 정신은 한계에 몰려 있었다.

매일 자다가 악몽을 꾸고 비명을 지르며 깨어났고, 깨어 있을 때도 느닷없는 불안 증세에 시달리거나 현실을 인지하지 못하는 경우가 많아지고 있었다.

70미터급 게이트에서 빙설의 군주 하스라에게 패해 죽음을 유사 체험했기 때문이다.

빙의한 채로 죽음을 겪을 때마다 정신이 유리 조각처럼 깨져 나가는 것을 느낀다.

한 번의 경험이 더해질 때마다 그의 정신은 돌이킬 수 없는 낭떠러지를 향해 떠밀리고 있었다. 그리고 이번 일로 이제 정말 더 버티기 어려운 상황까지 와버린 것 같았다.

지난달에 스웨덴에서 55미터급 게이트가 열리고 8등급 몬스터가 등장하는 사태가 있었다.

이 전투에 브리짓 카르타와 프리앙카가 나서서 사태를 해결했지만 허우룽카이는 나서지 못했다. 8등급 몬스터는 딱히 트라우마를 자극하는 존재가 아닌데도 그는 도저히 빙의하겠다는 결단을 내릴 수가 없었다.

'더 물러날 곳이 없다…….'

그런 상황에서 팬텀이 차근차근 궤멸해 가는 상황이 닥쳐오자 정신적으로 한계에 몰리고 말았다.

리사에게 한번 패배한 후로는 아무것도 할 수가 없었다.

그 경험이 고통을 동반했기 때문이다.

애당초 팔라딘과 셀레스티얼을 만든 이유는 빙의의 리스크로부터 벗어나기 위해서였다. 고통에 대한 부담과 공포 없이 그 힘을 휘두르기 위해서 무수한 인간을 희생시킨 것이다.

그런데 리사는 셀레스티얼을 원격조종하는 허우룽카이에게 고통을 안겨주었다.

그 사실이 너무나 충격적이고 공포스러워서, 허우룽카이는 조직이 궤멸되어 가는데도 필요한 결단을 내릴 수가 없었다.

"하하하……."

허우룽카이의 입에서 메마른 웃음이 흘러나왔다.

예전에는 이렇지 않았다.

죽음을 유사 체험하고도 그는 싸울 용기를 내어 다시금 전장에 나섰다. 분명 그랬었다.

하지만 인간의 정신은 그의 기대보다 훨씬 나약했다.

고통과 공포는 그의 영혼을 차근차근 갉아먹어서 이런 상황에서조차도 웅크릴 수밖에 없게 만들었다.

"…어차피 이대로는 낭떠러지로 밀려 떨어질 뿐."

허우룽카이는 스스로를 설득하기 위해 중얼거렸다.

이제는 더 물러날 곳이 없었다. 더 이상 공격을 방치하면 팬텀을 재건하는 게 불가능해진다.

"결판을 내주지."

허우룽카이는 다음 습격 때 자신이 가진 모든 전력을 쏟아붓기로 결심했다. 그러면 습격자를 없앨 수 있다는 확신이 있었다.

'하지만 막아내고 나면… 그다음에는?'

애비게일 카르타가 일찌감치 브리짓에게 전투 역할을 양보하고 다니엘 윤이 후계자를 골랐음을 밝혔을 때부터 허우룽카이도 그 문제를 진지하게 고민해 왔다.

하지만 그는 결국 후계자를 만들지 못한 채로 지금에 이르렀다.

대만이라는 나라를 건국 이후 최고 성세를 구가하도록 키우고, 그 이면에서 절대 권력을 행사하는 그는 지독한 인간 불신에 시달리고 있었다.

인간을 위해 싸웠고 고국이 성세를 구가하는 것을 보며 흐뭇해했지만…….

더 이상 그 속에 사는 인간들을 사랑할 수 없었다.

분명 예전에는 인간을 사랑했던 때가 있을 것이다.

소중한 사람도 있었고, 생면부지의 타인이더라도 대만인이라는 이유만으로도 동질감을 느낄 수 있었다.

하지만 그런 감정은 빠르게 마모되어서 이제는 흔적조차 남지 않았다.

이제 그에게 있어서 대만을 지키는 것은 오래된 습관 같은 것이다.

마치 오랫동안 플레이해 온 온라인 게임을 하듯이, 지금까지 쌓아둔 것이 아까워서 관성적으로 그 일을 할 뿐.

생각해 보면 당연한 일이다. 그에게는 더 이상 인간에 대한 희망이나 사랑을 느끼게 할 만한 관계가 존재하지 않았으니까.

대만 사회의 이면에서 절대 권력을 쥔 그는 마지막으로 타인과 마음을 열고 대화해 본 게 언제 적 일인지 기억조차 나지 않았다.

그나마 구세록의 계약자들만이 친애의 감정은 조금도 없이 날을 세워가면서도 대등하게 대하는 존재들일 것이다.

인간에 대한 애정도, 믿음도 없기에 그는 팬텀이라는 조직을 운영할 수 있었다.

악랄한 실험을 통해서 마음을 파괴당한 존재들이 아니면 누구에게 이 힘을 내주고 사명을 맡겨야 할지 감조차 잡히지 않았다.

그리고 그렇게 해야 할 일을 하루하루 미루며 살아온 허우룽카이는 곧 대가를 치러야 할 때가 왔음을 알게 되었다.

*　　　*　　　*

'뭐지?'

허우룽카이는 TV로 뉴스를 보며 당황하고 있었다.

12월 중순, 타이베이에 45미터급 게이트가 출현했다.

위험을 최대치로 잡아도 6등급 몬스터 2마리가 출현하는 정도라 대만의 헌터 전력이 충분히 처리할 수 있는 게이트였다.

하지만 사태가 이상하게 흘러갔다. 게이트 공략을 맡은 팀이 잇달아 사상자를 내고 도움을 호소한 것이다.

이에 허우룽카이는 특단의 조치를 취했다.

팬텀을 통해 육성한 실험체 일곱 명을 팔라딘과 셀레스티얼로 변신시켜서 투입한 것이다.

45미터급 게이트에 투입하기에는 과할 정도로 강력한 전력이었다.

그런데…….

'대체 무슨 일이 일어난 거야?'

얼마 지나지 않아서 허우룽카이와 그들의 연결이 끊겼다.

구세록의 계약자인 허우룽카이는 게이트 안의 상황을 훤히 들여다볼 수 있었다. 하지만 이번에는 아무것도 보지 못했다.

무언가가 팔라딘과 셀레스티얼을 공격해서 죽여 버렸다.

그런데 그 무언가가 무엇인지, 그리고 전투 과정이 어땠는지를 전혀 알 수가 없었다.

마치 모자이크 처리된 동영상을 보는 것 같았다. 가장 중요한 부분들을 전혀 알아볼 수 없었다.

당황한 그는 정보 공간에서 구세록의 계약자들을 불러 모으려고 했다.

〈뭐야, 이 쓰레기는? 잔재주를 부리려면 좀 더 잘해볼 것이지.〉

그런데 그때 그의 뇌리에 텔레파시가 들려왔다.

'뭐?'

허우룽카이가 경악할 때였다.

뇌를 칼로 찌르는 듯한 격통이 덮쳐왔다.

"……!"

너무 아파서 비명조차 나오지 않았다.

'이, 이건…….'

허우룽카이는 이 고통이 어딘가 익숙하다고 느꼈다. 그리고 곧바로 그 답을 깨달았다.

리사가 그에게 줬던 고통과 같은 종류였다. 육체에 직접 느껴지는 게 아니라 정신을 직접 공격받아서 육체에 재생되는 아픔.

'아아아아아악……!'

거듭 덮쳐오는 고통에 허우룽카이가 몸을 부들부들 떨 때였다.

그의 앞에 검은 구멍이 발생하기 시작했다.

'오버 커넥트?'

허우룽카이는 그 현상의 정체를 파악하고 공포를 느꼈다.

그는 곧바로 성좌의 힘으로 변신하면서 뒤로 물러났다.

〈이거나 먹어라!〉

허우룽카이는 변신을 완료하는 것과 동시에 에너지탄을 워프 게이트를 향해 쏘아냈다.

꽈과과과광!

에너지탄이 워프 게이트 너머로 날아가서 폭발이 일어났다.

그리고 그 너머에서 쏟아져 나오는 어마어마한 마력의 해일이 허우룽카이의 감각을 엄습했다.

'못 이긴다.'

허우룽카이는 본능적으로 그 사실을 알았다.

절대로 이길 수 없는 괴물이 자신을 향해 이빨을 드러냈다.

'이대로라면 죽는다.'

워프 게이트를 통해서 적이 넘어오면 어쩔 방법이 없다. 본체로 싸우다가 잡혀서 죽게 될 것이다.

그 사실을 자각하자 허우룽카이는 주체할 수 없는 공포를 느꼈다. 그는 주저 없이 텔레포트로 그 자리에서 도망쳤다.

자신이 아는 가장 멀고 안전한 곳으로.

그리고 그가 도망치고 얼마 지나지 않아서 대만의 심장부, 타이베이 시내 한복판에서 게이트 브레이크가 일어났다.

*　　　　*　　　　*

브리짓이 휴대폰으로 전송해 준 동영상을 TV를 통해서 재생하는 용우의 표정은 심각하게 굳어 있었다.

대만에서 게이트 브레이크가 일어났다.

그것도 대만의 수도인 타이베이 한복판에서.

강력한 헌터 전력을 가진 선진국 중에 하나, 대만에서 45미터급 게이트를 막지 못해서 최악의 사태가 터진 것이다.

[허우룽카이와는 연락이 되지 않습니다.]

휴대폰을 통해 브리짓 카르타의 목소리가 들려왔다.

용우가 물었다.

"정확한 사태는 너희들도 파악 못 한 건가?"

[예. 45미터급이었으니까요.]

구세록의 계약자들이 게이트 안의 상황을 훤히 들여다볼 수 있다지만, 그건 그들이 관심을 갖고 들여다보지 않으면 의미가 없다.

대만의 45미터급은 대만인인 허우룽카이라면 모를까, 다른 구세록의 계약자들에게는 관심을 둘 이유가 없었다. 그들이 나설 필요가 없는 수준이었으니까.

그런데 대만의 최정예 헌터 부대는 궤멸적인 피해를 입었고, 게이트 브레이크가 일어났다.

그리고 허우룽카이는 정보 공간을 통한 연락은 물론이고 현실의 핫라인으로도 연락이 안 되는 상태였다.

[하지만 한 가지만은 분명합니다.]

용우는 브리짓과 통화를 하면서도 TV에서 눈을 떼지 못했다.

날뛰는 몬스터들에 의해 파괴되는 타이페이 한복판, 그곳에 이질적인 존재들이 있었다.

그중 한 사람이 하늘을 올려다보았다.

자신을 촬영하는 드론의 존재를 정확히 알고 있는 것처럼.

[타락체가 원인이라는 것만은.]

검은 단발머리의 동양인 소녀였다.

대리석으로 깎아 만든 것처럼 하얗고 아름다운 얼굴은 아무런 감정도 없이 무표정했다. 눈동자는 마치 홍옥처럼 붉었고, 교복으로밖에 보이지 않는 옷을 입고 있었으며, 허리에는 서양식 장검을 차고 있었다.

주변 풍경과 어울리지 않는 이질감이 넘치는 모습이었다.

지지지지직……!

영상은 짧았다. 잠시 드론을 바라보던 그녀가 시선을 다른 곳으로 돌리는 순간, 드론이 박살 나버렸기 때문이다.

"…결국은 이런 식으로 약속을 지키게 되겠군."

브리짓과 통화를 마친 용우는 몇 번이고 반복 재생되는 그 영상을 보며 중얼거렸다.

"이비연."

2

팀 섀도우리스의 강점은 그 어느 팀보다도 빠르게 투입할 수 있다는 것이다.

모두가 전투 준비를 마치고 모이기까지 채 10분도 걸리지 않았다.

용우와 차준혁이 공간 간섭계 스펠을 다루는 데다가, 전원이 아공간을 갖고 있어서 곧바로 장착하는 게 가능하기 때문이었다.

"이런 식으로 오게 될 줄은 몰랐군."

용우가 타이베이 북쪽의 양밍산 국가 공원에서 시내를 바라보며 중얼거렸다.

팬텀을 공격하는 과정에서 용우는 세계 각지의 공간 좌표를 확보해 놓았다.

타이베이의 경우는 곧바로 도심으로 이동하면 허우룽카이가 눈치챌 가능성이 있다고 판단해서 시내를 내려다볼 수 있는 이곳을 공간 좌표로 설정했다.

"허우룽카이가 있을까요?"

그렇게 묻는 리사의 목소리는 약간 떨리고 있었다. 용우는 그녀의 목소리에 묻어나는 흥분을 느끼며 고개를 저었다.

"아니, 놈은 저기에 없어."

브리짓은 허우룽카이와 연락이 안 된다고 했다.

그리고 용우는 그 이유를 알 것 같았다.

'도망쳤겠지.'

허우룽카이는 꿈에도 상상 못 하고 있을 것이다. 용우가 이미 그의 존재 자체를 공간 좌표로 설정했다는 것을.

얼마 전 리사가 셀레스티얼에 빙의한 허우룽카이와 싸웠을 때, 용우는 리사를 서포트하면서 허우룽카이의 위치를 파악했다. 그가 정신체를 공격하는 리사의 공격에 의표를 찔린 틈을 타서 공간 좌표를 확보해 둔 것이다.

그렇기에 용우는 지금 허우룽카이의 위치를 파악할 수 있었다.

'이 위치면… 미국 동부인가?'

상당히 대담한 도피처 선정이었다.

애비게일 카르타의 홈그라운드인 미국으로 도망칠 줄이야.

어쨌거나 지금 중요한 것은 허우룽카이가 어디로 도망쳤냐가 아니었다.

그가 타이베이가 위협받는 위기에서 도망쳤다는 사실 자체였다.

'이제 네놈은 빈껍데기다, 허우룽카이.'

70미터급 게이트 제압 작전이 끝난 후, 애비게일 카르타는 용우에게 말했다.

어쩌면 허우룽카이와 사다모토 아키라는 더 이상 싸울 수 없을지도 모른다고.

심한 PTSD에 시달려서 정신적으로 궁지에 몰려 있던 두 사람이다. 그들이 다시 한번 죽음을 유사 체험했으니 전사로서의 생명이 끝났어도 이상하지 않았다.

그리고 용우는 그녀의 예상이 들어맞았음을 확신했다.

허우룽카이는 자신이 지켜온 이 땅을 내버리고 도망쳤다. 그를 지탱해 주던 궁지와 자존심을 스스로 짓밟아 버린 것이다.

'불쌍한 놈.'

용우는 그런 허우룽카이의 선택에 동정마저 느꼈다.

그가 그런 선택을 하기까지의 과정을 손바닥 보듯 훤히 상상할 수 있었기 때문이다.

'이젠 더 시간을 끌어가면서 괴롭힐 가치도 없군. 곧 죽여주지.'

용우는 허우룽카이의 처우를 결정하고는 팀원들에게 말했다.

"가자."

팀 섀도우리스는 아수라장이 된 타이베이 시내로 진입했다.

　　　　　　*　　　　　*　　　　　*

　타이베이는 퍼스트 카타스트로피 때 거의 피해를 입지 않은 도시였다.

　그 후로 대만의 국력이 역사상 최고조에 달하고, 중국 영토의 일부를 병합하면서 이전보다 더욱 번화한 대도시로 발전했다.

　그런데 그 한복판에서 재앙이 기지개를 켜고 있었다.

　그워어어어!

　전신이 금속질로 이루어진 키 10미터의 휴머노이드 몬스터, 6등급 강철거인이 무지막지한 힘으로 빌딩을 부수고, 자동차들을 걷어차서 부숴 버렸다.

　화아아아악!

　전신이 금속성 비늘로 뒤덮인 몸길이 40미터의 도마뱀형 몬스터, 메탈드레이크가 입에서 뿜어낸 화염이 거리를 불태웠다.

　크고 작은 몬스터들이 날뛰면서 인류가 구축한 문명의 산물들을 파괴하는 가운데, 50층이 넘는 고층 빌딩 위에 교복을 입은 소녀가 서 있었다.

　"……."

　그녀는 강철거인이 아래쪽을 두들겨 대는 빌딩 위에서 재앙이 퍼져 나가는 것을 보고 있었다.

　휘날리는 검은 단발머리 아래, 붉은 눈동자가 아무런 감흥도 없이 파괴와 학살의 현장을 담았다. 마치 카메라처럼 무기질적으로 느껴지는 눈이었다.

"시끄럽군."

누군가 저음의 목소리로 투덜거렸다.

지구의 언어가 아닌, 다른 세계의 언어였다.

그러거나 말거나 미동도 하지 않는 소녀의 옆에 그 목소리의
주인이 와서 섰다.

인간과 닮은 실루엣을 가졌지만, 한눈에 인간이 아님을 알아
볼 수 있는 존재였다.

2미터가 넘는 키에 피부는 검푸른 암석을 울퉁불퉁하게 깎아
놓은 것 같았고 눈은 통째로 붉은 가운데 동공만이 세로로 찢
어져 있었다. 그리고 머리 양쪽에는 뒤쪽을 향해 휘어지며 솟은
굴강한 뿔이 나 있었다.

"벙어리 공주, 너도 힘 좀 쓰지 않겠나? 아까 그 인형들 처리
한 것밖에 한 일이 없잖나."

그 말에 교복의 소녀가 그를 바라보았다.

"……."

하지만 그뿐이었다. 그녀는 그 이상 아무런 반응도 보이지 않
았다.

교복 소녀와 암석인은 전혀 달라 보였지만 한 가지 중요한 공
통점을 갖고 있다. 바로 타락체라는 점이다.

그리고 교복 소녀는 타락체 중에서도 별종으로 취급받고 있었
다.

인간이 타락체가 되는 과정은 표백과 각인의 2단계를 거친
다.

표백을 거치면 기억과 얽혀 있던 모든 감정이 지워지고 만다.

그것은 더 이상 기억 속의 자신과 현재의 자신을 동일시할 수 없게 되는, 즉 자아가 살해당하는 과정이다.

한때 자신이었던 잔해 위로 인류에 대한 적의를 각인받음으로써, 타락체는 원래와는 완전히 다른 자아로 거듭나게 된다.

그것은 감정이 말살된다는 뜻은 아니다. 이전과 다른 존재가 될 뿐, 분명 타락체는 희로애락을 가진 지성체였다.

하지만 교복 소녀는 타락체가 되는 과정에서 오류가 발생한 희귀한 케이스였다.

그녀는 감정이 표백된 후로 새롭게 감정이 형성되지 않은 채로 타락체가 되어버렸다.

타락체로서의 목적의식은 있지만 인격이 존재하는지 의심스러운 존재.

그것이 바로 교복 소녀였다.

"젠장, 하필이면 이런 년이랑 같이 출격이라니……."

거구의 암석인은 짜증을 내며 하늘을 올려다보았다. 그리고 울부짖었다.

그워어어어어어!

날뛰는 6등급 몬스터들의 소리조차 묻어버리는 어마어마한 음량의 포효였다.

동시에 그를 중심으로 거센 정신파가 퍼져 나갔다. 소리에 비유하자면 누군가의 목소리보다는 폭음에 가까운 소리였다.

그러자 놀라운 일이 벌어졌다.

주변은 그야말로 아비규환이었다. 날뛰는 몬스터들 앞에서 수천의 인간들이 비명을 지르며 달아나고 있었다.

그런데 암석인이 포효하는 순간, 반경 5킬로미터의 인간들이 침묵했다.

조금 전까지 공포에 질려서 비명을 지르던 것이 거짓말인 것처럼, 그들은 그 자리에 멈춰 버렸고 아무런 반응도 없이 몬스터들에게 학살당했다.

"하! 효과가 이 정도라니… 정말로 하찮은 것들이군."

암석인이 어이없다는 듯 중얼거릴 때였다.

교복의 소녀가 하늘을 흘끔 올려다보더니 텔레포트로 사라졌다.

"뭐야, 갑자기 어디를 가……."

짜증을 내는 암석인의 말은 끝까지 이어지지 못했다.

그의 머리 위로 하늘에서 가느다란 한 줄기 섬광이 떨어져 내렸기 때문이다.

콰아아아아아아아!

그리고 대폭발이 일어나면서 빌딩을 통째로 날려 버렸다.

*   *   *

〈프리앙카!〉

뇌전의 사슬로 변신한 브리짓 카르타가 비명을 질렀다.

그러자 타락체에게 기습적으로 대규모 파괴 스펠, 선다운 버스트를 날린 프리앙카가 그녀를 돌아보았다.

〈왜?〉

그녀 역시 붉은 갑옷의 모습으로 변신한 상태였다.

〈아직 생존자들이 있었어!〉

프리앙카는 아직 탈출하지 못한 생존자가 남아 있는 구역에 대폭발을 일으킨 것이다.

브리짓의 비난에도 프리앙카는 태연했다.

〈어차피 죽을 목숨들이었어.〉

〈……!〉

〈냉정하게 생각해. 지금 우리 둘이서 저놈들을 막을 수 있을지 장담할 수 없어.〉

그러니까 승리를 위해서는 무엇이든 해야 한다.

프리앙카는 그렇게 말하고 있었다.

〈프리앙카, 당신은……!〉

격노한 브리짓이 프리앙카에게 다가갔지만, 프리앙카는 들은 체도 하지 않았다.

─선다운 버스트!

아무렇지도 않게 다시 한번 같은 지점에다가 똑같은 스펠을 날렸다.

콰아아아아아아아!

다시금 대폭발이 같은 지점을 휩쓸었다.

소름 끼치는 냉혹함에 브리짓은 아연해지고 말았다.

〈아무리 강한 놈들이라도 이걸 두 번이나 맞았으니…….〉

쾅!

프리앙카가 중얼거릴 때, 뭔가가 그녀를 쳐서 날려 버렸다.

〈어?〉

놀란 브리짓이 프리앙카를 바라보았다.

"……."

무표정한 교복의 소녀가 프리앙카를 빌딩에다 처박고 있었다.

파지지지직!

교복 소녀와 프리앙카의 허공장이 반발하면서 격렬한 스파크가 일었다. 그 압력으로 콘크리트 벽이 부서지고 유리들이 깨져 나갔다.

〈타락체냐!〉

프리앙카가 날카롭게 쏘아붙였다.

콰과과광!

그리고 교복 소녀가 대답하기 전에 브리짓이 날린 뇌전의 사슬이 그녀를 후려쳐서 날려 버렸다.

'저걸 막았어?'

브리짓이 놀랐다.

교복 소녀는 정타를 맞고 날아간 게 아니었다. 허리춤에 차고 있던 서양식 장검을 뽑아서 뇌전의 사슬을 막고, 그 반발력을 이용해서 스스로 날아오른 것이다.

―안티 텔레포트 필드!

프리앙카는 곧바로 안티 텔레포트 필드를 펼치고는 불꽃의 활을 당겼다.

퍼버버버버벙!

쏘아진 불꽃의 화살이 수백 조각으로 분열해서 교복 소녀가 착지한 지점을 폭격했다.

후우우우우!

하지만 소용없다.

돌풍이 일면서 교복 소녀가 불꽃 속에서 걸어 나왔다.

휘날리는 단발머리 아래 무기질적인 붉은 눈동자가 구세록의 계약자들에게 향했다.

브리짓은 전율을 느끼며 생각했다.

'마력은 나와 동급.'

교복 소녀의 마력은 8등급 몬스터 수준이었다. 변신한 브리짓과 동급이다.

하지만 브리짓에게는 뇌전의 사슬이 있다. 뇌전의 사슬로 증폭된 그녀의 마력은 9등급 몬스터와 필적한다.

〈프리앙카.〉

브리짓은 프리앙카에 대한 분노를 억누르며 말했다.

〈내가 앞에서 막을 테니까 서포트해 줘.〉

〈알겠다.〉

불꽃의 활의 주인인 프리앙카는 원래부터 원거리 화력전에 능한 인물이다. 또한 브리짓에 비해 스스로의 전투 능력이 떨어진다는 사실을 서슴없이 인정하는 냉정한 면모도 강점이었다.

─염동염마탄!

불꽃의 활에서 극초음속으로 쏘아진 초고열의 에너지탄이 교복 소녀를 노렸다.

─오만의 거울.

그러나 그 순간 교복 소녀의 눈앞에 거울처럼 매끈한 둥근 판이 나타났다.

쾅!

프리앙카가 쏘아낸 염동염마탄이 그대로 반사되었다. 판의 각도와는 상관없이 날아온 궤도를 고스란히 되돌아간 초고열의 에너지탄이 프리앙카를 때렸다.

〈꺄악!〉

비명을 지르며 나가떨어지는 프리앙카에게 교복 소녀가 뛰어들었다.

—구전광!

그러나 브리짓이 발한 뇌전의 구체 7발이 연달아 교복 소녀를 덮쳤다.

콰광! 콰르릉!

교복 소녀가 구전광을 허공장으로 버텨내고는 반격하려고 할 때였다.

파지지지직!

뇌전의 사슬이 교복 소녀의 허공장을 휘감고 격렬한 반발력을 일으키기 시작했다.

그 반발력으로 교복 소녀의 스펠 발동이 취소되었다.

브리짓이 싸늘하게 말했다.

〈사라져 줘야겠어.〉

—라이트닝 버스트!

푸른 하늘에서 낙뢰가 떨어져서 교복 소녀를 강타했다.

콰과광!

본래 라이트닝 버스트는 스펠 사용자가 낙뢰를 받은 뒤 그 에너지를 컨트롤해서 쏘아내는 스펠이다.

하지만 브리짓은 뇌전의 사슬을 통해서 그 스펠을 변칙적으로 쓸 수 있었다.

뇌전의 사슬로 표적을 구속하고, 그 지점에서 스펠을 최대 위력으로 폭발시킨 것이다.

눈을 태워 버릴 듯 강렬한 전광이 폭발하면서 굉음과 충격파가 주변을 휩쓸었다.

〈먹혔어!〉

프리앙카가 쾌재를 부를 때였다.

쾅!

아직 사그라지지 않은 빛을 뚫고 날아온 뭔가가 프리앙카를 쳐서 날려 버렸다.

〈브리, 짓……!〉

일격에 프리앙카의 허공장에 구멍이 뚫렸다. 프리앙카는 격통을 느끼며 브리짓에게 위험을 경고했다.

하지만 의미 없는 일이었다.

후우우우우!

거센 돌풍이 휘몰아치면서 빛이 한 지점으로 빨려 들어갔다.

빛이 빨려 들어간다니, 물리적으로 있을 수 없는 현상이지만 실제로 그런 일이 벌어지고 있었다.

〈뭐야?〉

브리짓은 오싹함을 느꼈다. 그녀는 당황하면서도 일단 전방을 향해 공격을 쏟아내었다.

―구전광!

뇌격의 구체가 연달아 전방을 강타했다. 연달아 터지는 충격파로 인해 널브러져 있던 자동차들이 날아가고 건물 벽 유리들이 와장창 깨져 나갔다.

그러나 브리짓은 곧 한 가지 절망적인 사실을 깨달았다.

자신이 쏘아내는 뇌전은 단 한 발도 표적에게 도달하지 못하고 있었다.

'이건 말도 안 돼…….'

그녀는 아연해졌다. 뒤늦게 무슨 일이 일어나고 있는지 파악했기 때문이다.

교복 소녀는 털끝 하나 상하지 않은 모습으로 서 있었다.

그리고 원뿔형으로 변형된 그녀의 허공장 위에서 거대한 뇌전의 구체가 고속 회전 하고 있었다.

브리짓의 시선이 교복 소녀의 붉은 눈동자와 마주하는 순간, 여전히 무표정한 그녀의 스펠이 해방되었다.

─천둥신의 진노.

그것은 뇌격계의 정점에 위치한 스펠.

브리짓이 쏘아낸 뇌전을 모조리 한 지점으로 그러모아 증폭시킨 힘이 폭발했다.

……!

브리짓은 소리를 듣지 못했다.

일순 눈에 보이는 모든 것이 하얗게 물들었고, 그녀의 의식이 날아가 버렸다.

　　　　　*　　　　　*　　　　　*

　지직……

　'아.'

　지지지직…….

　'무슨, 일이……?'

　얼마나 의식을 잃고 있었을까?

　브리짓이 눈을 떴을 때는 사방이 지옥 같은 열기로 끓어오르고 있었다.

　쿠구구구구구…….

　굉음이 잦아드는 소리가 들려오면서 조금씩 감각이 회복되었다.

　'아직 살아 있어.'

　브리짓은 그 사실이 믿어지지 않아서 자신의 몸을 두리번거렸다.

　〈프리앙카!〉

　브리짓은 이 상황에서 유일하게 의지할 수 있는 동료의 이름을 불렀다.

　그 어마어마한 힘의 폭발에서 자신이 살아남은 이유는 뇌전의 사슬 덕분일 것이다. 그녀는 뇌전 공격에 대해서는 거의 면역이라고 할 정도로 강력한 면모를 보이니까.

하지만 프리앙카는 그렇지 못할 것이다. 과연 그녀가 방금 전의 일격에서 살아남았을까?

〈브리짓, 일단… 후퇴해. 제로가 올 때까지…….〉

괴로워하는 목소리가 들려왔다.

프리앙카를 본 브리짓은 경악했다.

교복 소녀의 손에 들린 무기가 프리앙카를 때려서 대지에 처박았다. 그리고 그 무기의 끝부분이 프리앙카의 갑옷을 부수고 가슴뼈를 함몰시킨 채였다.

'새벽의 해머!'

그 무기는 영롱한 빛을 발하는, 헤드가 인간의 머리통보다도 두 배는 큰 전투 망치였다.

그것을 본 브리짓의 뇌리에 벼락같은 깨달음이 찾아들었다.

'이놈들의 목적은 아티팩트였어!'

대만에는 아티팩트 새벽의 해머를 가진 7세대 각성자가 있었다.

얼마 전까지만 해도 차세대를 책임질 유망주로 주목받던 인물이다.

하지만 그는 지금 헌터 자격을 박탈당하고 자택 연금 생활을 하고 있었다.

딱히 그가 잘못을 저질렀기 때문은 아니다.

공식적으로는 정부의 뜻에 반발해서 정부 인사에게 부상을 입히는 범죄를 저질렀다고 알려져 있었지만 사실은 그렇지 않았다. 언론에 의한 새파란 날조였다.

이유는 한국의 70미터급 게이트 제압 작전에서 밝혀진 진실 때문이었다.

허우룽카이는 아티팩트 보유자를 활동하게 둬서는 안 된다고 판단했기에 권력을 휘둘러서 그를 사회적으로 말살해 버렸다.

굳이 죽이지 않은 것은 리스크가 있기 때문이리라. 아티팩트 보유자를 죽이는 일이 적에게 어떤 영향을 끼치는지 알 수 없었으니까.

'또 군주 개체를 강림시킬 생각이었던 거야.'

성좌의 무기 보유자인 브리짓이기에 알 수 있었다.

교복 소녀가 들고 있는 새벽의 해머는 아티팩트다.

분명 타이베이에서 자택 연금 생활을 하고 있던 각성자를 죽이고 빼앗았을 것이다.

파지지지직!

프리앙카는 새벽의 해머에 가슴뼈가 부서진 채로도 저항하고 있었다.

새벽의 해머를 붙잡은 채로 격렬하게 허공장을 부딪친다.

〈그냥 죽어주진 않아⋯⋯!〉

프리앙카는 허공장을 부딪쳐서 교복 소녀의 움직임을 묶은 채로 자폭을 준비했다.

그런 상황에서도 교복 소녀는 무표정하게 프리앙카를 바라볼 뿐이다.

〈⋯⋯!〉

막 자폭하려던 프리앙카가 몸을 뒤틀며 행동을 멈췄다.

〈아, 무, 무슨······?〉

프리앙카는 자신에게 일어난 일을 이해하지 못했다.

하지만 브리짓은 알 수 있었다.

'텔레파시!'

교복 소녀가 정신파를 칼날처럼 벼려서 일순간 프리앙카의 사고능력을 끊어버린 것이다.

휴고를 통해 용우의 노하우를 전수받은 브리짓과 달리 프리앙카는 정신 공격 대응이 미숙했다. 더없이 세련된 텔레파시 공격이 프리앙카의 사고의 흐름을 끊어놓자 자폭이 멈춰 버리고 말았다.

파지지지직!

교복 소녀가 불꽃의 활을 붙잡자 격렬한 반발력이 일어났다.

허공장이 격렬하게 깎여 나가면서 동시에 불꽃의 활이 부서져 가고 있었다. 아티팩트를 주인으로부터 강탈한 교복 소녀도 성좌의 무기는 손에 넣을 수 없는 것 같았다.

콰과광!

결국 교복 소녀는 불꽃의 활을 포기하고 프리앙카를 끝장내 버렸다. 프리앙카는 아무것도 해보지 못하고 폭사당했다.

그리고 교복 소녀의 시선이 브리짓에게로 향했다.

철저하게 무기질적인 붉은 눈동자가 자신을 향하는 순간, 브리짓은 숨이 멎을 듯한 공포를 느꼈다. 뭘 해도 당해낼 수 없다는 절망적인 무력감이 엄습해 왔다.

'인류는······.'

브리짓은 생각했다.

'여기까지인가?'

70미터급 게이트에서 하스라와 싸웠을 때보다 더한 절망감이 밀려왔다.

지금까지 인류를 지켜왔던 구세록의 계약자들의 시스템은 붕괴했다.

두 명이 죽었고, 살아남은 다섯 명도 정신적으로 만신창이가 되고 말았다.

그런 상황에서 설령 그들 모두가 멀쩡했더라도 당해낼 수 없을 것 같은 이런 존재가 등장하다니…….

그런데 그때였다.

갑자기 교복 소녀가 브리짓에게서 눈을 떼어 먼 곳을 바라보았다.

'기회다!'

브리짓은 그 찰나를 놓치지 않았다. 곧바로 텔레포트로 그 자리를 이탈했다.

─공허 문지기.

그러자 눈앞이 캄캄해졌다.

'뭐야?'

한 번도 겪어보지 못한 현상에 브리짓이 경악했다. 그리고 그녀는 자신이 다시금 텔레포트하기 전의 지점으로 끌려왔다는 사실을 깨달았다.

'안티 텔레포트 필드도 해제됐는데 텔레포트가 막혔어?'

등줄기를 타고 공포가 밀려 올라왔다.

텔레포트가 발동해서 공간을 이동한 상대를 다시 제자리로 끌고 올 수 있다니, 이건 도망갈 길이 완전히 막혔다는 뜻 아닌가?

쾅!

굳어버린 브리짓의 앞에서 한 줄기 섬광이 날아와 교복 소녀를 강타했다.

하지만 교복 소녀는 멀쩡히 걸어 나오면서 옆으로 새벽의 해머를 휘둘렀다.

쫘과광!

폭음이 터지면서 아무것도 없던 허공에서 한 사람이 모습을 드러냈다.

〈제로!〉

브리짓은 형언할 수 없는 감정을 담아서 그를 불렀다.

언제나처럼 얼굴이 보이지 않는 헬멧을 쓰고, M슈트를 입은 용우가 교복 소녀를 보며 말했다.

"약속을 지키러 왔다, 이비연."

3

팀 섀도우리스가 타이베이 시내에 집결했다.

그들은 강원도 수복 작전 때와 달리 힘을 아낄 생각을 하지 않았다.

작전 시작 전에 용우가 경고했기 때문이다.

타락체가 존재하는 전장에서 힘을 아끼다가는 뭐가 뭔지도 모르고 목숨을 잃는 수가 있다. 그렇기에 그들은 전원 변신한 채로 전장에 진입했다.

〈지휘관 개체는 없는 걸로 추정. 휴머노이드 몬스터들이 다수 있지만 통일된 움직임을 보이고 있지 않습니다.〉

이미나가 주변을 정찰하고 의견을 내자 차준혁이 말했다.

〈일단 수를 줄이는 것에 집중한다. 유현애, 이미나가 같이 움직이고 제로—2는 휴고와 같이 움직이도록.〉

〈야, 왜 네가 지시를 내리는 건데?〉

휴고가 불만을 표시했다.

〈캡틴이 자신이 지휘할 수 없는 상황이라면서 지휘권을 일임했다.〉

〈…….〉

〈하지만 네가 원한다면 네가 지휘해도…….〉

〈됐거든?〉

휴고가 짜증을 냈다.

'젠장, 이 자식한테는 무슨 말을 못 하겠네.'

70미터급 게이트에서 휴고에게 은혜를 입었던 일 때문일까? 차준혁은 휴고에게 늘 예의를 갖춰서 대하고 있었다.

차준혁에게 라이벌 의식을 느끼는 휴고는 그 사실이 굉장히 불편했다.

〈조금 전의 지시는 철회한다.〉

그런데 갑자기 차준혁이 심각하게 말했다.

〈제로—2는 유현애, 이미나 조와 합류해라. 휴고 스미스, 내 쪽 지원을 부탁한다.〉

〈뭐? 무슨 일이야?〉

텔레파시에 실려 전해지는 위기감에 다들 놀랄 때였다.

꽈과과과과……!

차준혁이 있는 지점에서 거대한 마력이 충돌하면서 폭발이 일어났다.

그리고 차준혁이 바짝 긴장한 목소리로 말했다.

〈타락체다.〉

2미터가 넘는 거구에 검푸른 암석을 울퉁불퉁하게 깎아놓은 것 같은 피부를 가진 타락체가 차준혁과 대치하고 있었다.

*   *   *

브리짓은 순간 시간이 멈춘 것 같다고 느꼈다.

용우가 '이비연'이라는 이름을 말하는 순간, 거침없이 공격해 들어가려던 교복 소녀가 행동을 멈췄기 때문이다.

무기질적인 붉은 눈으로 용우를 바라보던 그녀가 처음으로 입을 열었다.

"누구?"

평범한 소녀의 목소리였다. 특이한 구석은 조금도 찾을 수 없는.

브리짓은 그 사실이 소름 끼쳤다. 이토록 강대한 재앙에게서 평범함이 느껴진다는 것이.

"서용우."

그 이름을 들은 교복 소녀, 이비연의 변화는 극적이었다.

그 형태 그대로 고정되어 있는 것 같은 그녀의 표정이 변했다.

"용우 오빠? 정말로?"

대리석을 깎아 만든 가면처럼 무기질적이었던 얼굴에 감정이 퍼져 나갔다.

눈을 휘둥그레 뜨고 묻는 이비연은 방금 전까지와는 다른 사람처럼 보였다. 붉은 눈동자와 허리에 차고 있는 서양식 장검만 없다면 누구나 그 나이 또래의, 활달하고 귀여운 소녀라고 생각할 것이다.

"정말로 나야."

용우는 헬멧의 바이저를 열고 얼굴을 보여주었다.

그의 얼굴을 본 이비연은 말문이 막힌 듯 입가를 실룩이다가, 손으로 입을 가리며 웃었다.

"살아 있었구나."

그 목소리에는 반가움이 가득했다.

용우는 그 사실에 쓰라린 감정을 느끼며 대답했다.

"그래."

"살아 있었구나. 믿어지지 않아."

"내가 하고 싶은 말이야."

용우와 이비연이 마지막으로 만난 것은 어비스의 모든 것이 끝나기 보름 전이었다.

그날은 이비연이 타락체가 된 날이었고, 용우는 그녀를 죽이지 못한 채로 전장에서 물러날 수밖에 없었다.

그 후로 다시 이비연을 보지 못했기에 용우는 그녀가 다른 누군가에게 죽었을 거라고 생각하고 있었다.

그런데 설마 이런 식으로 재회하게 될 줄이야.

"제물이 모두 죽고, 어비스가 닫혔다고 들었어. 그래서 다 죽은 줄 알았는데, 오빠는 살아 있었구나. 살아서 지구에 돌아온 거였어."

"……."

"축하해. 우리 모두의 꿈이었잖아. 오빠라도 살아남아서 다행이야."

이비연의 표정과 목소리에는 비아냥거리는 기색은 조금도 없었다. 눈시울이 붉어지고, 눈물마저 맺힌 얼굴을 보면 누구나 그녀가 진심으로 용우가 살아 있음을 기뻐하고 있다고 생각할 것이다.

"너는?"

용우의 질문에 이비연이 멈칫했다.

그녀는 고장 난 인형처럼 멍하니 용우를 바라보다가 입을 열었다.

"…알잖아."

다시금 환하게 웃는 그녀의 입에서, 잔혹한 대답이 흘러나왔다.

"나는 그때 죽었다는 걸. 오빠가 보고 있는 건 이미 죽은 사람의 망령이야."

"유감이군. 그때하고 다르길 바랐는데."

"나도 그랬으면 좋겠어."

이비연이 새벽의 해머를 들어 올리자 용우가 말했다.

"비연아, 그건 두고 가줘야겠어."

"그게 오빠가 원하는 거라면 들어주고 싶어."

이비연은 진심으로 그렇게 생각하는 것 같았다.

"하지만 알지? 내 마음은 죽은 사람의 잔영에 불과해. 오빠를 만나지 않았다면 깨어나지도 않았을 거야."

"알아."

이비연은 용우가 아는 타락체 중에서 가장 특이한 케이스였다.

용우가 마지막으로 그녀를 보았을 때, 그녀는 타락체가 되었음에도 이전에 품고 있던 감정이 사라지지 않았다.

하지만 감정은 감정일 뿐이었다.

이비연이라는 인간의 마음은 더 이상 몸의 주인이 아니었다. 타락체로서 각인된 목적의식이 그녀의 몸을 지배했다.

"오빠, 미안하지만 이제 한계야."

이비연이 말했다. 용우는 그것이 경고임을 알아차렸다.

잠시 동안 인간 이비연의 마음이 쥐었던 몸의 통제권이, 다시 타락체 이비연에게로 넘어갔다.

"언니하고 한 약속을 지켜줘."

그리고 이비연의 손에서 새벽의 해머가 변화하기 시작했다.

─형상변화!

영롱한 빛을 발하는 해머가, 그 질감 그대로 서양식 장검의 형태로 변한다.

그리고 다음 순간, 그녀가 공간을 넘어서 용우 앞에 나타났다.

쾅!

폭음이 울리며 용우가 튕겨 나갔다.

이비연은 용우를 추격하는 대신 스펠을 발했다.

―염동염마탄(念動炎魔彈) 동시다발(同時多發)!

초고열을 머금은 에너지탄 24발이 한 번에 발사되었다.

―이레귤러 바운드!

그 직후 새로운 스펠이 연이어 발동하면서, 초음속으로 쏘아진 24발의 에너지탄이 한꺼번에 사라졌다.

콰콰콰콰콰쾅……!

'저게 뭐야?'

폭염이 연달아 터지는 것을 보며 브리짓이 기겁했다.

사라진 24발의 에너지탄이 멀찍이 떨어진 곳에서, 전혀 다른 궤도로 튀어나와서 용우를 노리는 게 아닌가?

게다가 그런 일이 한 번으로 그치지도 않는다. 용우가 피하면 다시 허공에서 사라졌다가 다른 각도에서 나타나서 용우를 노린다.

초음속의 에너지탄이 전혀 예측할 수 없는 궤도로, 그것도 한 번 빗나가도 다시 되돌아오기까지 하면서 하나의 표적을 노린다. 회피 불가능한 공격이었다.

―오만의 거울!

그러나 그런 공격에도 용우는 대응책을 꺼내 들었다.

주변에 거울처럼 매끈하게 잘린 얼음판들이 나타나면서 에너지탄들을 튕겨내었다.

콰과과광……!

튕겨 나간 에너지탄들이 연달아 폭발하는 가운데, 용우가 양손 대검을 휘둘렀다.

―공허 가르기!

그러자 용우의 양손 대검 끄트머리가 허공을 푹 찌르기라도 한 것처럼 사라져 버렸다.

쉬이이잉!

그렇게 사라진 끄트머리는 50미터 이상의 거리를 격하고 이비연의 목 바로 옆에 나타났다.

무기의 일부분만이 공간을 격해서 표적을 베어버리는 무시무시한 공격이었다.

―공허 문지기!

이비연이 자신의 목이 베이는 순간에 새로운 스펠을 발했다.

쾅!

폭음이 울리면서 용우가 거센 기세로 튕겨 나가서 빌딩에 처박혔다.

"…젠장, 여전하군."

용우가 빌딩에 처박힌 채로 중얼거렸다.

이비연은 어비스 종반기까지 살아남았던 인물이다. 그리고 당시 생존자들 중에서도 특출하게 강한 인물로 손꼽히는 무투파였다.

즉, 그녀는 지구의 각성자들과는 비교 자체가 불가능한 수준의 전투 능력을 보유한 것이다.

"용우 오빠."

이비연이 도저히 이해할 수 없다는 듯 물었다.

"장난하는 거야?"

"글쎄."

이비연은 눈살을 찌푸리며 손가락으로 용우를 가리켰다.

콰아아아앙!

직후 용우가 있던 자리에서 섬광이 폭발하면서 빌딩의 허리를 끊어버렸다.

쿠구구구구궁······!

몇 개 층을 한꺼번에 잃어버린 빌딩이 쓰러지기 시작했다.

이비연이 옆으로 고개를 돌렸다. 조금 떨어진 곳에 아슬아슬하게 블링크로 탈출한 용우가 있었다.

"페이즈22 정도?"

"여전히 귀신같군."

용우의 마력은 계속해서 성장, 아니, 정확히는 회복해서 현재는 페이즈22였다. 본신 마력만으로도 셀레스티얼 수준에 도달한 것이다.

마력이 늘어난 만큼 용우의 전투 능력은 현격히 상승했다. 사용할 수 있는 스펠도, 활성화된 특성도 늘어났고 힘이 부족해서 구사하지 못하던 기술들도 사용 가능해졌으니까.

그런데도 이비연은 용우가 약해졌다고 말하고 있었다.

"오빠 마력이 그 정도일 리가 없잖아. 장난은 그만해. 정말 감쪽같다는 건 인정하지만 그러다가 제 실력을 내지도 못하고 죽을 거야."

"장난치는 게 아니야. 그냥 좀 사정이 생겼을 뿐이지."

"사정이라······."

이비연이 그 말을 입안에서 곱씹더니 물었다.

"정말로 약해졌다는 거야?"

"글쎄."

"하긴 13년이나 흘렀지."

"……."

용우는 동의하지 않았다. 현실의 시간은 13년이 흘렀지만 용우의 체감 시간으로는 1년이 지났을 뿐이니까.

"오빠도 나이를 먹었을 테니까… 약해졌을 수도 있겠지."

용우는 그녀를 보면서 세월을 느낄 수 없었다. 이비연의 외모에서도, 태도에서 묻어나는 감정에서도 13년의 세월이 끼친 영향을 찾지 못했으니까.

"만약 그런 거라면… 그냥 여기서 죽는 게 나을 거야. 내가 최대한 고통 없이 죽여줄게."

아지랑이처럼 투명한 푸른빛이 이비연의 몸을 감싸면서 마력이 폭증하기 시작했다.

원래부터 8등급 몬스터 수준이었던 그녀의 마력이 몇 배로 거대해진다.

"내가 여기 온 건 시작일 뿐이야. 이제 진정한 종말이 올 거야."

검의 형태로 변한 새벽의 해머를 쥔 그녀가 거리의 예언자처럼 말했다.

"나 하나도 막을 수 없다면, 일찌감치 죽어버리는 게 나아. 미래에 도래할 지옥에 떨어지기보다는 모두 깔끔하게 죽어버리는 게 행복할 거야."

우우우우우우!

이비연의 마력이 새벽의 해머와 공명하면서 한층 기세를 올리기 시작했다.

브리짓조차도 압박감에 숨이 막힐 정도였다.

'9등급? 아니, 어쩌면 그 이상······!'

70미터급 게이트에서 싸웠던 하스라를 훨씬 능가하는 마력이었다. 도저히 맞설 엄두가 나지 않는다.

심지어 그 마력을 다루는 것은 지성 없는 몬스터와 달리 너무나 고차원적인 기술을 가진 존재가 아닌가?

하지만 그 마력의 폭풍 속에서도 용우는 그녀를 똑바로 노려보고 있었다.

문득 그가 입을 열었다.

"보름밖에 안 걸렸어."

"뭐가?"

"네가 그렇게 되고 나서, 모든 게 끝나기까지."

"······."

이비연이 멈춰 서서 용우의 말을 기다렸다.

"다 죽어버리고 나 혼자 남으니까 놈들이 그러더군. 다음이 마지막이라고······."

"마지막이라는 게··· 정말로 있었구나."

이비연은 그 사실을 믿을 수 없는 것 같았다. 용우는 그 심정을 이해했다.

"있었지. 그리고 내가 죽는 게 어비스를 만든 놈들이 쓴 시나리오의 끝이었고."

"하지만 오빠는 죽지 않았어."

"그래. 어떻게든 탈출했지."

"약해진 건 그 대가였어?"

"……"

"오빠가 잘못했다고는 하지 않을게. 살아남아서 지구에 오는 것만으로도, 그래서 그동안을 만끽하는 것만으로도 그만한 가치가 있었을 테니까."

이비연의 목소리는 떨리고 있었다. 용우는 그녀의 눈에서 눈물이 흘러내리고 있는 것을 보았다.

"하지만 이제 그것도 끝이야."

용우는 그녀의 목소리에서 익숙한 감정을 느꼈다.

그것은 절망이었다.

오랫동안 떨쳐 버릴 수 없었던, 아무리 노력해도 자신의 선택과는 상관없는 곳에서 결정되어 버리는 운명에 대한 절망.

"어차피 끝날 거라면, 차라리 내 손으로 보내주겠어."

"그럴 필요 없어."

용우는 단호하게 말하며 허공에 손을 뻗었다.

구구구구구……!

허공이 진동하기 시작했다.

파지지직!

그 진동에 움찔한 이비연은 물러나는 대신 벼락처럼 달려들어서 검을 휘둘렀다.

하지만 그녀의 검은 용우에게 닿지 못했다.

그 앞에서 나타난 양손 대검이 검격의 궤도를 가로막았기 때문이다.

"그건……."

이비연의 눈이 크게 떠졌다.

용우가 그녀를 똑바로 바라보며 말했다.

"난 약속을 지킬 거니까."

그리고 빛이 폭발하면서 용우와 이비연이 서로 반대편으로 튕겨 나갔다.

4

어비스 종반기까지 살아남은 자들은 하나같이 괴물이라고 불릴 만한 전투 능력의 소유자들이었다.

그리고 이비연은 타락체가 되기 직전까지 그중에서도 세 손가락에 꼽히는 전투 능력을 가졌다고 평가받았던 인물이었다.

당시 그녀의 나이는 19세. 중학생 시절 어비스에 끌려온 소녀는 지옥에서 보내는 3년 동안 자신에게 천부적인 재능이 있다는 사실을 알게 되었다.

그것은 문명사회에서는 하등의 쓸모도 없던 재능, 전사로서의 재능이었다.

"그때부터 보름이라. 그때까지 남았던 사람이 다 죽었다면… 확실히 나는 오빠에 대해서 잘 모르는 거네."

이비연은 그렇다는 듯 중얼거렸다.

하지만 표정이나 태도와는 상관없이 그녀의 몸은 섬뜩한 공격을 계속하고 있었다.

콰콰콰쾅……!

현란한 폭발들이 도심을 수놓았다.

용우와 이비연이 격돌할 때마다 충격파가 터진다. 그리고 퍼져 나가야 할 그 충격파가 시간을 거꾸로 돌린 것처럼 한 점으로 수렴되더니 그대로 소실. 상대가 있는 지점에서 출현하면서 대폭발을 일으킨다.

'따라갈 수가 없어.'

브리짓은 그 자리에 얼어붙어 있었다.

마음 같아서는 용우를 도와서 이비연과 싸우고 싶었다. 하지만 둘의 전투가 너무나 고차원적이라 끼어들 수가 없었다.

〈브리짓 카르타!〉

이비연과 맞서던 용우가 외쳤다.

〈지원해! 이대로는 30초도 못 버틴다!〉

"30초? 정말 버틸 수 있어?"

이비연이 놀란 듯 눈을 크게 떴다.

하지만 놀란 것은 브리짓이었다.

'개인한테 보낸 텔레파시를 도청했어?'

그리고 다음 순간, 허공에 커다란 파문이 퍼져 나가면서 용우가 튕겨 나갔다.

쾅! 콰쾅……!

용우가 빌딩을 뚫고 날아가서 다음 빌딩에 처박혔다.

"빌어먹을!"

용우는 곧바로 스펠을 펼쳤다.

—오버 커넥트!

직후 용우 앞에 나타난 불씨가, 오버 커넥트로 열린 워프 게이트를 타고 옆 빌딩에 출현했다.

꽈아아아아앙!

원형으로 퍼져 나간 섬광이 빌딩의 중층부를 잡아먹는다.

쿠구구궁……!

그 결과는 섬뜩하기 그지없었다. 빌딩 중층부가 일순간에 증발해 버린 것처럼 사라지고, 그 결과 아래쪽을 잃은 빌딩 상층부가 하층부로 낙하해서 충돌, 그대로 옆으로 쓰러지는 게 아닌가?

〈브리짓 카르타! 도청되든 말든 일일이 놀라고 있을 때가 아니다! 중첩되는 가속 스펠이랑 강화 스펠 모조리 걸어!〉

〈알겠습니다.〉

브리짓은 혼란을 떨쳐 버리고 그 말에 따랐다.

용우에게 2종류의 가속 스펠과 3종류의 강화 스펠이 걸리면서 원래부터 빠르던 움직임이 한 차원 더 가속했다.

파지지지직!

용우와 이비연의 허공장이 충돌하면서 공간이 뒤흔들렸다.

허공에서 격돌하는 둘은 허공장을 막무가내로 부딪치고 있는 게 아니었다. 서로의 허공장을 잠식하기 위해 격렬하게 싸우고 있었다.

"기둥을 믿고 있었던 거야?"

이비연이 말했다.

용우가 쓰고 있는 양손 대검은 빙설의 창의 형태를 변화시킨 것이다. 성좌의 무기를 쓰고 있는데도 이비연을 상대로 아슬아슬하게 버텨내는 게 고작이었다.

"확실히 조금은 평가를 수정해야겠네. 개미 눈곱만큼이나마 희망이 보이기 시작했어."

이비연의 웃음은 서글퍼 보였다.

그녀의 눈에 보이는 것은 반딧불보다도 보잘것없는 희망의 불씨였다.

과연 자신은 이 희망을 믿고 도박에 나서야 할까? 아니면 냉정하게 결단을 내려야 할까?

"…믿고 싶어."

그녀의 주변 공간이 요동치며 범위 안에 있는 모든 물질이 터져 나갔다.

콰과과과광!

용우는 아슬아슬하게 그 파괴 범위를 벗어났다. 그리고 그의 모습이 셋으로 분화하면서 이비연을 3방향에서 동시에 몰아쳤다.

투하하학!

동시에 충격음이 울리며 두 사람이 서로 반대편으로 미끄러졌다.

하지만 그것도 잠시였다.

두 사람은 밀려나는 기세가 다하기도 전에 모습을 감추었다.

투앙! 투쾅! 콰콰콰콰쾅……!

현란하게 공간을 넘나드는 두 사람의 모습이 잔상을 남겼다.

"믿어."

용우는 아슬아슬한 격전 속에서 말했다.

"내가 놈들을 모조리 죽여 버릴 거야."

"……"

확신에 찬 용우의 말에 이비연은 잠시 멍하니 그를 바라보았다.

파직!

용우의 일격이 스쳐가면서 볼 앞에 스파크가 튀자 그녀가 웃었다.

"여전하네, 오빠는."

예전부터 그랬다. 용우는 언제나 자신들을 어비스에 떨어뜨린 자들에 대한 증오와 복수를 이야기했다.

모순적으로 들릴지도 모르겠지만, 그것은 희망이기도 했다.

"반드시 죽여 버릴 거야."

이 지옥에도 끝은 있을 것이다.

이토록 많은 인간을 아무런 목적도 없이 이런 곳에 처박아두고 계속 강하게 만들 리가 없다.

그러니까 마지막까지 살아남기만 하면 언젠가는 이곳에서 나갈 수 있을 것이다…….

"우리에게 준 고통만큼의 대가를 치르게 만들겠어. 무슨 일이 있어도."

용우는 언제나 희망을 이야기했다.

모두가 포기하고 절망해 버린 상황에서도 그는 계속해서 증오로 얼룩진 희망을 입에 담았다.

용우가 물었다.

"너희들은 이걸 기둥이라고 부르더군. 왜지?"

"일곱 개의 기둥, 일곱 개의 제물. 그게 우리가 이 세계에 넘어올 때 규칙을 강요하는 원천이야."

이비연은 순순히 가르쳐 주었다.

용우를 말살하고자 하는 육체의 의지와 달리, 인간 이비연의 의식은 용우에게 호의를 품고 있었다.

'타락체는 도대체 뭐지?'

브리짓은 그 지독한 괴리감을 받아들일 수가 없었다.

이비연은 그리워하고 있다. 반가워하고 있다.

슬퍼하고 있다. 절망하고 있다.

그녀가 보이는 감정 속에 살의는 없다. 미움도 없다.

그런데도 그녀는 더없이 흉흉한 공격으로 용우를 죽이려고 하고 있었다.

마음과 몸이 완전히 분리되어 있는 것으로밖에 보이지 않는다.

"종말의 군주들이 기둥에 바쳐진 제물을 죽이고, 자신에게 대응하는 기둥을 손에 넣으면 강제력이 무너져. 그들이 온전한 모습으로 넘어올 수 있게 되지."

"……."

"오빠, 아직 감추는 패가 있지? 그것도 하나가 아닐 거야."

이비연이 그렇게 물으며 검을 휘둘렀다.

용우가 양손 대검으로 받아내자 그녀의 검세가 변화했다.

—보이드 바운드!

동시에 용우의 검세도 변화했다.

—보이드 바운드!

서로를 향해 휘둘러진 검이 거짓말처럼 멈췄다.

초음속에 도달했던 두 자루의 검이 서로 맞부딪히는 순간, 거짓말처럼 운동에너지가 소멸하면서 평온하게 맞대어진다.

그리고…….

쩌저적!

갑자기 유리에 금이 가는 것 같은 균열음이 울려 퍼졌다.

실제로 허공에 균열이 생기면서 눈에 보이는 풍경이 어긋나 보이기 시작했다.

하지만 그것도 잠시, 곧 균열로부터 쏟아져 나온 막대한 열기가 폭발했다.

콰아아아아아아앙!

오로지 둘이 검을 맞대고 있는 영역만이 평온했다.

공간 그 자체를 뒤흔들며 퍼져 나간 충격파가 너덜너덜해진 빌딩들을 통째로 날려 버렸다.

"쿨럭……!"

한 박자 늦게 용우가 피를 토하며 주저앉았다.

"잘했어, 오빠."

이비연이 미소 지으며 용우를 칭찬했다.

그러나 그녀의 몸은 주저앉은 용우의 머리통에 인정사정없이 발차기를 날리고 있었다.

쾅!

폭음이 울리며 용우가 뒤로 물러났다.

〈고맙다.〉

용우가 헬멧의 바이저를 다시 내리며 브리짓에게 감사 인사를 했다. 아슬아슬한 순간에 브리짓이 방어막을 둘러쳐 줬던 것이다.

"앞으로 47초야, 오빠."

이비연이 천천히 걸어오면서 말했다.

"감춰둔 패, 마지막까지 쓰지 말고 버텨줘."

"그 시간에 무슨 의미가 있지?"

"군단은 게이트를 통해서, 몬스터를 통해서 인간의 영혼을 수집해."

이비연은 빠른 말투로 중요한 정보를 말해주기 시작했다.

"그리고 그 영혼을 대가로 지구에 직접적으로 간섭하는 거야. 우리의 본질은……."

"언데드겠지."

"알고 있었구나. 그럼 이야기가 빨라지겠네. 우리는 군단에서 대가로 지불한 영혼만큼만 지구에 간섭할 수 있어."

언데드들은 지구에 스스로를 구현하는 것 자체에 큰 제약이 걸려 있다.

실체가 정보 세계에만 존재하는 그들은 물질세계에 스스로를 구현하는 단계부터 열화를 겪는다. 강한 언데드일수록 온전한 모습으로 강림하기 위해서 막대한 영혼을 대가로 지불해야 한다.

그에 비해 타락체는 그런 제약이 적은 편이다. 그들은 원래 인류였다가 후천적으로 정보 세계의 주민권을 획득한 존재들이기 때문이다.

타락체는 무조건 온전한 모습으로 강림할 수 있다. 다만 대가로 지불한 영혼만큼만 활동 시간을 부여받게 되며, 힘을 쓰면 쓸수록 그 시간이 단축된다.

"이길 수 없다면 힘을 소모하게 만들어. 그리고 시간을 끌어. 희생을 줄이고 군단의 자원을 소모하게 만드는 것만으로도 이익이야."

이비연은 최대한 많은 정보를 알려주려고 했다.

그러면서도 그녀의 몸은 용우와 격전을 벌이고 있었다.

"버텨줘."

이비연은 용우에게 호소하고 있었다.

불과 1분도 안 되는 시간.

하지만 생사가 교차하는 격전 속에서, 압도적인 힘과 기량을 가진 상대로 버티기에는 영원처럼 긴 시간이다.

용우는 그 시간을 마지막까지 버텨내었다.

이비연이 바란 대로 준비해 둔 비장의 패는 하나도 꺼내 들지 않은 채로.

"오빠에게 걸어볼게. 다음에는 약속을 지켜줘."

이비연은 그 사실에 만족한 것 같았다. 그녀는 미소 지으며 눈을 감았다.

파악!

그 순간, 섬뜩한 파육음이 울리며 피가 튀었다.

이비연의 오른손이 손목부터 잘려서 떨어지고 있었다.

"……."

이비연은 물론이고 브리짓도 깜짝 놀라서 그 광경을 바라보고 있었다.

아티팩트 새벽의 해머를 들고 있는 이비연의 손을 베어낸 것은 허공에서 홀연히 나타난 한 자루 붉은 검이었다.

완벽하게 허를 찌른 공격이었다. 용우를 압도하는 막강함을 과시했던 이비연조차도 모든 것이 끝난 순간, 자신이 지구에서 추방당하는 그 찰나를 노린 공격을 알아차리지 못했다.

이비연은 땅에 떨어지는 자신의 손을 바라보더니 용우를 보며 입모양으로 속삭였다.

'잘했어.'

그리고 그녀의 모습이 아침 햇살에 스러지는 안개처럼 사라졌다.

그녀가 사라진 자리를 한참 동안 바라보던 용우가 중얼거렸다.

"…최악이군."

브리짓은 그런 그를 보며 아연함을 느꼈다.

용우와 이비연이 보통 관계가 아니라는 것 누가 봐도 분명했다. 그런데 그런 사람을 상대로 그토록 가차 없고 비정하게 행동할 수 있다니…….

'게다가 그걸 잘했다고 칭찬하다니.'

브리짓도 이비연이 웃으면서 입모양으로 용우를 칭찬하는 것을 보았다.

그렇기에 더더욱 아연해졌다. 어비스는 대체 어떤 지옥이었기에 두 사람 같은 관계가 성립할 수 있는 것일까?

'하지만 지금은 그 관계성에 감사해야겠지.'

용우의 기습이 아니었다면 아티팩트 새벽의 해머를 빼앗기고 말았을 것이다.

그리고 다시금 종말의 군주가 게이트 안에 강림했을 터.

〈조금 전 건 불꽃의 활인가요?〉

"글쎄."

용우는 대답하지 않고 이비연의 잘린 손이 떨어진 곳으로 걸어갔다.

파지지직……!

가까이 다가가는 것만으로도 허공장이 반응하면서 스파크가 튀기 시작했다.

〈맙소사…….〉

브리짓이 경악했다. 잘린 손에도 고밀도의 마력이 남아서 허공장을 발생시키고 있는 것이다. 대체 얼마나 강력한 존재여야 그럴 수 있단 말인가?

하지만 아무리 강대한 힘이라도 그것을 휘두르는 의지가 없다면 헛되이 소모될 뿐이다.

용우는 간단하게 허공장을 잠식해 버리고 이비연의 손을 집어 들었다.

'약속을 실현할 확률이 좀 올라가겠군.'

용우는 그 손에 보존 효과가 있는 스펠을 걸어서 아공간에다 넣고는 아티팩트 새벽의 해머를 집어 들었다.

지직⋯⋯!

그러자 격렬한 반발력이 덮쳐오기 시작했다. 진동과 스파크가 주변을 휩쓸었지만 용우는 태연하게 중얼거렸다.

"아티팩트 소유권은 아티팩트 소유권하고만 반발하는군."

성좌의 무기 소유권과는 전혀 상관이 없다는 사실을 확인할 수 있었다.

ㅡ봉인(封印)!

초고밀도의 마력장이 아티팩트 새벽의 해머를 감싸고 수축하기 시작한다.

눈앞에서 아티팩트 새벽의 해머가 어딘가로 사라지는 것을 본 브리짓이 물었다.

〈그걸 어떻게 할 생각입니까?〉

"내가 갖고 있는 게 세상에서 제일 안전하겠지."

〈⋯⋯.〉

"왜?"

〈당신의 뻔뻔함이 참 놀라워서요. 그 뻔뻔함을 인정할 수밖에 없어서 좀 화나는군요.〉

브리짓이 고개를 절레절레 저었다.

용우가 말했다.

"이젠 시간이 없어."

생각했던 것보다 더 시간이 없다.

용우는 이번 일로 그 사실을 절감했다.

"브리짓 카르타, 몬스터들을 정리해. 더 이상 피해를 확산시키지 마."

〈당신은?〉

그 말에 용우는 폐허가 되어버린 도시 저편을 노려보며 말했다.

"놈들에게도 핏값을 치르게 해야지."

Chapter36

세대교체

1

이비연은 화려하게 장식된 복도에 나타났다.

아무도 없는 그 복도에 검은 구두를 신은 그녀의 발소리가 또 각또각 울린다.

잘려 나간 손이 몇 걸음 걷는 동안 원래대로 복구된다. 시간 을 빠르게 되돌리는 것 같은 재생 속도였다.

문득 그녀가 걸음을 멈췄다.

무언가가 그 앞을 가로막았기 때문이다.

눈부신 빛으로 그려진, 인간을 연상케 하는 실루엣이었다.

군단을 지배하는 일곱 군주 중에 하나, 새벽의 두라크.

〈벙어리 공주, 열쇠는?〉

"……."

이비연은 말없이 두라크를 바라보았다. 그 얼굴은 다시금 철저한 무표정으로 돌아가 있었다.

인간 이비연의 감정은 다시금 내면 깊숙한 곳에 잠들었다. 오래전에 절망해 버린 인간의 마음은 특별한 계기가 없으면 절대로 깨어나지 않는다.

이 자리에 있는 것은 자아의 존재 여부가 의심스러운 타락체 이비연일 뿐.

〈실패한 건가.〉

두라크는 애당초 이비연의 대답을 기대하지 않은 것 같았다.

이비연은 군단 속에서 그런 존재로 인식된 지 오래였다. 타락체 중에서도 손꼽히는 강력함을 지녔지만 대화가 불가능한 자.

〈네가 실패하다니 의외로군······.〉

두라크는 아쉽다는 듯 중얼거리며 사라졌다.

이비연은 아무 일 없었다는 듯 다시 걷기 시작했다.

인간 이비연의 마음은 여전히 내면 깊숙한 곳에서 잠자고 있었다.

*　　　　*　　　　*

차준혁은 용우의 가르침을 떠올리고 있었다.

"타락체는 크게 세 부류로 나눌 수 있어."

정확히는 세 종족이라고 해야 할 것이다.

첫 번째는 지구 인류, 두 번째는 상앗빛 피부와 뾰족한 귀를 가진 상아인들, 그리고 마지막으로 암석을 울퉁불퉁하게 인간 형상으로 깎아놓은 것 같은 암석인들.

차준혁과 휴고 스미스가 상대하고 있는 것은 검푸른색을 띤 암석인이었다.

왠지는 모르겠지만 처음부터 격노해 있던 암석인은 결코 호락호락한 상대가 아니었다.

'이놈 정도면 타락체 중에 어느 정도 수준인지 모르겠군.'

평소에 몬스터와 싸울 때와는 완전히 느낌이 다르다.

암석인과 교전을 시작한 지 불과 5분 정도가 지났을 뿐인데도 심신이 지쳐 버리는 느낌이었다.

그도 그럴 것이 상대는 힘과 지성을 겸비한 존재이기 때문이다.

마구잡이로 날뛰는 몬스터와 달리 차준혁과 휴고를 정확하게 인지하고 분석하면서 허점을 찔러 오고 있었다.

쾅!

폭음이 울리며 차준혁과 암석인이 격돌했다.

〈큭……!〉

차준혁이 비틀거렸다.

격돌하는 순간 암석인의 텔레파시 공격이 감각을 침범해 왔기 때문이다.

암석인이 그 틈을 놓치지 않고 공격을 가했다.

퍼엉!

하지만 그 순간 휴고가 날린 고속의 에너지탄이 암석인을 쳐서 밀어냈다.

"날파리 같은 새끼가!"

공격 기회를 방해받은 암석인이 짜증을 냈다.

아까부터 계속 이런 식이었다.

흐름을 잡았다 싶으면 휴고가 절묘하게 방해해서 차준혁이 태세를 정비할 여유를 주고, 그렇다고 휴고를 공격하면 차준혁이 그 틈을 놓치지 않고 몰아친다.

생사가 교차하는 상황에서 될 듯 말 듯한 상황이 계속되자 짜증이 폭발했다.

물론 버티는 쪽도 스트레스를 받기는 마찬가지였다.

휴고가 구시렁거렸다.

〈야, 이거 계속 버티기만 하다 끝나겠네.〉

팀 섀도우리스를 결성하고 3개월 동안이나 같이 훈련을 해왔다. 그래서 차준혁의 실력에 대해서는 잘 알고 있었다.

'저 자식이 기술로 밀리다니… 게다가 차이가 꽤 커.'

차준혁은 마력과 육체 능력 면에서는 암석인보다 우위를 점하고 있었다.

브리짓 카르타가 그렇듯 그 역시 이전 세대의 구세록의 계약자들보다 월등한 잠재력을 갖고 있는 것이다.

하지만 그럼에도 종합적인 전투 능력 면에서는 암석인 쪽이 확실히 우위였다. 보유 스펠과 마력 컨트롤을 포함한 종합적인 전투 능력에서 차이가 컸다.

"버틴다고? 너희들이 말이냐?"

암석인이 휴고의 구시렁거림에 반응했다.

"빌어먹을 것들에게 기습당하지만 않았어도 네놈들 따위는 진즉에 끝났다."

차준혁과 휴고와 교전을 시작한 시점에서, 이미 암석인의 컨디션은 정상이 아니었다.

프리앙카가 기습적으로 날린 선다운 버스트에 두 방이나 맞는 바람에 사경을 헤매다가 겨우겨우 회복한 직후였던 것이다.

그렇지 않았다면 차준혁과 휴고를 상대로 이렇게까지 애를 먹지 않았다. 암석인은 그 사실에 분노했다.

〈쓸데없이 자존심이 강한 놈이군.〉

차준혁이 심호흡을 하더니 말했다.

〈그건 나도 마찬가지지만… 이런 상황에서 자존심을 세우는 것만큼 추한 짓도 없겠지.〉

"무슨 소리를 지껄이는 거냐?"

〈알게 될 거다.〉

차준혁의 손에 들린 광휘의 검이 눈부시게 타오르기 시작했다.

지상에 태양이 내려온 것 같은 빛이 주변을 새하얗게 물들이고, 차준혁의 마력이 공간을 뒤흔들었다.

"하! 힘으로 승부를 걸어보겠다는 거냐? 어리석은 놈!"

암석인이 차준혁을 비웃으며 자세를 잡을 때였다.

한 줄기 섬광이 그를 꿰뚫고 지나갔다.

"뭐가……!"

암석인의 말은 곧바로 터진 폭발에 묻혀 버렸다.

콰아아아아아앙!

폭발이 치솟는 가운데, 휴고가 어이없다는 듯 중얼거렸다.

〈이놈은 자기가 저격당할 거라는 생각을 눈곱만큼도 안 한 건가?〉

이럴 줄 알았다면 유현애나 리사에게 멀리서 저격하라고 할 것을 그랬다.

휴고가 그런 후회를 떠올리고 있을 때, 폭발을 헤치며 용우가 나타났다.

"그럴 리가. 차준혁이 잘해준 거야."

용우가 차준혁을 칭찬했다.

차준혁이 마력을 개방해서 암석인의 시선을 끌지 않았다면 이렇게나 쉽게 저격할 수는 없었을 것이다.

아무리 강대한 존재라도 완벽하게 방심한 상태에서 자신의 허공장을 뚫고도 남을 위력으로 허를 찔리면 대책이 없었다.

"그리고 자기 허공장에 자신이 있었겠지. 눈치채지 못할 정도의 저격은 맞고 버틸 수 있다는."

용우는 조소하면서 돌풍을 일으켜 폭연을 걷어내었다.

"크으윽……!"

그 너머에는 몸에 커다란 구멍이 뚫린 암석인이 있었다.

아직 의식을 유지하고 있는 그가 치료 스펠을 발해서 회복하려고 했다.

쾅!

하지만 용우가 그의 머리통을 걷어찼다.

"암석인은 생명력이 끈질겨. 이놈들의 죽음은 주요 부위의 손실이 아니라 신체와 마력의 손실률이 얼마만큼 큰가로 결정되지."

심지어 머리통이 날아가도 죽지 않는다. 그 점을 이용해서 죽은 척을 하는 놈들이 있으니 방심해서는 안 된다.

용우는 그 사실을 알려주면서 반쯤 깨져 나간 암석인의 머리통을 붙잡았다.

"네놈은 타임아웃까지 얼마나 남았지?"

"이놈이……!"

"아, 걱정할 필요 없어. 어차피 네 남은 인생이 그것보다 짧을 테니까."

속삭이는 것과 동시에 암석인의 머리통 안쪽에서 폭음이 터졌다.

인간이라면 반드시 죽을 상황에도 암석인의 생체반응은 아직 건재했다.

하지만 용우가 노린 것은 암석인의 죽음이 아니다.

그의 의식을, 마력을 컨트롤하는 사고능력을 끊어놓는 것이다.

—에너지 드레인!

암석인은 사고능력을 잃더라도 그 마력의 통제권을 잃지는 않는다.

하지만 지성이 없는 만큼 정교한 컨트롤은 불가능했다. 따라서 용우에게는 얼마든지 숨통을 끊어놓을 수 있는 손쉬운 먹잇감이다.

마력 통제권을 잠식당한 암석인의 마력이 용우에게로 흘러 들어갔다.

으아아아아……!

귀곡성을 연상케 하는 비명이 울려 퍼졌다.

생각할 머리조차 없는 상황인데도, 그 본능이 죽음의 위기를 인지하고 텔레파시로 비명을 질러대고 있는 것이다.

"네놈들 모두 알게 될 거야."

용우는 급속도로 마력을 빼앗겨 쇠약해져 가는 암석인을 보며 속삭였다.

"치러야 하는 대가가 무엇인지를."

파삭!

마력을 빼앗길수록 쪼그라들던 암석인의 몸이 산산이 부서져서 땅으로 떨어졌다.

차준혁이 물었다.

〈타락체는 처치해도 아무것도 안 나오나?〉

"안 나와."

언데드들은 몬스터와 마찬가지로 에너지 코어를 갖고 있었다. 하지만 타락체들은 기본적으로 인간 각성자와 똑같다.

〈이놈 정도면 타락체 중에 어느 정도 수준이지?〉

"내가 상대해 본 기준으로는 중급자 정도 될 것 같군. 하지만 어비스에서 못 봤던 타락체도 나오는 판이라 내 경험을 잣대로 삼는 것도 위험할 수 있겠어."

이비연이 살아 있는 이상 다른 지구인 타락체가 생존해 있을 가능성도 있고 라지알처럼 막강한 타락체가 여럿 존재할 가능성도 있다.

〈중급자라…….〉

차준혁은 심각한 위기감을 느꼈다.

남들이 들으면 실로 오만방자하다 하겠지만, 그는 지구상에 자기보다 강한 헌터가 몇 없다고 자부하고 있었다.

근거 없는 자신감은 아니었다. 실제로 업계에서 그만한 평가를 받고 있었으니까.

게다가 광휘의 검을 계승받고 나서 용우에게 어비스의 노하우를 배우기까지 했으니, 다른 구세록의 계약자들보다 훨씬 강하다는 확신이 있었다.

즉, 차준혁이야말로 지구 인류를 통틀어서 2인자라고 불릴 만한 강자다.

그런데도 고작 중급자 수준의 타락체를 당해내지 못한 것이다.

짝짝!

용우가 박수를 쳐서 분위기를 환기시키고는 말했다.

"분석은 나중에 해. 남은 몬스터들을 정리하는 게 급선무다."

이 자리에 없는 리사, 유현애, 이미나는 흩어져서 몬스터들을 상대하고 있었다.

전원 셀레스티얼로 변신한 상태이기에 압도적인 화력으로 몬스터를 휩쓰는 중이다. 그럼에도 게이트 브레이크가 넓게 퍼져서 전부 처리하려면 시간이 걸릴 듯했다.

〈인명 구조는?〉

"물어볼 필요 있나? 할 수 있는 한은 해."

〈알겠다.〉

타락체들이 처리된 지금, 남은 것은 45미터급 게이트 안에서 튀어나온 몬스터들뿐이었다.

팀 섀도우리스와 브리짓 카르타의 연계로 타이베이를 아수라장으로 만든 몬스터들이 빠르게 정리되어 갔다.

*   *   *

타이베이를 덮친 게이트 브레이크는 전 세계에 엄청난 충격으로 다가왔다.

대만은 가장 강력한 헌터 전력을 자랑하는 선진국 중에 하나였다. 그 심장부는 세상에서 가장 안전한 장소 중에 하나인 것이다.

그런데도 45미터급 게이트를 막지 못해서 최악의 사태가 터졌으니 충격적일 수밖에.

세계 언론은 타이베이 게이트 브레이크 사태를 집중 조명하고 원인을 파악하기 위해 애썼다.

대만 정부는 정보 통제에 나섰지만, 재난 현장에서 유출된 정보를 쉽게 막을 수는 없었다.

생존자들이 휴대폰으로 촬영한 영상과 언론사나 개인이 띄운 드론으로 촬영한 영상들이 곳곳으로 퍼져 나갔다.

그리고 그 영상을 통해서 드러난 존재들이 있었다.

이제까지는 헌터 업계의 공공연한 비밀이었던 고스트.

그리고 그들과 필적하는 힘을 가진 존재들이었다.

＊　　　　＊　　　　＊

프리앙카의 본거지는 인도 뭄바이에 있었다.

대외적으로 드러난 그녀의 신분은 인도의 부유한 사업가였다.

인도 굴지의 자산가로 유명하지만 정치 권력과는 연이 없는 인물로 알려져 있었다.

물론 그것은 진실이 아니다.

퍼스트 카타스트로피 이후 프리앙카는 인도의 역사를 자신이 원하는 방향으로 조종해 왔으니까.

현재 인도의 권력을 쥐고 있는 인물들은 모두 프리앙카의 존재를 알고, 그녀에게 복종하고 있었다. 복종을 거부한 이들은 전부 소리 소문 없이 사라졌고, 인도 사회는 그녀의 뜻대로 변화해 왔다.

쨍그랑!

오직 그녀만이 드나들 수 있는 비밀 공간에서 술잔이 떨어져 깨지는 소리가 울렸다.

"하아, 하아……."

거친 숨소리가 울렸다.

헝클어진 모습을 한 프리앙카는 술잔을 떨어뜨린 손을 붙잡았다. 그 손이 주체할 수 없을 정도로 심하게 떨리고 있었기 때문이다.

"아직, 이야……."

프리앙카는 몇 번이고 뇌리에서 되살아나는 죽음의 기억에 몸서리쳤다.

"아직 나는 쓸모없어져서는 안 돼……!"

이를 악물고 두려움에 저항하는 그녀의 몸이 덜덜 떨리고 있었다.

하지만 이 고통에 패배하면 안 된다. 그녀는 후계자를 키우지 못했으니까.

엔조 모로나 허우룽카이와 마찬가지였다. 그녀도 자신의 비밀을 나눌 누군가를 찾지 못했다.

마음속으로는 그런 사람이 필요하다는 사실을 알고 있으면서도, 자신이 쥔 것을 누군가와 나누거나 내려놔야 한다는 사실을 받아들일 수가 없었다.

띠리리리리…….

그때였다.

갑자기 그녀의 휴대폰이 울렸다.

"……."

프리앙카는 흠칫 놀라며 휴대폰을 바라보았다.

그녀는 휴대폰이 원수라도 되는 것처럼 한참 동안이나 노려보았다. 계속 벨소리가 울려대도 받지 않고 계속해서.

결국 벨소리가 끊겼다.

띠리리리리…….

하지만 곧 다시 울리기 시작했다. 발신자는 조금 전과 동일했다.

프리앙카는 입술을 깨물면서 휴대폰을 집어 들었다.

[프리앙카.]

"……."

[역시 말할 수 있는 상태가 아닌가 보군.]

프리앙카는 한 마디도 하지 않았다. 침착한 목소리를 낼 자신이 없었기 때문이다.

하지만 상대는 말이 없다는 것에서 프리앙카의 상태를 정확히 짚어내었다.

[제안이 있어.]

상대는 애비게일 카르타였다.

"…갑자기 뭐지?"

프리앙카는 결국 떨리는 목소리로 물었다. 불길한 예감이 엄습해 왔기 때문이다.

[그래도 우리는 오랫동안 같이 싸워온 동지였지.]

애비게일 카르타는 용건을 이야기하는 대신 감상적인 이야기를 꺼냈다.

[그래서 나는 그에게 부탁했어.]

"그?"

[제로.]

"……."

[내가 먼저 너와 이야기할 기회를 달라고 부탁했지. 이 제안은 내가 네게 해줄 수 있는 유일한 일이야.]

곧 애비게일 카르타의 제안을 들은 프리앙카는 놀라서 벌떡 일어나고 말았다.

2

허우룽카이는 웃고 있었다.

"큭큭큭……."

미국 동부에 위치한 저택 거실에서 그는 TV로 뉴스를 보며 웃고 있었다.

그의 주변에는 비싼 술병들이 수십 개나 널려 있었고 몸에서는 술 냄새가 풀풀 풍겼다.

뿐만 아니었다.

그 자리에는 시체 썩는 냄새도 가득했다.

"하하하하하!"

미친 듯이 웃고 있는 허우룽카이 주변에는 그에게 살해당한 인간들의 시체가 널려 있었다.

원래는 그를 시중들기 위해 고용된 사람들이다. 하지만 광기가 도져서 약한 모습을 보인 허우룽카이가 충동적으로 죽여 버린 것이다.

"내가, 내가 이렇게……."

허우룽카이는 눈물을 흘리며 웃었다.

그의 눈은 TV에 못 박혀 있었다.

게이트 브레이크로 중심부가 파괴되면서 막대한 인명 피해와 물적 피해를 입은 타이베이.

그리고 그 혼돈이 도시를 완전히 집어삼키기 전에 타이베이를 구원한 자들.

허우룽카이는 그 영상에서 눈을 뗄 수가 없었다.

뉴스 하나가 끝나면 같은 소식을 전하는 다른 뉴스 프로그램을 찾아서 틀어놓고 계속 보고 있었다.

그렇게 얼마나 시간이 지났을까?

저벅…….

매끈한 거실 위로 누군가의 당당한 발소리가 울렸다.

허우룽카이는 흠칫 놀라서 소리가 들려온 곳을 바라보았다.

"너, 너는!"

그리고 소스라치게 놀라서 일어났다.

콰당탕!

뒤로 물러나던 그는 굴러다니는 술병을 밟고 꼴사납게 넘어지고 말았다.

"생각했던 것보다 훨씬 더 쓰레기 같은 몰골이군."

그를 찾아온 인물은 그 모습을 보고는 쿡쿡 웃었다. 허우룽카이의 한심한 몰골이 유쾌해서 웃음을 견딜 수 없는 것 같았다.

"제로! 네놈이 어떻게 여길?"

허우룽카이가 허우적거리면서 일어났다.

시체들과 빈 술병들 사이에서 그를 보며 웃는 것은 검은 재킷에 청바지를 입은 서용우였다.

서용우는 재미있다는 듯 허우룽카이를 바라보다가 물었다.

"도망쳤지?"

앞뒤를 다 자르고 던진 말이었다. 하지만 그 말은 허우룽카이의 가슴에 비수처럼 꽂혔다.

"나, 나는… 나는…….”

"타이베이 한복판에서 게이트 브레이크가 터졌을 때 넌 뭘 했지?"

"……."

허우룽카이는 입을 뻐끔거릴 뿐, 한 마디도 하지 못했다. 그의 몸이 덜덜 떨리고 있었다.

"그래도 부정하진 않는군."

용우는 그 사실이 신기하다는 듯 허우룽카이를 관찰했다.

"사실 좀 더 시간을 들여서 차근차근 처리할 생각이었는데……."

리사에게는 충분히 복수를 만끽할 자격이 있었기에 충분한 시간을 투자할 생각이었다.

하지만 타이베이 사태로 인해서 생각이 바뀌었다.

이제는 시간이 없다. 여유 부리면서 놀고 있을 때가 아니었다.

"시간도 없고, 무엇보다 역겨우니까 그만 죽어줘야겠다."

용우의 눈에 경멸과 혐오감이 떠올랐다.

허우룽카이가 충동적으로 저지른 살인의 희생자들을 보자 더 이상 그의 존재를 용납하고 싶지 않았다.

"…웃기지 마라."

겁에 질려 있던 허우룽카이의 눈이 독기를 발했다.

정신적으로 궁지에 몰린 지금도 삶에 대한 집착이 그를 움직이게 만들었다.

"호락호락 죽어줄 것 같으냐?"

"그건 네가 정하는 게 아냐."

용우가 싸늘하게 말했다.

파악!

그 직후 허우룽카이의 왼팔이 잘려 나갔다.

"……."

순간 허우룽카이는 무슨 일이 일어났는지 이해할 수가 없었다.

그의 왼팔이 어깨부터 깔끔하게 잘려서 떨어지고, 그 단면에서 피가 뿜어져 나오기 시작했다.

"아아아아아악!"

"시끄러워."

용우가 짜증을 내면서 그를 걷어찼다.

콰장창!

허우룽카이가 벽면을 채운 거실 유리창을 뚫고 밖으로 튕겨 나갔다.

─오버 커넥트!

허우룽카이가 날아가는 기세 그대로 워프 게이트 속으로 빨려 들어가고 말았다.

워프 게이트를 통과하자 곳곳에 대파괴의 흔적이 남아 있는 숲이 그를 반겼다.

헌터들과 몬스터들의 전투 흔적이 남아 있는 소멸한 게이트 내부의 필드였다.

"크악……!"

날아오는 기세 그대로 땅에 충돌해서 튕겨 나간 허우룽카이가 비명을 질렀다.

"아직도 정신 못 차렸나?"

용우의 목소리가 들려왔다.

파악!

그리고 그의 오른팔마저도 잘려 나갔다.

이어지는 대량의 출혈이 대지를 새빨갛게 물들었다.

일반인이라면 쇼크로 죽고도 남았을 것이다. 하지만 성좌의 힘을 가진 허우룽카이는 그런 상황에서도 의식을 유지하고 있었다.

우우우우우!

광기와 술로 피폐해진 사고능력은 뒤늦게 필요한 행동을 선택했다.

공기가 진동하며 육중한 소음이 울리기 시작했다.

둥! 투우웅! 쿠우우우우웅!

그 소리가 점차 커져가면서 공간을 뒤흔드는 굉음으로 화한다.

그리고 그 한가운데서 거대하고 새카만 도끼가 모습을 드러내었다.

〈뭐든지 네 뜻대로 될 거라고 생각하지 마라!〉

서양의 드래곤을 형상화한 것 같은 생김새의 검은 갑옷을 입은 허우룽카이가 외쳤다.

"하하하."

용우가 가소롭다는 듯이 웃었다.

"제발 그렇게 만들어줘. 혹시나 해서 묻는 건데 그걸로 끝은 아니겠지, 응? 아직 남은 게 있잖아?"

그 말에 허우룽카이가 흠칫했다.

용우가 한 걸음 다가가며 말했다.

"더 맞아야 내놓을 거냐?"

〈원래는 브리짓 카르타에게 쓸 생각이었지.〉

허우룽카이는 심호흡을 하면서 말했다.

〈네놈이 좋은 테스트 상대가 되겠군, 제로.〉

순간 용우는 풋, 하고 웃음을 터뜨릴 뻔한 것을 애써 참았다.

'이 상황에서 저따위로 말할 수 있다니, 확실히 맛이 갔군.'

용우는 속으로 혀를 끌끌 찼다.

본래 허우룽카이는 어리석은 자가 아닐 것이다. 정말 멍청하다면 팬텀 같은 조직을 만들어서 악마 같은 연구를 진행할 생각도 하지 못했을 테니까.

하지만 지금의 허우룽카이는 냉정한 판단이 불가능한 상태였다.

정신이 파탄 난 상태에서 술에 찌들어서 폐인 생활을 하던 참이다. 그런 상황에서 두 팔이 잘렸는데 냉정하고 침착한 사고가 가능할 리가 없지 않은가?

―리스토어…….

투학!

허우룽카이가 치료 스펠을 발하려는 순간, 용우가 그 앞에 나타나서 일격을 먹였다.

"회복해도 좋다고 허락한 적 없는데."

〈이 자식……!〉

"네가 해도 되는 건 비장의 패를 꺼내는 것뿐이야. 빨리 해보라고."

용우가 차가운 눈으로 허우룽카이를 쏘아보며 말했다.

〈소원대로 해주마!〉

허우룽카이의 주변이 급변했다. 한순간에 수십의 그림자가 나타나서 그를 에워싸는 게 아닌가?

"아하."

용우는 그 그림자들을 보며 웃었다.

"네놈이 믿는 구석이 고작 이거였나?"

변신을 완료한 셀레스티얼과 팔라딘 무리였다.

그 수는 셀레스티얼 3명, 팔라딘 11명.

확실히 막강한 전력이다. 자신이 성좌의 힘으로 변신한 채로 이만한 수를 거느렸으니 무서울 게 없다고 생각할 만도 하다.

하지만 지금의 용우 앞에서는 별 의미가 없는 전력이기도 하다.

"시간 낭비였군."

용우가 허공에 손을 뻗었다.

우우우우우!

그러자 허공에서 한 자루 양손 대검이 나타났다.

그 검의 모습은 독특했다.

사이즈는 헌터들이 쓰는 규격품 양손 대검과 같았지만, 그 표면은 새빨간 광택을 발하고 있었다.

화르르륵!

그 검면을 따라서 불꽃이 일어나는 것을 본 허우룽카이가 경악했다.

〈그건 뭐지?〉

"뭐긴. 알고 있잖아?"

〈…….〉

용우가 이죽거리자 허우룽카이는 그 검을 보자마자 떠올린 것이 맞았다는 사실을 알아차렸다.

하지만 그는 그 사실을 믿을 수가 없었다.

〈어떻게 네놈이 불꽃의 활을… 아니, 불꽃의 활이 왜 검으로…….〉

저 양손 대검이 프리앙카가 소유했던 성좌의 무기, 불꽃의 활이라는 것을.

*   *   *

6시간 전.

용우는 인도 뭄바이에서 프리앙카를 마주하고 있었다.

"…이러면 된 거겠지?"

영어로 묻는 프리앙카는 당장에라도 쓰러질 것 같은 몰골이었다. 눈은 붉게 충혈되어 있었고 그 밑에는 짙은 다크서클이 보였다.

"그래. 협력에 감사하지."

볼일은 끝났다.

오랫동안 프리앙카의 것이었던 성좌의 무기 불꽃의 활은 이제 용우의 것이 되었다.

원래 용우는 프리앙카를 죽일 생각이었다. 죽음을 유사 체험하고 광기에 허우적거리고 있을 그녀를 공격해서 불꽃의 활을 빼앗는 것은 손쉬운 일이라고 여겼기 때문이다.

무엇보다 용우는 프리앙카를 고문해서 불꽃의 활을 빼앗고 죽인다는 사실에 별 거부감이나 죄책감을 느끼지 못했다.

용우에게 있어서 그녀는 딱히 원한은 없지만, 그렇다고 죽이기에 꺼림칙할 것도 없는 인물이었으니까.

하지만 용우가 프리앙카의 소재를 묻자 애비게일 카르타가 자신에게 교섭을 맡겨달라고 부탁했다.

용우 입장에서는 손해 볼 게 없는 일이었기에 그녀에게 교섭을 맡겼고, 그녀는 프리앙카를 설득하는 데 성공했다.

아니, 설득이라기보다는 협박이었는지도 모르겠다.

제안을 받아들이지 않을 경우 용우가 프리앙카에게 무슨 짓을 할지도 설명해 주었을 테니까.

하지만 프리앙카가 제안을 받아들인 것은 용우의 협박을 두려워해서는 아니었다.

프리앙카가 물었다.

"궁금하지 않아?"

"뭐가 말이지?"

"왜 내가 이렇게 순순히 불꽃의 활을 넘겨준 건지."

"별로."

용우는 아무런 흥미도 없다는 듯 대답했고 프리앙카는 입술을 깨물었다.

용우가 의자에 걸터앉으며 물었다.

"하지만 꼭 말하고 싶다면 들어는 주지. 순순히 협력해 준 보답으로."

"하하하. 내 이야기가 그 정도 가치밖에 없는 거야?"

"누군가에게는 꽤 가치가 있을지도 모르지. 하지만 나한테는 아니야."

"그렇군……."

쓴웃음을 지은 프리앙카는 술잔에 남은 술을 한 번에 들이켜 더니, 이야기를 시작했다.

두서없는 이야기였다. 그녀의 정신 상태를 생각하면 어쩔 수 없을 것이다.

프리앙카는 절망하고 있었다.

70미터급 게이트에서 하스라와 라지알을 만남으로써 한 번, 그리고 타이베이에서 이비연을 만남으로써 두 번.

이제 자신은 더 이상 재앙에 대적할 수 없다는 사실을 깨달아 버렸기 때문이다.

퍼스트 카타스트로피 이후 지금까지 세상을 지켜오면서, 그녀는 자신의 손이 피로 물들었다는 사실을 자각하고 있었다.

셀 수 없을 정도로 많은 목숨을 죽이거나 혹은 죽도록 방치하면서 역사를 자신이 원하는 방향으로 이끌어왔다.

그런데 이제 와서 자신이 그 역사를 지켜내기에는 초라하고 무력한 존재임을 알게 된 것이다.

죽음의 유사 체험으로 부서지기 직전이었던 프리앙카의 정신은 그 절망을 견뎌내지 못했다.

"…솔직히 다행이라고 생각했어."

프리앙카는 오래전에 사람을 믿는 법을 잊어버렸다. 과거를 되새겨 봐도 어떻게 그럴 수 있었는지 알 수가 없을 정도로.

누군가를 믿지 않으면 자신의 뒤를 이어서 싸워줄 후계자를 만들 수 없다.

그 사실을 잘 알면서도 프리앙카는 스스로를 고립시키는 것을 멈추지 못했다.

자신이 할 수 없으면 할 수 있는 누군가에게 맡겨야만 했다. 그 단순한 방법을 실행할 수 없다는 사실이 그녀의 절망을 감당 불가능할 정도로 크게 만들었다.

"앞으로는 초인으로서 세계를 조율하는 능력보다는 재앙과 싸울 수 있는 직접적인 힘이 중요할 테니까. 그 점에서는 분명 네가 나보다 낫겠지."

그런 때 애비게일 카르타가 용우에게 불꽃의 활을 넘기라고 제안했다.

프리앙카는 그 제안에 조금도 화가 나지 않았다. 그러기는커녕 안도감을 느꼈다.

"난 이제 쓸모가 없어."

그녀에게 있어서 용우의 제안은 절망에서 벗어날 수 있는 도피처였던 것이다.

이제는 더 이상 불가능한 일 때문에 고통받을 필요가 없었다. 그 사실이 후련했다.

"쓸모를 다한 도구는 세상에 없는 편이 나아."

이야기를 마친 프리앙카는 용우가 보는 앞에서 서랍을 열었다. 서랍에서 나온 것은 한 자루 권총이었다.

그녀는 그것을 잠시 바라보다가 말했다.

"한 가지 부탁이 있어."

"뭐지?"

"날 죽여줘."

"……."

"남의 손은 빌리지 않으려고 했는데, 이걸로 죽을 수 있을지 확신이 안 서는군."

구세록의 계약자들은 경이로운 생명력을 지녔다. 프리앙카는 불꽃의 활을 용우에게 넘긴 지금도 자신이 권총으로 자살할 수 있을지 확신할 수 없었다.

자신을 돌아보는 프리앙카의 눈을 본 용우는 작게 한숨을 내쉬었다.

익숙한 눈이었다.

그리고 익숙한 부탁이었다.

*   *   *

다시, 현재.

"너희들은 더 이상 쓸모가 없어. 앞으로 나타날 적들과 싸우기에는 너무 약하거든."

용우는 허우룽카이에게 차가운 진실을 고했다.

"그동안 수고했다. 이제는 쉬게 해줄게. 지옥에서 말이지."

1세대 구세록의 계약자들은 심각한 PTSD 때문에 전투에 적극적이지 못하다. 그리고 무엇보다 앞으로 닥쳐올 재앙을 막기에는 너무 약하다.

성좌의 무기를 그들에게 맡겨두는 것 자체가 심각한 손해다.

그 무기는 보다 효율적으로 활용되어야만 했다.

"알아들었지?"

〈닥쳐!〉

허우룽카이가 격노했다.

동시에 용우가 예상치 못한 변화가 일어났다.

"음?"

용우가 눈을 빛냈다.

"이건 또 뭐야?"

용우는 전투가 시작되면 다수의 셀레스티얼과 팔라딘이 동시에 달려들 거라고 생각했다.

하지만 허우룽카이가 준비한 비장의 한 수는 그게 아니었다.

쿠우우우웅!

셀레스티얼 3명과 팔라딘 11명이 허우룽카이를 에워싸고 원진을 구축했다. 그리고 모두가 순백의 도끼를 들어 올렸다.

그러자 그들이 지닌 힘이 공명하면서 굉음이 터져 나왔다.

쿠아아앙! 콰아아아앙……!

강렬한 진동파가 주변을 휩쓸었다. 그리고 한 번 터질 때마다 더 증폭되고 있었다.

용우는 방어막으로 그것을 막아내면서 중얼거렸다.

"멋지군."

애비게일 카르타는 허우룽카이가 뭔가 대단한 연구 성과를 감추고 있을 것이라고 예상했다.

브리짓이 뇌전의 사슬을 계승한 후로 허우룽카이는 꾸준히 위기감을 드러내 왔다. 그러니 팬텀을 통해서 대책을 연구했을 거라는 추측이었다.

용우는 애비게일 카르타의 추측을 확인해 보고 싶었다.

허우룽카이가 정말로 쓸 만한 비장의 한 수를 개발해 냈기를 바랐다. 일단 어떤 수법인지 봐두기만 하면 나중에 자신이 써먹을 수도 있을 테니까.

쿠아아아아앙!

폭발하는 굉음 한복판에서 허우룽카이의 마력이 폭증하고 있었다.

"대단한데?"

용우는 놀람을 숨기지 않았다.

허우룽카이의 마력은 어마어마한 수준까지 상승해 있었다. 브리짓이나 차준혁을 능가할 정도였다.

쿠우웅!

허우룽카이가 용우 앞에 내려섰다.

〈제로.〉

강대한 마력을 휘감은 그가 굉음의 도끼로 용우를 겨누었다.

믿을 수 없을 정도로 힘이 넘쳐흐르고 있었다. 전신을 가득 채운 활력이 피폐해졌던 그의 정신을 명료하게 만들었고, 무엇이든 할 수 있다는 자신감을 불러일으켰다.

〈오만의 대가를 치를 시간이다.〉

그 선언에 용우가 이를 드러내며 웃었다.

3

허우룽카이가 준비한 비장의 패는 확실히 놀라웠다.

성좌의 힘에는 상당히 복잡한 법칙이 적용되고 있었다.

기본적으로 그 힘은 성좌의 무기를 소유한 자의 마력이 강할수록 강해진다. 하지만 반드시 그렇냐고 하면 그것도 아니었다.

예를 들면 정체불명의 특이체질인 리사는, 변신했을 때는 자신보다 마력이 월등한 휴고보다도 더 큰 힘을 가진다.

차준혁은 변신하기 전에는 브리짓과 거의 동급의 마력을 지녔지만, 변신한 후에는 그녀보다 확실히 더 큰 힘을 휘두른다.

성좌의 힘은 단순히 본신의 힘을 몇 배로 증폭시킨다는 곱셈 법칙으로 적용되지 않는 것이다.

계승 후보들에게 힘을 나눠주는 것 또한 마찬가지였다.

용우는 팀 섀도우리스의 일원들을 성좌의 무기 계승 후보로 만들고, 전투 시에 그들에게 힘을 나눠주었다.

하지만 그렇게 힘을 나눠줘도 용우 자신이 휘두를 수 있는 힘은 감소하지 않았다.

이에 용우는 한 가지 결론에 도달했다.

성좌의 무기에 내재된 힘의 총량과 출력은 전혀 별개의 것이라는 결론에.

그 힘의 총량은 소유자들이 발휘하는 출력을 보고 짐작하는 것보다 훨씬 컸다. 다만 한 사람이 발휘할 수 있는 출력이 제한적일 뿐이다.

"너도 같은 결론에 도달한 거였군. 제법인데?"

용우는 그 사실이 재미있다는 듯 웃었다.

허우룽카이는 다수의 셀레스티얼과 팔라딘을 동시에 운용했다. 그렇게 해도 자신의 힘은 감소하지 않는다는 확신이 있었기 때문이다.

"하지만 그걸 이런 식으로 써먹을 줄은 몰랐다. 솔직히 감탄했어."

용우도 비슷한 발상을 했다. 팀 섀도우리스를 만들고, 그들을 성좌의 무기 계승 후보로 만들어서 힘을 나눠준 것이 그런 이유였다.

하지만 그 힘을 다시 한곳에 모아서 스스로를 강화한다는 발상은 못 했다.

허우룽카이는 그런 용우를 바라보다가 말했다.

〈여유 부리는 것도 거기까지다.〉

섬광이 용우를 덮쳤다.

콰아아아앙!

순식간에 2개의 가속 스펠을 건 허우룽카이가 용우를 공격했다.

굉음의 도끼를 붉은 양손 대검으로 막아낸 용우가 튕겨 나가자 곧바로 다른 스펠들이 동시다발적으로 튀어나왔다.

―안티 텔레포트 필드!

용우의 도주와 회피를 막기 위한 스펠을 펼친다.

―구전광(球電光)!

공처럼 빚어낸 뇌전이 연달아 폭발했다.

―굉음결계(轟音結界)!

리사를 상대로도 펼쳤던 굉음의 도끼의 권능이 발휘되었다.

폭발로 인해 발동한 진동파가 자연적으로는 있을 수 없는 움직임을 보이기 시작했다.

콰콰콰콰콰쾅!

진동파의 결계가 적의 움직임을 제한한다.

뿐만 아니다. 거기에 휘말려 드는 것만으로도 바위조차 부서져서 흩어질 정도의 위력이 있었다.

―염동뇌격탄(念動雷擊彈)!

뇌격을 먹은 에너지탄이 용우를 노렸다.

한 발이 아니었다. 한 번에 13발이 쏘아져 왔다.

'보면 볼수록 대단한데?'

심지어 그것은 허우룽카이가 직접 쏘아낸 것도 아니었다.

그의 뒤쪽에 모여 있는 셀레스티얼과 팔라딘들이 쏘아낸 것이다.

―오만의 거울!

용우는 반사 스펠로 에너지탄들을 모조리 쳐내면서 굉음결계에서 빠져나갔다.

〈소용없다.〉

허우룽카이가 여유롭게 고했다.

그러자 굉음결계의 영역이 변형하고 확장하면서 용우를 따라잡았다.

"음……!"

허공장을 두들겨대는 진동파의 압력에 용우가 작게 신음했다.

굉음의 도끼를 통해 증폭된 허우룽카이의 힘은 9등급 몬스터에 필적한다. 확실히 브리짓을 상대로도 승산을 이야기할 수 있는 수준이다.

뿐만 아니다. 한곳에 모인 다수의 셀레스티얼과 팔라딘들은 단순히 마력 증폭 장치의 역할만 하는 게 아니었다. 허우룽카이의 명령에 반응해서 스펠을 제공하는 서포터 역할까지 수행하고 있었다.

공격은 물론이고 가속 스펠이나 강화 스펠, 방어 스펠도 걸어주었으며 치료 스펠까지 사용해서 허우룽카이의 잘린 양팔을 재생했다.

'훌륭하다. 도덕적으로 쓰레기든 뭐든 똑똑한 놈들을 잔뜩 모아놓고 연구를 시키면 저런 재능 없는 놈도 이런 걸 할 수 있게 되는 거군.'

용우는 솔직히 감탄하면서 공격을 날렸다.

─염동염마탄(念動炎魔彈)

고열이 응축된 붉은 에너지탄이 극초음속으로 공간을 가로질렀다.

콰아아아앙!

그 공격이 노린 것은 허우룽카이가 아니라 셀레스티얼과 팔라딘들이었다.

〈의미 없는 발버둥이다.〉

한데 모인 그들은 강력한 허공장을 두르고 있었다. 셀레스티얼 3명과 팔라딘 11명의 허공장이 하나로 합쳐져 있으니 아무리 용우라도 기습 정도로는 뚫을 수가 없었다.

〈내가 그 정도 대비도 안 했을 것 같은가?〉

허우룽카이는 용우의 행동이 실패로 돌아가는 것이 너무나 즐거운 것 같았다.

"그저 확인 작업일 뿐이야. 생각나는 것들을 하나하나 짚고 넘어가는 거지."

용우가 어깨를 으쓱했다.

허우룽카이는 그 여유로운 모습이 마음에 안 드는 것 같았다.

〈언제까지 웃을 수 있을까?〉

쿠우우우우웅!

폭음이 발생하면서 굉음결계의 위력이 더욱 증폭되었다.

그 압력에 용우의 허공장에서 격렬한 스파크가 튀었다.

〈조금 전의 빚부터 갚아주지.〉

싸늘하게 말한 허우룽카이가 굉음의 도끼를 휘둘렀다.

―염마용참격(炎摩龍斬擊)!

도끼를 휘두르는 궤적을 따라서 초고열의 칼날이 뿜어져 나왔다.

용우가 그것을 막아내자 셀레스티얼과 팔라딘들이 연달아 파괴 스펠로 폭격을 가해왔다.

콰과광! 콰아아아아아앙!

그렇게 폭발이 일어날 때마다 굉음결계의 힘이 강성해져 간다.

텔레포트도, 물리적 이동도 차단당해서 발이 묶인 용우는 그 자리에서 거북이처럼 방어하는 수밖에 없었다.

끊임없는 스펠의 폭격이 날아드는 동안 허우룽카이가 결정타를 준비했다.

―선다운 버스트!

하늘에서 한 줄기 가느다란 섬광이 용우의 머리 위로 떨어져 내렸다.

콰아아아아아아!

대폭발이 그 자리를 집어삼켰다.

심지어 허우룽카이는 한 방으로 끝내지도 않았다.

—선다운 버스트!

다시 한번 같은 스펠이 정확히 같은 지점을 때리며 대폭발을 일으켰다.

〈어리석은 놈.〉

장대하게 일어 올랐던 흙과 먼지가 가라앉는 속에서 허우룽카이가 웃고 있었다.

〈신이라도 된 것처럼 우쭐거리더니 고작 그거였나? 하하하하하!〉

그는 속에서 용솟음치는 웃음을 주체할 수 없었다. 이렇게 속 시원하게 웃어본 적이 얼마만인지 모를 정도로 신나게 웃었다.

그럴 때였다.

쾅!

흙먼지를 뚫고 날아온 뭔가가 그를 쳐서 날렸다.

〈컥……?〉

허우룽카이가 당황할 때였다.

"언제까지 웃어대나 두고 보려고 했는데… 짜증 나서 더 들어주질 못하겠군."

허우룽카이 앞에 불쑥 용우가 나타났다.

〈아니?!〉

당황하는 그에게 용우의 발차기가 꽂혔다.

투학!

그 반동으로 회전한 용우가 양손 대검을 휘둘렀다.

―염마용참격!

칼끝에서 뻗어 나온 초고열의 에너지 칼날이 허우룽카이의 허공장을 꿰뚫고 그 왼팔을 잘라내었다.

그리고 곧바로 공격을 이어나가는 대신 심드렁하게 말했다.

"이제 볼 건 다 본 것 같은데… 혹시 아직 남은 거 있나?"

〈뭐, 뭐라고?〉

허우룽카이가 당황하자 용우가 말했다.

"혹시 더 보여줄 거 남았냐고. 셀레스티얼과 팔라딘을 이용한 마력 증폭, 그리고 그들을 이용한 다중 스펠 사용, 그리고 마력의 연결성을 이용해서 그들의 허공장을 증폭……. 이거 말고 더 보여줄 만한 게 남았나?"

〈…….〉

자신의 연구 성과를 하나하나 짚는 용우의 물음에 허우룽카이는 식은땀을 흘렸다.

도대체 용우가 어떻게 자신의 공격을 버텨낸 건지 전혀 짐작이 가지 않았다. 완벽하게 움직임을 묶어놓고 최대 파괴력의 스펠을 두 발이나 꽂았는데 어떻게 상처 하나 없을 수가 있단 말인가?

"결과물 자체로만 보면 놀랍군. 하지만 역시 실격이다."

용우의 시선이 뭉쳐 있는 셀레스티얼과 팔라딘들에게 향했다.

그들의 수는 처음보다 줄어들어 있었다.

셀레스티얼은 그대로지만 11명이었던 팔라딘이 9명으로 줄었다.

허우룽카이가 계속 힘을 쓰자 과부하가 걸려서 산산조각 난 것이다.

"그리고 두 명이 줄어드니 증폭률도 그만큼 줄었지."

증폭기 역할을 담당하는 셀레스티얼과 팔라딘의 수가 많으면 많을수록 허우룽카이의 힘이 늘어난다.

반대로 말하자면 그들이 과부하를 버티지 못하고 죽어가면 그만큼 허우룽카이의 힘이 줄어든다는 뜻이다.

〈무슨 수법을 쓴 건지 모르지만 기습으로 재미를 봤다고 기고만장했구나!〉

허우룽카이가 애써 두려움을 떨치며 외쳤다.

용우가 피식 웃었다.

"무슨 수법인지 알아보지도 못한 놈이 그런 소리를 해봤자⋯⋯."

용우가 쓴 수법은 아주 간단했다.

분신이었다.

허우룽카이가 이곳으로 끌려온 시점부터 용우를 해치웠다고 믿은 시점까지, 용우는 먼 곳에서 상황을 구경하고 있었다.

그를 상대한 것은 전부 용우가 마력석을 투자해서 구현한 분신이었다.

〈음?〉

문득 허우룽카이는 이상한 점을 발견했다.

용우의 손에 들린 양손 대검이 이상했던 것이다.

조금 전까지 쓰던 불꽃의 활의 양손 대검 버전과는 전혀 다른 형태였다.

길이는 용우 자신의 키와 비슷할 정도로 길었고, 일반적인 헌터용 양손 대검보다 검면이 2배는 넓었다.

손잡이 부분과 칼막이 부분은 새카만 빛깔을 띠고 있는데 그 질감이 마치 암석을 매끈하게 깎아놓은 것 같았다.

그에 비해 칼날은 얼음을 깎아서 만든 것처럼 투명했으며, 그 안쪽에서는 시퍼런 빛이 물결치듯이 흘러나와서 굉장히 독특한 느낌을 자아내고 있었다.

무엇보다 보는 순간 강렬한 이질감이 느껴졌다.

'불꽃의 활이 아니다.'

구세록의 계약자인 허우룽카이는 그 사실을 확신할 수 있었다.

"마력이 커지는 만큼 간이 커지는 것 같은데… 어디 언제까지 그런지 볼까?"

용우가 씩 웃는 순간, 허우룽카이는 자기도 모르게 뒤로 물러났다.

오싹한 감각이 엄습해 왔기 때문이다. 뭔가 거대하고 두려운 것이 밀려온다는 직감이 들었다.

우우우우우우!

그리고 그 직감은 곧바로 현실이 되었다.

용우의 마력이 조금 전까지와는 비교도 할 수 없을 정도로 거대하게 부풀어 올랐기 때문이다.

〈이, 이럴 리가 없어.〉

허우룽카이는 눈앞의 현실을 믿을 수가 없었다.

용우의 마력이 그의 마력을 찍어 눌렀다. 절망적일 정도로 큰 격차가 느껴졌다.

그럴 수밖에 없었다.

지금 용우의 손에 들린 것은 빙설의 창과 대지의 로드를 하스라 코어로 결합시킨 결과물이었으니까.

그 출력과 증폭률은 성좌의 무기 하나를 들었을 때를 아득히 초월한다.

용우가 손을 들었다.

―필드 디스펠!

보이지 않는 힘의 파동이 퍼져 나갔다.

그 결과를 알아차린 허우룽카이가 경악했다.

'안티 텔레포트 필드가 해제되다니?'

이런 효과를 가진 스펠이 존재했단 말인가?

아연해져서 용우를 바라보던 허우룽카이는 곧바로 한 가지 행동을 떠올렸다.

―텔레포트!

안티 텔레포트가 해제됐다는 것은 허우룽카이 자신도 텔레포트가 가능해졌다는 뜻이다. 그는 곧바로 텔레포트로 도망쳤다.

―공허 문지기!

순간 눈앞이 캄캄하게 물들었다.

그리고 허우룽카이가 다시금 텔레포트하기 전의 지점으로 끌려왔다.

〈뭐야?〉

당황하는 그의 앞에 용우가 나타났다.

"뭐긴."

왼손 하나로 양손 대검을 든 용우가 히죽 웃으며 오른 주먹으로 허우룽카이를 강타했다.

쾅!

폭음이 울리며 허우룽카이가 그 자리에 무릎을 꿇었다.

〈커어……!〉

충격이 허공장을 뚫고, 갑옷을 관통해서 내장까지 닿았다.

"누가 앉아도 된다고 했지?"

용우가 발끝으로 허우룽카이의 턱을 차서 다시 일으켜 세웠다.

꽝!

그리고 돌려차기가 허우룽카이의 몸통을 쳐서 그를 땅에 처박았다.

콰과과과……!

그 기세가 너무 강해서 허우룽카이가 땅에 처박힌 채로 몇 미터나 땅을 밀어 올렸다.

〈으, 으아아…….〉

허우룽카이가 몸을 떨었다.

조금 전까지의 자신감은 흔적도 없이 사라졌다. 도저히 이길 방도가 보이지 않는다. 거기에 도망칠 길마저 완벽하게 막혀 버렸다.

서걱!

허공에 붉은 선이 그어지면서 그의 오른손이 잘려 나갔다.

콱! 콰직!

정신체를 공격하는 푸른 불꽃을 휘감은 군용 나이프가 연달아 몸에 박혔다.

〈끄아아아아악!〉

그때마다 허우룽카이는 신경을 뜯어내는 것 같은 격통에 몸부림쳤다.

용우는 그 모습을 무덤덤하게 바라보고 있었다.

"자율형이었나."

일부러 허우룽카이가 마력을 컨트롤하지 못할 정도로 연달아서 고통을 주었다.

그런데도 셀레스티얼과 팔라딘들의 마력 증폭이 멈추지 않는다. 허우룽카이가 부상을 입자 그들은 알아서 치료 스펠을 발해서 그를 치료하고 있었다.

허우룽카이의 잘린 왼팔이 다시 재생되고 오른손도 복원된다.

그리고 팔라딘들이 하나둘씩 과부하를 버티지 못하고 산산조각 나서 죽어간다.

"차라리 빨리 보내주는 게 낫겠군."

용우는 내키지 않는 듯 한숨을 쉬었다.

4

우우우우우!

용우의 마력이 활화산처럼 끓어올랐다.

지축이 뒤흔들리고 대기가 요동친다. 일반인은 그 앞에 서기만 해도 버티지 못하고 죽어버릴 것이다.

마력이 최고조로 활성화되자 용우가 양손 대검을 휘둘렀다.

─보이드 바운드!

쩌적……!

압력을 받은 유리가 깨져 나가는 것 같은 균열음이 울려 퍼졌다.

소리만이 아니다. 실제로 셀레스티얼과 팔라딘들이 있는 공간에 균열이 발생하면서 그들의 모습이 어긋나 보였다.

콰과과과과과광!

그리고 균열로부터 쏟아져 나온 막대한 열기가 폭발하면서 그들을 집어삼켰다.

그 직전에 용우가 움직였다.

─끝없는 미궁!

용우에게서 발생한 빛의 구체가 폭심지를 감싸 안았다.

그러자 놀라운 일이 벌어졌다.

공간이 깨져 나가면서 발생한 어마어마한 에너지가 일정 구역 안에 갇혀서 회전하는 게 아닌가?

원래는 넓게 퍼져 나갔어야 할 힘이 좁은 영역에 집중되어서 계속 회전한다. 그 어마어마한 열과 압력은 셀레스티얼과 팔라딘들이 힘을 합쳐 펼친 허공장이라고 해도 버텨낼 수 없었다.

결국 그들의 허공장이 파괴되고, 그들 모두가 고통을 느낄 새도 없이 불타 사라져 버렸다.

"……."

용우는 그들이 사라진 자리를 잠시 바라보고 있었다.

그들이 마력을 연동해서 발생시킨 힘은 어마어마한 것이었다. 하지만 그저 단단한 허공장을 주변에 두른 것뿐이라면 어렵지 않게 깰 수 있었다.

"자, 이제 기댈 구석도 없지?"

〈오, 오지 마!〉

용우가 한 걸음 다가오자 허우룽카이가 쓰러진 채로 허우적거렸다.

콰학!

용우가 검을 휘두르자 허우룽카이의 오른팔이 잘려 나갔다.

〈크아……!〉

용우는 비명을 지르는 그를 걷어차서 멀찍이 처박았다.

그리고 잘려 나간 그의 오른팔이 쥐고 있던 굉음의 도끼에다 대고 스펠을 썼다.

―일시 봉인!

봉인의 효과를 일시적으로 발휘하는 에너지장을 만드는 스펠이었다.

투명한 에너지장이 굉음의 도끼가 움직일 수 없도록 봉쇄하자, 용우가 허공에다 대고 비어 있는 왼손을 뻗었다.

"불꽃의 활."

그러자 먼 곳에서 붉은 섬광이 초음속으로 날아들었다.

분신에게 쥐어줬던, 불꽃의 활 양손 대검 버전이 용우의 부름에 응한 것이다.

사실 이것만 해도 미켈레와 엔조 모로는 못 했던 일이다. 그들은 성좌의 무기가 몸에서 떨어졌을 경우, 일일이 스펠을 걸어서 움직이지 않으면 다시 불러올 수도 없었다.

〈마, 말도 안 돼.〉

허우룽카이는 덜덜 떨면서 용우를 바라보았다.

〈한 사람이 세 개를 갖다니… 그런 일이 가능했다고? 게다가 두 개가 하나로 합쳐져?〉

그 역시 구세록의 계약자이기에 알아볼 수 있었다.

용우가 빙설의 창, 대지의 로드, 불꽃의 활까지 세 개의 성좌의 무기를 소유했다는 것을!

〈너는, 너는 대체 뭐냐?〉

허우룽카이는 가슴속에서 스멀스멀 기어 올라온 공포가 자신을 사로잡는 것을 느꼈다.

눈앞의 존재는 그의 이해 범주를 아득히 넘어선 존재였다.

대적할 수 없을 정도로 강대하기 때문만이 아니다. 용우는 허우룽카이가 품었던 믿음을 참혹하게 부수고 짓밟고 있었다.

"알 거 없어."

용우는 차갑게 대꾸하며 허우룽카이의 허공장에 손을 대었다.

파지지지직……!

허우룽카이의 허공장이 급속도로 잠식되기 시작했다.

〈아, 안 돼!〉

허우룽카이가 비명을 지르며 저항했다.

하지만 소용없었다.

대인전 경험이 없는 허우룽카이는 허공장 잠식에 대응하는 방법을 모른다.

마력이 비슷한 수준이라면 일시적으로 출력을 높여서 떨치기라도 할 텐데, 마력도 용우가 압도적이다. 힘과 기술 모두 상대가 안 되니 답이 없을 수밖에.

순식간에 허우룽카이의 허공장을 잠식하고, 그 과정을 통해 허우룽카이의 마력까지 크게 소모시킨 용우가 웃었다.

"그럼 이쯤 해둘까?"

〈뭐라고?〉

용우가 한 걸음 물러나자 허우룽카이가 움찔했다. 도무지 그가 무슨 생각을 하는지 알 수 없었기 때문이다.

콰직!

그런데 갑자기 나타난 누군가가 그의 몸에 칼을 찔러 넣었다.

〈크아악!〉

허우룽카이가 비명을 질렀다.

그런 그를 내려다보는 것은 새하얀 갑옷을 입은 자였다.

머리 위에는 빛의 고리가, 등 뒤로는 펄럭이는 망토처럼 보이는 빛이 분출되고 있는 존재, 셀레스티얼.

용우가 뒤로 물러나며 말했다.

"이제부터는 그 애가 할 거야."

냉기가 맺혀 흐르는 하얀 창을 든 셀레스티얼은 바로 리사였다.

"즐기도록 해, 리사. 할 일은 까먹지 말고."

〈네, 선생님. 맡겨주세요. 확실하게 할게요.〉

정신파에 흥분과 기대감이 섞여 있었다.

투구 속 리사의 얼굴은 발갛게 상기되었고, 미소가 가득했다.

처음으로 허우룽카이가 직접 조종하는 셀레스티얼을 쓰러뜨린 그날 이후 지금까지 한 달 반.

그 시간 동안 리사는 즐거웠다. 팬텀 조직을 차근차근 때려부술 때마다 허우룽카이가 어떤 심정일지를 상상하는 것만으로도 신이 나서 어쩔 줄 몰랐다.

용우가 그녀를 팬텀에서 구출한 이후…….

아니, 그 이전의 삶까지 되돌아봐도 이토록 즐겁고 충실한 시간이 없었던 것 같았다.

리사는 확신할 수 있었다.

복수는 허무하니까 하지 말라고 부르짖는 자들은 모두 지독한 거짓말쟁이다.

〈당신을 만나고 싶었어.〉

꿈에도 그릴 정도로 보고 싶었다.

〈당신의 얼굴을 상상해 봤어. 수도 없이.〉

그 얼굴이 고통과 절망으로 일그러지는 것을 보고 싶었다.

눈물을 질질 짜면서 제발 살려달라고 비는 것을 수도 없이 상상했다.

304 헌터세계의 귀환자

콰지직!

리사는 차근차근 허우룽카이의 육체를 분쇄하고 그의 갑옷을 뜯어내어 해체했다.

〈이런 얼굴이구나.〉

투구 속에 있는 것은 긴 머리칼에 날카로운 인상의 남자였다. 겉으로 보기에는 20대 후반이나 30대 초반 정도로 젊어 보였다.

"이익……."

리사가 손가락을 그의 눈에 가져가자 허우룽카이가 필사적으로 고개를 돌려 피하려고 했다.

하지만 안 된다.

리사는 그의 육체를 완벽하게 제압하고 있었다.

"아, 안 돼……."

눈알 바로 앞에서 까딱거리는 손가락을 본 그는 공포에 질렸다.

하지만 리사는 손가락을 치우며 깔깔거렸다.

〈아하하하! 걱정 마. 눈알은 맨 마지막에 파낼 거니까.〉

"……."

〈당신이 어떤 표정을 짓는지 보고 싶어. 이제부터 잔뜩 즐길 거니까, 내 기대에 어긋나지 말아줘.〉

리사는 가면 속에서 싱글벙글 웃었다.

'나는…….'

허우룽카이는 공포에 질린 채 생각했다.

'어디서부터… 실수한 거였지?'

그 답을 알려줄 사람은 아무도 없었다.

그를 기다리고 있는 것은 지옥 같은 고통과 절망뿐이었다.

*   *   *

애비게일 카르타는 오랜만에 자신의 딸과 마주 앉아서 커피를 즐기고 있었다.

문득 그녀가 말했다.

"영원히 계속될 거라고 생각했던 적도 있었는데……."

퍼스트 카타스트로피 이후 13년이다.

모든 것이 시작된 그날, 구세록이 지구로 낙하한 날부터는 17년이 흘렀다.

그동안 구세록의 계약자 일곱 명은 세계의 정점에 선 자들이었다.

그들은 인류 문명의 수호자였고, 인간의 생사여탈권과 국가의 흥망을 결정할 수 있는 절대 권력을 쥔 자들이었다.

자신들은 운명에 선택받은 자들이다.

대체할 존재 따위는 없고, 이 의무와 힘은 영구불변할 것이다.

그렇게 믿었던, 혹은 믿고 싶었던 시절도 있었다.

"그런데 끝은 정말로 갑작스럽구나."

변화는 갑작스러웠다.

인터넷에 떠도는 희망 사항에 불과하다고 생각했던 0세대 각 성자가 나타나면서 그들이 구축한 세계의 균형은 산산조각 났다.

서용우가 나타나고 고작 1년 정도가 지났을 뿐인데 운명은 급 물살을 타고 움직이고 있었다.

"…허우룽카이는 오늘 죽겠지."

애비게일 카르타는 허우룽카이가 미국에 와 있다는 사실을 알고 있었다.

허우룽카이의 움직임은 교묘해서 그가 미국 동부에 은신처를 마련했다는 사실은 애비게일 카르타도 모르고 있었다. 하지만 서용우는 그 사실을 알고 있었고, 그녀에게 허우룽카이를 제압하는 과정에서 소란이 일지도 모른다고 통보해 주었다.

"다섯 명이 죽고, 남은 건 이제 두 명뿐……."

"하지만 괜찮을까요?"

중얼거리는 애비게일 카르타에게 브리짓이 물었다.

"그는 이미 성좌의 무기를 세 개나 가졌어요. 허우룽카이에게서 굉음의 도끼를 빼앗으면 네 개가 되겠죠."

어떻게 그런 일이 가능한지는 모른다. 감조차 잡히지 않았다.

하지만 분명한 건 서용우가 그 일을 해냈다는 것이다.

"세계의 파워 밸런스를 결정하는 힘을 한 사람이 독식하는 걸… 그냥 방치해도 되는 걸까요?"

"상식적으로는 그렇게 둬선 안 된다고 해야겠지."

당연한 일이다. 고작 한 사람이 인류의 존망을 결정지을 힘을 갖는 것을 내버려 둬서야 되겠는가?

그런 힘이 어떻게 쓰일지를 개인의 품성에 맡겨두어도 될까?

견제할 존재가 없는 절대적인 힘인데?

"하지만 그냥 두렵."

"……."

브리짓은 왜냐고 묻지 않았다.

"내 개인적인 욕심일지도 모르겠구나. 난 이제 와서 한 가지 보고 싶은 게 생겼단다."

"무엇을요?"

"끝을."

구세록과 만남으로써 시작된 이 모든 것의 끝이 보고 싶었다.

그리고 내내 갈구해 왔던, 하지만 어느 순간부터는 절망적인 가능성을 외면하며 포기한 진실을 알고 싶었다.

"그는 우리가 못한 일을 하고 있어. 그리고 하겠지."

애비게일 카르타는 구세록의 계약자 중 서용우와 가장 많은 대화를 나눈 인물이었다.

서용우는 구세록의 계약자들이 구세록과 나눈 계약에 의문을 품었다.

그들이 빙의 능력과 정보 공간을 비롯한 특수한 능력을 얻는 대신, 구세록이 강제한 몇 가지 금기를 떠안게 되는 것을 굉장히 위험한 일이라고 여겼다.

'생각해 보면 이상하지.'

서용우는 구세록의 계약자가 아니다.

그는 미켈레와 엔조 모로의 구세록이 어디 있는지 아직까지도 모른다고 말했다.

그런데도 그는 성좌의 무기를 쓸 수 있었다.

그가 성좌의 무기를 쓸 때 겪는 제약은 변신을 안 해서 발생하는 것이지, 성좌의 무기를 쓰는 데 문제가 있어서가 아니다.

'구세록과의 계약은 대체 어떤 의미인 걸까?'

애비게일 카르타는 자신을 포함해 구세록의 계약자 중 누구도 모르는 그 불길한 진실을 알고 싶었다.

*   *   *

퍼스트 카타스트로피 이후 인류 문명을 유지해 온 일곱 명.

그들이 가졌던 이계의 성좌의 힘이 깃든 일곱 개의 무기.

그중 네 개가 한 사람에게 모였다.

빙설의 창.

대지의 로드.

불꽃의 활.

굉음의 도끼.

파지지지직……!

격렬한 스파크가 공간을 뒤흔들었다.

반경 5킬로미터 너머까지 스파크가 튀면서 그 범위 내에 있는 물질들이 버티지 못하고 부서져 갔다.

"세 개까지가 한계로군. 예상대로야."

그 한복판에서 용우가 담담하게 중얼거렸다.

후두두두두…….

아공간이 열리며 대량의 마력석이 쏟아져 나오기 시작했다.

그리고 그 마력석이 빛 그 자체로 화해서 공간을 채색해 간다.

─봉인(封印)!

그 힘을 이용해서 만들어낸 초고밀도의 마력장이 굉음의 도끼를 봉인해 갔다.

종말의 7군주 중 한 명, 하스라를 처치하고 얻은 하스라 코어로는 성좌의 무기 세 개를 다루는 게 한계였다.

굉음의 도끼까지 다루려면 또 다른 방법을 찾아야 한다.

'다른 종말의 군주를 사냥하거나…….'

이 방법은 이미 치밀하게 준비하고 있었다.

'그것이 답이 될 수 있을지 봐야겠지.'

자신이 세운 가설이 답일지 아닐지를 확인해야 한다.

"리사, 괜찮아?"

굉음의 도끼를 봉인한 용우가 물었다.

셀레스티얼 변신을 해제한 리사는 처참하게 죽은 허우룽카이의 시신을 내려다보고 있었다.

"…지금 제가 느끼는 기분이 뭘지 생각해 보고 있었어요."

용우가 지시한 모든 것을 얻어낸 뒤, 자신의 손으로 숨통까지 끊어준 허우룽카이의 시신을 보며 그녀는 생각했다.

"흔히들 그러잖아요. 복수를 마치고 나면 허무하다, 탈력감이 밀려온다……."

리사는 살면서 숱하게 보아온 이야기를 떠올렸다.

"아니었어요. 다 거짓말이었어요."

그리고 고개를 저었다.

"그날, 선생님께 부탁하길 정말 잘했어요."

리사는 용우 앞에 무릎 꿇고 부탁했던 그날의 자신을 칭찬해 주고 싶었다.

만약 그날 다른 선택을 했다면 어땠을까?

용우에게 모든 것을 맡기고, 결과를 기다리는 삶을 살았다면 어땠을까?

"그랬어도… 나름대로 좋았을지도 모르죠."

자신이 싸우지 않았어도 용우는 복수해 줬을 것이다. 자신이 직접 한 것만큼이나 철저하게 허우룽카이를 지옥으로 밀어 넣고 절망 속에서 허우적거리게 만들었으리라.

"하지만 역시 스스로 하기로 한 게 최고의 선택이었어요."

그때 싸우기로 결정해서 다행이다.

스스로 노력해서 마음을 새카맣게 태우던 감정을 쏟아낼 수 있었던 이 선택을 결코 후회하지 않는다.

"이제는 괜찮아요."

리사는 스펠로 불꽃을 일으켜서 허우룽카이의 시체를 태우기 시작했다.

"앞으로도 계속 그때의 꿈을 꾸고 비명을 지르며 깨어날지도 모르겠지만……."

수도 없이 상상해 왔던 증오의 대상이 타들어가는 것을 보며
리사는 웃었다.

"그래도 이제는 괜찮을 것 같아요."

긴 여정의 끝에서 만족한 자의 웃음이었다.

『헌터세계의 귀환자』6권에 계속…